rororo

ro
ro
ro

SAFIA MONNEY

AM ENDE IST NOCH LÄNGST NICHT SCHLUSS

ROMAN

Rowohlt Taschenbuch Verlag

Originalausgabe
Veröffentlicht im Rowohlt Taschenbuch Verlag,
Reinbek bei Hamburg, Januar 2016

Redaktion Susann Rehlein
Umschlaggestaltung any.way, Hamburg
Umschlagillustration Rudi Hurzlmeier
Satz Newzald PostScript, InDesign, bei
Pinkuin Satz und Datentechnik, Berlin
Druck und Bindung CPI books GmbH,
Leck, Germany
ISBN 978 3 499 27087 1

Für Jérôme

My my, hey hey
Rock and roll is here to stay
It's better to burn out
Than to fade away
My my, hey hey.

NEIL YOUNG

INTERLUDE

COMFORTABLY NUMB

Er hatte mal wieder zu stark am Joint gezogen. Hustend, prustend schnappte er nach Luft. Sein massiger Brustkorb bebte und zuckte. Er griff nach einer Bierdose neben sich, nahm einen großen Schluck, verschluckte sich und hustete noch mehr. Seine Augen liefen rot an und tränten.

Irgendwann legte sich der Husten, und das Hasch wirkte. Entspannt lehnte sich Ralph zurück.

Eingenebelt in einer dichten Rauchwolke, umgeben von Schmutzwäsche, leeren Pizzaschachteln, Musikzeitschriften und Pornoheftchen, trieb er auf dem ausgeklappten Schlafsofa seiner Einzimmerwohnung dahin. Ein Schiffbrüchiger auf einem Floß. Zu groß für die kleine Wohnung. Es war die Sorte Schlafsofa, bei der der Mechanismus schon vor Urzeiten versagt hatte. Aber selbst wenn es funktioniert hätte – Ralph war nicht der Typ, der allmorgendlich Schlafsofas zusammenklappte. Der siebzigjährige Exroadie hatte andere Prioritäten.

Ralph trank das Pils aus, zerquetschte die Dose in seiner Pranke und ließ sie neben sich fallen. Zu etlichen anderen leeren Bierbüchsen. Plötzlich horchte er auf. Er lauschte auf ein Geräusch aus dem Hausflur. Seine Ohren waren nach jahrzehntelangem Konzertgedröhne entsprechend lädiert. Er musste sich konzentrieren, um das Geräusch zu identifizieren. Im nächsten Moment entspannte sich seine Haltung wieder, er sank zurück gegen die Lehne. Es war nicht das gewesen, worauf er wartete.

«Hey.» Er bemerkte, dass er noch den Joint in der Hand

hielt, der ihn vorhin so sehr zum Husten gebracht hatte, und entzündete ihn erneut. Seine dichten grauen Brauen zogen sich zusammen, als er inhalierte. Dieses Mal behielt er den Rauch nicht zu lange in sich, ehe er ihn ausblies. Er musste trotzdem ein bisschen husten. Im nächsten Moment fuhr er auf. Wieder Geräusche aus dem Flur. Doch ehe er herausfinden konnte, ob es das war, worauf er wartete, zuckte er jaulend zusammen. Schmerz jagte ihm in den unteren Rücken. Eilig suchte er mit einer Hand Halt an der Lehne des Sofas. Mit der anderen rieb er sich den Rücken. Er keuchte, lag völlig verdreht, den Kopf unter dem Arm, der sich an der Lehne hielt. Sein Blick ging ins Leere. Im Hintergrund lief der Fernseher. Nach einer Weile atmete Ralph wieder ruhiger. Die Schmerzen über dem Steißbein ließen nach.

«Alles halb so wild», brummte er, als er sich aufsetzte. Vorsichtig beugte er sich zu einer kleinen Topfpflanze, die auf dem Couchtisch neben ihm thronte. Sanft streichelte er ihre saftigen, runden Blätter. «Alles halb so wild, Evergreen», wiederholte er. Er öffnete eine frische Büchse Bier, und sein Blick wanderte zum Fernseher in der Ecke.

Die Geräusche aus dem Flur hatte Ralph längst vergessen.

Es lief ein Tennisturnier. Frauen-Doppel. In knappen Röckchen hüpften die Mädels über das Feld und kreischten orgiastisch. Begeistert drehte er den Ton auf. «Yeah, komm! Gib's mir, Baby!», röhrte er grinsend. «Schau dir das an, Evy, wozu braucht man heutzutage eigentlich noch den Playboy?»

Glucksend widmete er sich den Tennis-Girls.

Es war ein Tag wie jeder andere.

Seit vierzig Jahren wohnte er hier. Abgesehen von der kleinen Evergreen gab es nur eine Sache, die gepflegt aussah: eine gigantische Regalwand voller Vinyl. Sorgfältig sortiert, stoisch und staubfrei trotzte dieser heilige Musikgral dem wüsten Chaos, das im Rest der Bude tobte.

Alles Alben, die Ralph im Laufe seines Lebens gesammelt hatte. Viele waren Trophäen aus jener Zeit, als er Konzert-Equipment in ganz Europa auf- und abgebaut hatte.

In gewisser Weise war die Sammlung eine Landkarte aller Ereignisse, Phasen und Begegnungen seiner langjährigen Karriere. Die Vinyls waren nicht alphabetisch, nach Genre oder nach Jahrgang geordnet. Für Ralph zählte die Essenz eines Albums – was er mit ihm assoziierte, seien es konkrete Erlebnisse oder eine bestimmte Atmosphäre. Sie waren danach sortiert, wie sie miteinander harmonierten.

Es begann oben links mit den Vinyls, die Ralphs Jugend geprägt und seine Lust auf ein Tourleben geweckt hatten. Daneben die Platten der Musiker, mit denen er in seinen Anfängen als Roadie unterwegs war. Überwiegend Rock. Dazwischen waren auch Alben von Bands, für die er nie gearbeitet hatte. Sie passten zur Stimmung jener Zeit. In einer Regalzeile befanden sich seine Groupie-Alben: Musik, die ihn an heiße Flirts on tour erinnerte. Es gab auch Schläger-Alben. Eine Abteilung für psychedelische Phasen. Eine Kategorie träumerische Töne. Ganz unten rechts befand sich die Desillusions-Ecke. Mit ihr assoziierte er vor allem das Ende seiner Karriere. Er vermied es, in diese Ecke zu blicken.

Oft stöberte er stundenlang in der Sammlung und erinnerte sich an die eine oder andere Geschichte.

Selten hörte er die Alben an.

Ralph ertrug es nicht, nicht mehr live dabei zu sein.

Er musste mehrfach blinzeln, ehe er die Augen richtig öffnen konnte. Fahles Tageslicht fiel durch das mit einem Bettlaken halb verhängte Fenster. War es noch die Abenddämmerung oder schon wieder Morgen? Auf alle Fälle war er eingenickt. Er lag noch genauso da wie zuvor. Nur die Bierdose war ihm wohl irgendwann aus den Händen geglitten. Eine Lache hatte sich auf dem Boden gebildet. Benommen nahm er die Umrisse seines Zimmers wahr. Sah eher nach Morgendämmerung aus. Warum sonst schillerte Evergreen so frisch und grün wie der junge Frühling?

«Guck nicht so!», schnauzte Ralph sie an. «Ich weiß!»

Im nächsten Moment riss er die Augen weit auf und stürzte ins Bad. Unterwegs jaulte er auf. Die hastige Bewegung hatte ihm einen Stich im Rücken versetzt. Aber Ralph konnte nicht anhalten.

Erleichtert stöhnte er auf, als er seine Blase über der Kloschüssel entleerte. Danach wusch er sich Hände und Gesicht. Er wagte es kaum, in den Spiegel zu schauen.

«Ich weiß, ich weiß, ich hab's verpatzt!», murrte er, als er es doch tat. «Aber heute, mein Freund, heute.»

Gleich darauf verzog er das Gesicht schmerzvoll, fuhr sich durch das strähnige graue Haar und rieb sich die Schläfen. Er hatte einen Kater.

Mal wieder.

Er stapfte zur Küchenzeile und nahm die Aspirinpackung von der Ablage.

«*Fuck.*» Leer. Ralph schmiss die Packung in die Ecke. Dann setzte er Kaffee auf. Im Küchenschrank fand sich neben einem leeren Senfglas mit Biene Maja und Willi nur eine einzige saubere Tasse – mit abgebrochenem Henkel. MTV stand darauf, und über das *M* hatte jemand mit Edding EMPTY gekritzelt.

Seufzend ließ Ralph die Schranktür wieder zufallen. Das restliche Geschirr stapelte sich in der Spüle. Kurz fragte er sich, wie lange er nicht mehr gespült hatte, aber die Antwort interessierte ihn nicht. Die Kaffeemaschine zischte und dampfte. Kaffeeduft breitete sich in der Bude aus. Er spülte eine Tasse und goss sich Kaffee ein, noch bevor er durch war. Dann schlurfte er zu Evergreen hinüber.

«Sorry, Evy», brummte er verlegen. «Ach, und ich war gestern einfach zu müde. Aber heute, ha! Heute Abend wird's klappen! Ab siebzehn Uhr: absolute Einsatzbereitschaft. Ich werde alles geben, Evy, alles!» Er tätschelte sie sanft, und Evergreen flatterte verzückt mit den Blättern. Dann ging er zum Fenster und nahm das Laken ab. Es gab den Blick auf die graue Hauswand des Nebengebäudes frei. «Zeit zum Wachsen, Evy!», verkündete er, trank den Kaffee in einem Zug aus, rülpste und schenkte sich eine weitere Tasse ein.

Der Fernseher lief noch immer. Statt Tennis nun Teleshopping. Überschwänglich präsentierte eine füllige Fünfzigjährige die Vorzüge eines elektronischen Bauchmuskel-Gürtels: «Im Nu den Waschbrettbauch, den Sie verdienen!»

Ralph blickte auf seinen Kugelbauch, brummte und schaute dann wieder zum Fernseher, wo die Frau das Stromimpulse aussendende Gerät enthusiastisch an ihrer Wampe testete. «Ganz ungefährlich!», quiekte sie. Und bei jedem Stromstoß gluckste sie anstößig. Ralph zog die Brauen ungläubig hoch und schaltete weiter. Er zappte eine Weile durch diverse Kanäle.

Nachrichten.

«Evy, wann haben die Säcke aufgehört, Inhalt zu vermitteln?»

Eine Daily Soap.

«Leck mich. Es gibt Leute, die für so was Geld bekommen.»

Eine Vormittags-Talkshow. Uwe, Tine und Atze stritten

um einen gewissen Floppi. Es wurde nicht klar, ob Floppi ein Hund oder ein Kind war. Alle, inklusive Moderator, keiften wild durcheinander.

«Ach, geht doch alle heim und holt euch einen runter.» Ralph seufzte. Aber dann blieb er bei einem Dokumentarfilm über Mondblumen hängen. «Schau dir das an, Evy.» Ralph war beeindruckt. *«Ipomoea alba.»* Sie öffnete ihre mondförmigen Blüten nur nachts, ihre Samen wirkten anscheinend wie LSD, und angeblich duftete sie berauschend gut. «Wow.» Evergreen schien das nicht zu gefallen. Eifersüchtig stellten sich ihre Blättchen auf. «Ach, Evy, du bist doch außer Konkurrenz. Außerdem ist das 'n tropisches Gewächs. Würde hier sofort eingehen.» Er schaltete den Fernseher aus.

Für einen Moment hockte er einfach nur da und blickte vor sich hin, trank einen Schluck Kaffee, stellte die Tasse ab, blickte wieder vor sich hin. Wie still es mit einem Mal war. Er konnte sogar das Ticken des Radioweckers hören, der neben dem Sofa lag. Erst neun Uhr elf. Was würde er mit all der Zeit bis zum Abend anstellen? Jeden Tag das gleiche Problem. Wie lange ging das jetzt schon so? Darüber wollte er lieber nicht nachdenken. Also röhrte er: «Hier ist jetzt aber mal ein Bier angesagt, Evy!»

Evergreen ließ ein paar Blätter hängen.

«Zu früh?» Ralph zog missmutig die Brauen zusammen. «Na schön. Aber nur, weil du's bist.»

Er zündete sich eine Zigarette an, kratzte sich am Bart und schaute sich in der Bude um. Aufräumen hätte er können. Neben der Wohnungstür warteten zwei Tüten Müll darauf, runtergetragen zu werden. Wäsche waschen wäre auch mal wieder angesagt. Oder duschen? Er beschnüffelte sein Shirt unter den Achseln und befand, dass die Toleranzgrenze noch nicht überschritten war. Schließlich wanderte sein Blick zum Musikgral.

«Hm.» Er entschied sich, ein paar Platten zu putzen.

Wahllos zog er ein Album aus seiner Sammlung hervor. Mit einem Staubwedel, den er eigens dafür angeschafft hatte, wischte er schnell, aber vorsichtig, über die Hülle. Ralph nannte es *Putzen*, aber es war vielmehr ein Stöbern in seiner Vergangenheit. Was ihn wirklich interessierte, war das Album an sich. Die Überraschung, welche Platte er zwischen die Finger bekam, und vor allem, welche Erinnerung sie in ihm wachrufen würde. Er betrachtete das Cover, die Songtitel und versank in vergangenen Ereignissen. Wenn er genug hatte, stellte er das Album zurück, wählte ein anderes und wiederholte die Prozedur.

Um zehn war Ralph bereits durch vier Alben gereist. Er hatte in Gedanken eine Schlägerei nach einem Scorpions-Konzert durchlebt. Dann war er beim Aufbau eines Rockfestivals beinahe von einem Scheinwerfer erschlagen worden, der aus zehn Metern Höhe direkt neben ihn geknallt war. Er hatte mit anderen Langhaarigen bei einem Motörhead-Gig gemoscht. Und schließlich war er während des Konzerts einer Band, deren Namen er vergessen hatte, backstage zwischen die zarten Pfirsichbrüste des Groupies Lucia geraten.

Noch betört von dieser letzten Erinnerung, stellte Ralph das Album in die Sammlung zurück und griff sofort nach einem weiteren Vinyl aus dem Bereich Tour-Flirts. Er konnte nie genug davon bekommen.

The Who, *My Generation*.

Ralph stutzte. Falsch einsortiert. Das hätte bei den ersten Roadiejahren stehen sollen. Damals war er zwar nicht mit den Who on tour gewesen – erst ein paar Jahre später. Das Album stand für die Erinnerung an eine ganz bestimmte Nacht in jener Zeit, als er nur ein junger Roadie mit großen Träumen und kleinen Jobs war. Ralph musste lächeln. Seine Finger zitterten leicht. Er konnte sich nicht entsinnen, wann er *My Generation* zuletzt in den Händen gehabt hatte.

Bilder jener Nacht blitzten in Fetzen vor seinem inneren Auge auf. Er sah sich als jungen Kerl mit seinen damaligen besten Freunden Gonzo und Roy. Gonzo und Roy – die Jungs, mit denen er hier, in diesem Kaff, aufgewachsen war. Er sah sich mit ihnen auf einem verlassenen Spielplatz. Damals ihr allnächtlicher Spot. Roys warm erhelltes Engelsgesicht, als er mit einem Feuerzeug einen Joint entzündete. Die Umrisse einer Rutsche im Hintergrund. Alles weiß und blau, von Mondlicht überflutet. Das Knistern des Haschs, der Duft. Gonzos kratziger Gesang, begleitet von einer Gitarre. Milde Frühlingsluft, aufgeladen mit dem Gefühl, dass ihr Leben endlich richtig anfing. Dass alles möglich war. Dass die Zukunft jetzt begann. Berauschend und aufregend und voller Leben.

MY GENERATION

Der Joint machte die Runde.

«I hope I die before I get old!», krächzte Gonzo und zupfte dazu auf seiner Gitarre. Das helle, kinnlange Haar fiel ihm ins Gesicht. Im Mondschein hatte es einen Blaustich, und einzig seine Adlernase ragte zwischen den Strähnen hervor. Er suchte die passenden Akkorde für den Song, den er kürzlich während eines Sprachurlaubs in England entdeckt hatte und der mittlerweile auch hierzulande die Charts stürmte.

Ralph hörte skeptisch zu. Roy zog am Joint und wippte selig zur Musik. Es musste imaginäre Musik sein, denn Gonzo spielte unglaublich schief.

«Scheiße», seufzte er. «Wie soll ich damit auch nur eine Mieze rumkriegen?»

«Gib mal her», sagte Ralph. Gonzo reichte ihm die Gitarre, und er begann sie zu stimmen. «Die Saiten müssen einen Ton tiefer für den Song», murmelte er, während er routiniert die einzelnen Saiten erklingen ließ und festzurrte. Allein das klang harmonischer als Gonzos klägliche Versuche.

«Was werde ich nur ohne dich tun», sagte Gonzo.

«Das Gleiche, was du sowieso schon ohne mich tust», brummte Ralph, ganz auf die Saiten konzentriert.

«Vögeln?», fragte Gonzo.

«Ha! Der Gonzomator!», rief Roy glucksend aus.

«Genau, Furzküken», erwiderte Gonzo.

«Pfff ...» Roy ließ sich in den Sand fallen.

Ralph grinste.

«Spürt ihr das auch?», fragte Roy wie von weit weg.

«Das Gras?», fragte Ralph.

«Alles ist möglich», flötete Roy.

Ralph und Gonzo sahen einander belustigt an.

«So?», fragte Gonzo. «Hast du deiner Mutter etwa endlich gestanden, dass deine kaufmännische Ausbildung in Wirklichkeit darin besteht, tagtäglich in Ralphs Partykeller Sophokles und Rimbaud zu rezitieren, um es in unbestimmter Zukunft auf eine Schauspielschule zu schaffen?»

«Ich?», fragte Roy.

«Nein, Ralph. Natürlich du, du Hornochse!»

«Hm ...», säuselte Roy. «Hast du deinen Eltern gesagt, dass du nach München ziehen wirst?»

Ralph sah amüsiert zu Gonzo, der mit den Augen rollte.

«Reich den Kolben weiter, du Kröte», forderte Gonzo. «Ich will's auch endlich spüren.» Er nahm Roy den Joint weg, inhalierte tief und lehnte sich zurück. «Ich sag dir was, Furzküken: Wir sollten uns von Ralphs Eltern adoptieren lassen.»

«Von meinen Alten?», fragte Ralph verwundert.

«Ja, denen ist wenigstens scheißegal, was du tust.»

Ralph lachte auf. «Ist was dran.» Er nahm die Gitarre, schlug in die Saiten und spielte die ersten Akkorde zu *My Generation*.

«People try to put us d-down!» Roy sprang sofort auf und fiel gegen Gonzo.

«Du Freak!», schrie Gonzo, aber Roy brüllte ihm einfach weiteren Songtext entgegen, und Ralph legte richtig los. Gonzo und Roy kämpften, sangen, schrien zur Musik und warfen sich auf Ralph, der unbeirrt weiterspielte. Das Tempo, der Rhythmus, die Melodie und die Worte machten Ralph benommen, vielleicht war es auch das Hasch oder das Zerren und Schaukeln seiner Freunde. Er spürte, wie ihm Adrenalin in die Adern schoss, sein Puls schneller ging, und dann sang auch er.

Mit seinen Freunden sang, brüllte und lachte er, und alles, was zählte, war hier, in diesem Moment.

Sein Gitarrensolo zum Ende des Songs bescherte ihm jubelnden Beifall von den Jungs, die mittlerweile bekifft kichernd an seinen Schultern hingen.

«I hope I die before I get old», seufzte Gonzo danach und nahm die Gitarre wieder an sich. «Wie wahr! Lieber jung sterben, als so ein Scheißspießer wie mein Alter zu werden.»

Ralph boxte ihn aufmunternd gegen die Schulter.

«Jung sterben?», gluckste Roy, zog am Joint und bemerkte dann erst, dass er ausgegangen war. «Wie jung?»

«Schaut mal, das muss der Pegasus sein.» Gonzo deutete zum Himmel hinauf.

«Hä?», fragte Ralph.

«Das Sternbild, Pegasus.»

Ralph erkannte nichts. Roy schien es ähnlich zu gehen.

«Ah, ja …», sagte er. Nachdenklich entzündete er den Joint erneut. «Aber mal im Ernst, wie alt wollt ihr werden?», fragte er, als er den Qualm ausblies und den Joint an Ralph gab.

Ralph zuckte mit den Schultern. «Keine Ahnung. Wieso?»

Roy grinste mit vom Rauch geschwollenen Lidern. «Na, wenn alles so laufen würde, wie ihr es euch erträumt habt, genauso und sogar noch besser, würdet ihr dann unterzeichnen, dass, sagen wir … mit siebzig Schluss ist?»

«Du meinst, *damit* alles so läuft?», fragte Ralph.

«Siebzig?! Roy, du Freak!», rief Gonzo.

«Wieso?», flötete Roy mit geschlossenen Augen. Sein Gesichtsausdruck erinnerte mittlerweile an den eines Säuglings, der glückselig an der Mutterbrust nuckelte. «Siebzig … Hey …»

Gonzo hörte zu spielen auf: «Siebzig am Arsch! Egal wie's in meinem Leben läuft, auf keinen Fall will ich so alt werden!

Überleg mal, da biste so tatterig, da kriegste doch nix mehr mit.»

«Vielleicht ...», sagte Roy versonnen lächelnd. «Wie alt dann? Wie alt willst du werden, Gonzo?»

«Spätestens mit fünfzig hab ich die Schnauze voll.»

«Huhh! Fünfzig? Ehrlich, Mann?», brummte Ralph.

«Ja! Fünfzig ist scheißalt!»

«Du bist dreiundzwanzig! Da bleibt dir nicht mehr viel Zeit!», prustete Ralph.

«Na und?!»

Ralph und Roy lachten. Das stachelte Gonzo nur noch mehr an. «Ich sag euch was: Mit fünfzig kauf ich mir alle Drogen, die's gibt, alle, und damit schmeiß ich die beste und letzte Party meines Lebens. Abgang mit Stil. Zack. Vorbei. Gehen, wenn's am schönsten ist. Was will ich noch auf der Welt, wenn ich mir keinen mehr runterholen kann, weil ich nicht mal mehr weiß, wo mein Schwanz hängt?»

Ralph und Roy lachten noch mehr. Beleidigt nahm Gonzo sein Pseudogitarrensolo wieder auf. Der Joint wurde herumgereicht. Jeder hing seinen Gedanken nach.

«Ich mach mit. Aber mit sechzig», sagte Roy nach einer Weile. «Das ist ein gutes Alter, um zu gehen.»

«Ach komm, Roy, da haste nicht die Eier dazu», sagte Gonzo, völlig darin vertieft, einen Barrégriff zu meistern.

«Doch. Aber nur, wenn wir's alle drei tun.»

Mit einem Mal klang er ernst. Ralph stutzte, und Gonzo sah von der Gitarre auf.

«Ich will nicht ins Altersheim.»

«Wer will das schon ...?», gluckste Ralph.

«Aber ich will *niemals* ins Heim!», donnerte Roy plötzlich. «Niemals! Ich will nicht senil werden, nicht faltig und vergesslich, nicht abhängig von fremden Menschen ... Blöde kalte Ärzte, garstige Krankenschwestern ..., alles trist und grau ... Und auf gar keinen Fall will ich dann nostalgisch in der Vergangenheit schwelgen! Ich will's wie Gonzo! Gehen, wenn's am schönsten ist!» Tränen schossen ihm in die Augen.

«Shit, Roy, du klingst, als wärst du schon sechzig», staunte Ralph.

«Ach, hör auf zu spielen, Weichei», schnarrte Gonzo. In der Tat konnte man bei Roy nie sicher sein. Als angehender Schauspieler liebte er es, alle paar Minuten eine andere Emotion auszuleben.

«Ich spiele nicht. Ich *bin*», schluchzte er.

Gonzo rollte mit den Augen.

«Dreh lieber noch 'nen Joint, Roy Boy», sagte Ralph.

«Yeah, spiel uns vor, wie du einen baust», krächzte Gonzo.

«Okay. Ich drehe einen.» Mit einem Mal grinste Roy wieder über das ganze Gesicht. Flink baute er den Joint. Dann hielt er ihn feierlich in die Höhe: «Oh, Mary Jane, Betörerin der Sinne, Verführerin aus dem Jenseits, Gefährtin auf der Reise durch andere Dimensionen, besiegle unseren Pakt.»

«Welchen Pakt??», fragten Ralph und Gonzo.

«Na, dass wir uns mit sechzig gemeinsam ins Jenseits schießen.»

Gonzo stöhnte auf. Dann war es still. Irgendwo in der Nacht rief eine Eule.

«Okay, Furzküken, ich glaub dir», sagte Gonzo schließlich, «aber ich find sechzig einfach zu alt, kapiert? Ralph, sag schon, du auch, oder? Was meinst du?»

Ralph blickte Gonzo überrascht an. Er hatte sich noch nicht entschieden, ob er die Sache überhaupt ernst nehmen sollte. Nachdenklich fixierte er Gonzo.

«Mann, Ralph, bitte, hör auf so zu starren ... Sag was», leierte Gonzo.

«Fünfzig ist mir auch zu früh», entschied Ralph schließlich, «aber mit sechzig, warum nicht? Macht bestimmt mehr Spaß, als alleine dahinzusiechen.»

Roy klatschte verzückt in die Hände.

«Na schön, meinetwegen mit verfickten sechzig», ächzte Gonzo. «Roy! Worauf wartest du? Löt den verdammten Kolben.»

«Besiegelt!», verkündete Roy feierlich und hob den Joint in die Luft. «Ganz gleich, wohin uns das Leben verschlägt, mit sechzig finden wir uns zusammen, und dann ist Schluss.»

«Moment mal, Furzküken: Wenn *ich* sechzig bin. Ich werd nicht auf euch warten», sagte Gonzo.

Roy zögerte. Er war zwei Jahre jünger als Gonzo. Er sah zu Ralph, der nur mit den Schultern zuckte. «Na schön, wenn Gonzo sechzig wird, finden wir uns ...»

«Ja, Mann! Jetzt zünd endlich an, die Kacke!», schloss Gonzo die Zeremonie ab. Schweigend wurde der Joint herumgereicht. Irgendwann piepste Gonzo mit zusammengekniffenen Augen: «Und wehe, einer von euch zieht den Schwanz ein, und ich hab umsonst gewartet, bis ich sechzig bin!» Er sprach, während er inhalierte. Seine ernste Miene, gepaart mit der Piepsstimme, als er den Rauch im Mund hatte – es war zu komisch. Ralph und Roy kicherten wie irre los. Gonzo versuchte noch einen Moment, streng zu blicken, dann verfiel auch er in hysterisch bekifftes Gekicher.

ALL I WANT

«Was für eine bekloppte Idee!», brummte Ralph belustigt, den Blick auf das The-Who-Album in seinen Pranken gerichtet.

«Wann hätten wir das tun sollen, Evy?!», röhrte er. «Vor über zehn Jahren! Die Säcke haben's genauso verpennt wie ich!»

Gonzo und Roy. Ralph schüttelte den Kopf. «Diese Freaks.»

Was wohl aus ihnen geworden war?

Seufzend stand er auf und stellte das The-Who-Album ins Regal zurück. Er stöberte noch eine Weile in der Sammlung, aber er war zerstreut. Alle weiteren Erinnerungen wollten ihn nicht fesseln. Vielleicht war die Suizidparty doch keine so üble Idee gewesen. Sie hätten es wirklich tun sollen. Dann hätte er sich zehn Jahre Langeweile erspart.

Oder noch besser: Er hätte als Roadie on tour sterben sollen. Vor zwölf Jahren, bei seinem letzten Gig. Oder sogar noch früher. Bevor die verdammten Rückenschmerzen angefangen hatten. Genau. Warum hatte ihn der Scheiß-Scheinwerfer auf dem Rockfestival damals nicht einfach plattgemacht?

Der Rest des Tages verstrich zäh. Ralph ertrug ihn nur dank Pils und Marihuana, begleitet vom Flirren dämlicher TV-Shows und von vereinzelten Wortgefechten mit Evergreen, die seinen Drogenkonsum zu missbilligen schien.

Sein Senioren-Alltag kam ihm noch sinnloser vor als sonst. Auch der Ausflug zum Döner-Imbiss ödete ihn an.

«Wie immer?», fragte Imbissbudenbesitzer Ali.

Ralph nickte. Ali nickte.

«Hier, Chef», sagte er fünf Minuten später. Er reichte Ralph einen in Papier gewickelten Döner und eine große Portion Pommes. Wie gewohnt bediente sich Ralph am Ketchup und an der Mayonnaise. Doch heute drückte er besonders träge auf die Spender, und die Fritten schienen geradezu in Rot und Weiß zu ertrinken.

«Alles klar, Chef?», fragte Ali.

Ralph sah auf. «Hm? Ja.» Er nahm das Essen und stellte sich an einen Stehtisch unter einem Schirm. Ali wandte sich ab, um die Kochplatten zu putzen.

Wie so oft war Ralph der einzige Gast. Ein feiner Schneeregen rieselte um den Schirm herab und tauchte alles in diffuses Grau – die anonymen Betonfassaden, den mit Schneematsch bedeckten Asphalt, die menschenleere Straße. Ab und an wurde Ralph von den roten Rücklichtern eines vorbeirauschenden Autos geblendet. Feuchte Kälte kroch ihm durch seine dünne Lederjacke bis in die Knochen. Schnell aß er auf und zahlte.

Der anschließende Zwischenstopp in der Eckkneipe, um einen Kurzen zu kippen, munterte ihn auch nicht auf.

«Wie üblich?», fragte Kneipenbesitzer Willi.

Ralph nickte. Willi nickte nicht.

«Bist du flüssig?», fragte er.

«Flüssig?»

Wortlos deutete Willi auf Ralphs Deckel hinter der Theke. Er ließ jedes Mal anschreiben, und seine letzte Zahlung lag mehrere Monate zurück. «Mit dem Anschreiben ist vorerst Schluss.»

«Ach komm, Willi, du kennst mich doch.»

«Du sagst es.»

«Momentan ist's schwierig. Du weißt schon, bei meiner Rente.»

Willi verzog keine Miene.

«Tja, flüssig ... Bin ich flüssig ...?» Ralph kramte in seiner Hosentasche und fischte einen Zehn-Euro-Schein heraus.

Mit ernster Miene steckte Willi ihn ein. Dann zapfte er ein Bier und goss einen Schnaps ein. Ohne Ralph aus den Augen zu lassen, schob er ihm beides über den Tresen.

«Dreihundertfünfundvierzig Euro», sagte er tonlos. «Die will ich wieder.»

Ralph schluckte. Schnell trank er aus und machte sich auf den Heimweg. In ihm sah es mittlerweile genauso grau und trüb aus wie draußen. Einzig der Gedanke an frühabendliche Flurgeräusche vermochte ihn etwas aufzuheitern.

Um siebzehn Uhr machte er sich bereit, ihnen aufzulauern. Er setzte sich mit einem Sixpack Bier neben die Wohnungstür und öffnete sie einen Spalt.

Zwei Stunden lang passierte gar nichts.

Gegen neunzehn Uhr musste er zum Kühlschrank, Biernachschub holen. Schwerfällig stapfte er hinüber. Er war gerade angelangt, als er auf ein Geklimper aus dem Flur aufmerksam wurde. Schlagartig röteten sich seine Wangen unter dem grauen Bart. Er warf Evergreen einen verschmitzt freudigen Blick zu. Dieses Mal hatte er es geschafft. Achtlos ließ er das Bier fallen und stürmte zur Wohnungstür. Mit einem Mal war alle Schwerfälligkeit aus seinem korpulenten Körper gewichen. Beinahe leichtfüßig tänzelte er durch das kleine Zimmer. An der Tür kämmte er sich schnell das lange Haar mit den Fingern zurück und zog sein Shirt über den Bauch. Dann hielt er inne. Hastig suchte er den Boden mit Blicken ab, fand ein paar leere Bierdosen, beugte sich eilig vor, um sie aufzuheben, Schmerz schoss durch seinen Rücken, und er musste sich mit einer Hand abstützen, um wieder hochzukommen. Doch dann war er bereit.

CATAMARAN

Mit leeren Bierbüchsen bewaffnet, trat Ralph in den düsteren Hausflur. An der Decke flackerte eine einzelne Glühbirne. Die morschen Dielen knarrten unter seinem Gewicht.

Vom anderen Ende des Ganges her war Geklimper zu vernehmen. Ralph näherte sich den Schemen einer zarten Gestalt, die dort vor der Tür stand und in ihrer Handtasche kramte.

«Tabea!», röhrte er freudig.

Sie blickte von der Tasche auf.

Ralph versuchte seinen Dandy-Gang. Den hatte er sich einst on tour von Mick abgeguckt.

Ja, Babe, ich war Roadie für die Stones, dachte er angestrengt, um den Gang möglichst gut hinzubekommen.

Es misslang. Er hatte den hohen Alkohol- und THC-Pegel in seinem Blut nicht bedacht. Ralph wankte. Mit der rechten Schulter schabte er ein gutes Stück an der Wand entlang. Dosen flogen zu Boden. Ralph dachte unbeirrt weiterhin an die Stones.

Sein Gesicht war gerötet und leicht verschwitzt, als er bei Tabea ankam. Graue Haarsträhnen hingen ihm ins Gesicht.

«Was ein Zufall», keuchte er.

«Ja, Ralph, was ein Zufall», entgegnete die junge Frau müde lächelnd. «Man könnte meinen, dieser Zufall ereignet sich nahezu jeden Tag.»

«Vielleicht ist es Schicksal.» Er strahlte übers ganze Gesicht.

Tabea lachte auf.

Sie war vor ein paar Monaten hier eingezogen. In seinen Roadiezeiten hätte Ralph sie wahrscheinlich übersehen. Sie war nicht besonders hübsch. Eher unscheinbar, in ihrem grauen Daunenmantel. Sie hatte ein blasses Gesicht, sah beinahe ungesund aus. Dünnes, aschblondes Haar. Das einzig Schöne waren ihre Augen. Dunkel, melancholisch. Sie war Mitte dreißig, aber ihr weiser Blick ließ sie älter wirken.

«Ich wollte gerade den Müll runterbringen», sagte Ralph.

«Das sehe ich.» Tabea war wieder dabei, in ihrer Tasche nach dem Wohnungsschlüssel zu suchen.

«Du siehst großartig aus. Phantastisch wie immer, he.»

«Du auch.» Es klang leicht ironisch. Aber Ralph überhörte das. Er freute sich, dass das Blech in seinen Armen die Bierwampe so gut kaschierte. Möglichst lässig lehnte er sich neben Tabeas Wohnungstür an die Wand.

«Wie war die Arbeit?»

«Wie immer», antwortete sie, ohne aufzusehen.

Ralph bemerkte, dass an ihren Stiefeln Schneematsch klebte. Der Schnee war am Tauen und bildete eine kleine Pfütze um sie herum.

«Eine Eisprinzessin.»

«Hm?»

«Äh, ist kalt draußen, was?»

«Hm.»

Ralphs Blick fiel auf zwei randvolle Einkaufstüten zu Tabeas Füßen. «Großeinkauf, he?»

«Was? Ach ja ... für die Weihnachtsfeier», murmelte sie.

«Eine Weihnachtsfeier?»

Als sie aufblickte, war Ralph ein gutes Stück näher an sie herangetreten und strahlte sie erwartungsvoll an.

«Ja ... Für das Altersheim um die Ecke», sagte sie mit zusammengekniffenen Nasenflügelchen. Ralph kam nicht in den Sinn, dass es an seiner Bierfahne liegen könnte.

«Oh. Hier um die Ecke gibt's ein Altersheim?», fragte er.

«Natürlich. Das in der Bismarckstraße.» Die junge Frau schien überrascht zu sein, dass er das nicht wusste.

«Du feierst dort Weihnachten?»

«Ja, mein Verein organisiert das jedes Jahr.»

«Cool. Ist dieses ehrenamtliche Zeug, das du machst, ja?»

«Genau.»

«Du bist so eine Klassefrau, Tabea.»

«Ach was, ich helfe nur gern.»

«Ich bin Heiligabend frei.»

«Oh.» Tabea schien nicht recht zu wissen, was sie dazu sagen sollte. «Das tut mir leid.»

«Nö!», wehrte Ralph grinsend ab. «Ich mein nur, falls du noch Hilfe brauchst.» Er deutete mit dem Daumen auf sich. Seine Augen glühten hoffnungsvoll.

«Aha. Gut zu wissen.» Tabea lächelte knapp.

Dann verschwamm sie vor ihm. «Hm ...», brummte er. «Wirst du dort tanzen? Würd dich ja gern mal sehen, machst du bestimmt ganz toll.»

Tabea schaute ihn verwirrt an.

«Nee, ich mach Yoga, Ralph. Aber nicht im Altersheim ... Es ist eine Weihnachtsfeier. Wir essen Kekse, Truthahn, trinken Glühwein, singen ... Was man halt so macht bei einer Weihnachtsfeier.» Sie zuckte mit den Schultern.

Ralph hörte nur halb hin. Er versank in den Anblick ihrer schmalen rosigen Lippen, die auf ihn höchst verführerisch wirkten. In seinem Kopf ertönte Led Zeppelins *Whole Lotta Love*, und er stellte sich vor, wie Tabea dazu tanzen würde, betörend und nur für ihn tanzen würde. In Strapsen, mit Bikerstiefeln. Es waren die Joints vom Nachmittag. Sie fuhren erneut ein. «Ich würd gern mal mit dir tanzen, Babe.»

Tabea stand stocksteif vor ihm und starrte ihn an.

«Ich tanze nicht. Ich helfe Menschen. Schönen Abend, Ralph.» Pikiert schob sie sich an ihm vorbei zu ihrer Wohnungstür.

Ralph erwachte aus seiner Trance. «Tabea, Liebes, hab ich was Falsches gesagt?»

Tabea ignorierte ihn. Sie rüttelte an der Klinke. Das Schloss klemmte.

Ralph wurde nervös. Jeden Moment würde sie in ihrer Wohnung verschwinden. Wieder hätte er die Chance auf ein Rendezvous verpasst. Wieder würde er volle vierundzwanzig Stunden auf die nächste Gelegenheit warten müssen. *Yoga ... Strapse ... Truthahn, Strapse ... Kekse, Sex, Keksex ...* «*Kekse!* Warte! Tabea! Du backst Kekse?»

Sie war ganz auf das Schloss konzentriert.

«Zum Keksebacken bin ich dein Mann! Bitte, Tabea, darf ich mit dir Plätzchen machen?»

Tabea verdrehte die Augen. «Danke, aber ich bin dafür schon mit einer Freundin verabredet.»

«Oh. Okay.»

Das Schloss gab nach, und Tabea machte einen Satz zur Tür hinein.

Ralph ließ die Dosen fallen. «Ich trag dir die Einkäufe rein!»

«Danke, aber die paar Meter ...» Sie wollte nach den Einkäufen greifen, doch Ralph war schneller. Er stürzte sich geradezu darauf. In seinem Elan stolperte er, verlor das Gleichgewicht, die Tüten flogen in die Höhe, eine riss. Eier, Butter, Mehl- und Zuckerpackungen klatschten auf den Boden. Dann folgte Ralph mit einem dumpfen Platsch.

Im Gegensatz zu den fragilen Eiern landete er jedoch weich, auf seinem gut gepolsterten Bauch. Noch am Boden sah er so aus, als würde er fliegen – seine kompakten Arme berührten kaum die Dielen vor lauter Wampe.

Tabea blickte fassungslos auf das Chaos.

«Oh, sorry! Sorry, sorry, sorry!», ächzte Ralph. Puderzucker klebte ihm an Nase und Bart.

Tabea sah auf ihn herab. Ihre Nasenflügel bebten. Ralph erwartete, dass sie gleich vor Wut losbrüllen würde. Doch dann änderte sich ihr Blick – etwa so, als würde sie ein hilfloses, gestrandetes Walross ansehen, und sie sagte nur: «Schon gut.»

Flink sammelte sie alles auf und brachte es in die Wohnung. Ralph schaute ihr unbeholfen zu. Er hatte nicht mal Zeit aufzustehen, so schnell war sie. Am Ende blieben nur noch seine leeren Büchsen und etwas Eigelb auf den Dielen zurück.

«Bitte, Tabea, lass uns zusammen Kekse backen!», rief er ihr nach. Doch die Tür war schon zu. Schwerfällig stand er auf und wollte in seine Wohnung zurück. Dabei trat er auf eine Dose und bemerkte, dass davon ja so einige am Boden lagen.

«Oh.» Sachte, eine Hand am Rücken, beugte er sich vor, um sie aufzuheben. Es versetzte ihm dennoch den verhassten Stich oberhalb des Steißbeins, er stöhnte gequält auf und biss dann die Zähne zusammen, um den Schmerz zu unterdrücken.

«Ralph?»

Überrascht blickte er auf. Tabea stand wieder in der Tür. Er verstand nicht, warum, aber ihre weisen Augen wirkten noch trauriger als sonst.

«Kekse kann's nie genug geben. Und wir brauchen noch jede Menge Hilfe bei der Feier. Fürs Dekorieren, den Glühwein und so. Also, wenn du magst, dann komm doch einfach vorbei.»

Ralph richtete sich so schnell wie möglich wieder auf.

«Wir backen zusammen Kekse?», fragte er freudestrahlend.

Tabea schüttelte den Kopf. «Du stehst auf Kekse, was?»

Ich steh auf dich, Babe. Und ich bevorzuge flüssige Nahrung, dachte er. Aber er sagte: «Yeah.»

«Dann back doch einfach welche und bring sie Heiligabend mit. Es geht um sechzehn Uhr los!»

Die Tür fiel ins Schloss.

«Yeah.»

Mit einem breiten Grinsen und leerem Blech in den Armen stapfte Ralph in seine Wohnung zurück.

YOU REALLY GOT ME

«Es gibt zu feiern!», röhrte Ralph, als er seine Bude betrat. «Evergreen, das hättest du sehen müssen, sie hat mir nicht widerstehen können! Endlich!» Er eilte zum Spülbecken und ließ Wasser in einen Keramikkrug mit der Aufschrift *Deep Purple* laufen. Evergreens Gießkanne. Freudig beträufelte er die kleine Pflanze. Ihre dicken, runden Blätter wippten leicht auf und ab.

«Ich weiß», sagte Ralph, «die Location ist nicht der Hit für ein erstes Date.»

Eigentlich hatte er sich geschworen, niemals ein Altersheim zu betreten.

«Aber was soll's, ist 'ne Ausnahme, stimmt's? ... Ist 'n Date. Ich zieh da ja nicht ein.» Er öffnete eine frische Dose Karlsberg und trank einen kräftigen Schluck. «Ganz ehrlich, Evy, hab schon Schlimmeres erlebt ... Etwa mit Gwynnifer – vor deiner Zeit. In England. Huhh, eine Zicke war das, total irre, aber heiß, verdammt heiß. Weißt du, wo die mich hingeschleppt hat? In die Kirche. Aber nicht zum Heiraten oder so. Sie wollte es im Beichtstuhl machen!» Ralph musste vor Lachen losprusten. Evergreens Blätter wippten dadurch noch mehr. «Yeah, ich sag's dir, die war komplett irre. Ihr Onkel war dort Priester, und da hat sie ihm den Schlüssel geklaut und mich mitten in der Nacht in diesen Beichtstuhl gezerrt. Mann, Evy, wenn ich damals nicht so high gewesen wäre, ich hätte die Kirche gar nicht erst betreten ... Mann, ist das lange her ...» Liebevoll blickte er auf die kleine Evergreen. «Ich verrat dir aber nicht, ob ich's durchgezogen habe.» Er tippte sie zärtlich an und stapfte dann ins Badezimmer. «Jetzt beginnt ein neues Zeitalter! Die Tabea-Ära!», röhrte er Evergreen vom Bad aus zu. Er sah mit verträumt glasigen Augen in den Spiegel des Badezimmerschränkchens, das über dem Klo angebracht war, und summte: «Tabea, Tabea.»

DEAD END STREET

Es war wenig los im Supermarkt.

Menschenleere Einkaufsreihen, in denen ein Produkt neben dem anderen um Konsum wetteiferte. Der Boden blitzte vor Sauberkeit. Im Hintergrund plänkelte schnulzige Musik.

Ralph schlurfte mit einem Einkaufswagen durch die sterilen Regalgänge und betrachtete die Waren neugierig. Es war selten, dass er hierherkam, um etwas anderes als Bier zu kaufen. Von daher wusste er auch eigentlich nur, wo sich die Karlsberg-Paletten befanden. Für gewöhnlich kam er in den Laden, lief zielstrebig zum Bier, krallte sich Bier und zahlte Bier. Manchmal griff er sich unterwegs auch einen Packen Klopapier, das sich praktischerweise auf dem direkten Weg zur Kasse befand.

Heute war es anders.

Er suchte Reihe um Reihe ab. Es überraschte ihn, dass der Supermarkt so groß war.

Er nahm Anlauf, hängte sich über den Einkaufswagen, rollte durch einen langen Gang mit Babynahrung und machte am Ende eine Pirouette. Beinahe wäre er in einen Turm Windeln gestürzt.

Im nächsten Flur waren Süßwaren.

«Hah», brummte Ralph. Sein Blick wanderte über Bonbons, Schokolade, Adventskalender im Sonderangebot und: Weihnachtskekse. «Zimtsterne, Lebkuchen, Nürnberger Herzen ...»

Er zögerte, ob er nicht einfach so etwas kaufen sollte. Dann schüttelte er den Kopf und zog weiter in die Abteilung für Backzutaten.

Vor ihm türmten sich Berge von Zucker, Mehl, Mandeln und Nüssen, Zuckerguss-Sorten, Backschokolade, Hefe ...

Karlsberg ist unkomplizierter.

Beinahe hätte er kehrtgemacht. Da erblickte er eine adrette Lady seines Alters vor dem Mehlsortiment.

«Sie sehen so aus, als würden Sie sich auskennen», sprach er sie an.

Die Dame blickte überrascht zu ihm auf. «Womit, bitte?», fragte sie mit einer feinen Stimme.

«Backen.»

Sie lächelte vornehm. «Was möchten Sie denn backen?»

«Weihnachtsplätzchen.»

«Nun ja, da gibt es viele Sorten. Viele, viele Sorten.»

«Ich will die machen, die am besten schmecken.»

«Geschmäcker sind verschieden.»

«Was mögen Frauen am liebsten? Was mögen Sie am liebsten?»

«Ich?» Sie richtete sich verlegen die Frisur und überlegte kurz. Dann lächelte sie ihn milde an: «Vanillekipferl. Ja, das sind mir die liebsten.»

«Vanille-was?»

«Kipferl.»

«Aha. Klingt kompliziert.»

«Ja, wenn Sie eine Frau für sich gewinnen möchten, dann sollten Sie ihr etwas Feines bieten. Ja, ja, Sie sollten es sich nicht zu einfach machen.»

Ralph räusperte sich. «Ich hab noch nie gebacken. Und ich möchte es möglichst nicht versauen. Sind Vanillekiffer dann trotzdem noch drin?»

«Oh», stellte die Dame fest, «in dem Fall rate ich Ihnen zu Butterkeksen. Die sind kinderleicht zu backen und schmecken auch gut. Und Sie haben ja den Bonus, zum ersten Mal zu backen.»

«Cool. Was brauch ich dafür?»

«Butter, Mehl, Eier und Zucker. Und gleich an der Kasse sind Zeitschriften mit Weihnachtsrezepten. Da finden Sie dann die genaue Anleitung. Ist ein Klassiker.»

«Vielen Dank, sind 'ne klasse Lady!»

Die Dame lächelte geschmeichelt. Ralph fuhr den Gang weiter und packte dabei die verschiedenen Zutaten in den Wagen.

«Vanille*kiffer*?», stutzte die Dame, als sie ihm hinterherblickte. «Verwegen, aber charmant, der Mann.»

Ralph hörte es nicht. Er war schon im nächsten Gang, auf der Suche nach Eiern.

An der Kasse betrachtete er stolz seine Zutaten, die über das Fließband fuhren. Er würde die besten Kekse der Welt backen! Tabea würde sie ihm von den Fingern naschen ...

«Sechs Euro dreiundneunzig», sagte die Kassiererin mechanisch. Ralph kramte in seiner Hosentasche. Viel Kleingeld, kein Schein. Er entleerte den gesamten Inhalt an Münzen auf dem Band. Die Kassiererin rollte mit den Augen und begann, widerstrebend zu zählen. «Das reischt nit.»

«Oh. Was muss denn zurück, damit's passt?»

«Han isch do Mathelehrer druffstehn?» Sie wies auf ihre pickelige Stirn.

Mittlerweile herrschte reger Betrieb im Laden. Hinter Ralph begann sich eine Schlange zu bilden. Wehmütig blickte er auf die Einkäufe. Wenn er nur eine Zutat zurückgab, konnte er die Kekse vergessen. «Und anschreiben?»

Sie verneinte.

«Hey, ich zahl's zurück.»

«Ei jo, unn isch bins Krischdkind.»

«Ehrlich. Ich kauf hier jede Woche ein.»

Die Schlange wurde immer länger, die Leute ungeduldig. Unter ihnen entdeckte er die feine Lady. Sie schaute Ralph erst erstaunt an, dann blickte sie enttäuscht weg.

«Bitte.»

«Jetzt genn Se ebbes zerick, oda isch holle de Scheff.»

«Mann, was 'n da wieder los?!», meckerte einer. Ralph warf ihm einen bösen Blick zu. Der Kerl verstummte.

«Verzeihen Sie, wie viel fehlt denn?» Es war die Dame. Sie war neben Ralph getreten.

«Hey danke, Lady, aber das kann ich nicht annehmen», wehrte er ab. Die Dame schüttelte milde lächelnd den Kopf.

«Nein, nein, ich kenne das. In unserem Alter, wie oft habe ich schon meine Geldbörse zu Hause liegen lassen.»

Ralph zog die Brauen ungläubig zusammen. «Also, ich weiß nicht», brummte er.

«Doch, bitte, ich bestehe darauf. Es ist ja nur geliehen. Bis Sie Ihre Börse wiederfinden.» Sie zwinkerte ihm zu. «Nun, was fehlt?»

Die Kassiererin schien kurz vor einem Kollaps zu stehen. Zitternd vor Wut grabschte sie mit ihren schwartigen Fingern nach dem Taschenrechner neben der Kasse. Rechnen zählte wohl nicht zu ihren Stärken. Und auch im Treffen der Tasten war sie nicht besonders zielsicher. «Drei Euro sieben», verkündete sie schließlich trotzig.

Die Dame wollte einen Schein aus ihrer Brieftasche ziehen.

«Danke, aber ich kann das nicht annehmen», sagte Ralph bestimmt. Dann rannte er in das Regallabyrinth zurück. «Bin gleich wieder da», rief er der Kassiererin noch zu.

Seine Wampe wabbelte, und er keuchte, als er die Regalzeilen entlanghechtete und nach günstigem Weihnachtsgebäck absuchte. Alles nix. Er nahm eine Kurve zu eng und stürzte in eine Wand mit Adventskalendern. Während er sich aufrappelte, fiel sein Blick auf eine Fertigbackmischung für Zimtsterne, im Sonderangebot: drei Euro neunundfünfzig. *«Sensationell!»*, befand ein Sticker auf der Packung. *«Schnäppchenalarm!»*, verwies ein neongelber Pfeil auf das betreffende Produkt.

Ralph sagte nicht nein. Er schnappte sich die Backmischung und lief zur Kasse zurück.

Die Schlange war noch länger als vorhin, obwohl die Kassiererin nicht auf Ralph gewartet hatte.

Träge zog sie Ware um Ware eines anderen Kunden durch den Scanner. Ralph drängte sich unter Grummeln und mürrischen Blicken seiner Co-Konsumenten bis zu ihr vor.

«Bin wieder da!», rief er aus. Die Kassiererbraut ignorierte ihn.

«Des macht dann bidde fünfundsiebzig Euro siebenundneunzig, bidde scheen», quakte sie dem anderen Kunden überfreundlich zu. Ralph erkannte ihn als den Typen wieder, der vorhin rumgenölt hatte. Und der Kerl ließ sich jetzt provokativ viel Zeit. Gemächlich verfrachtete er Produkt für Produkt in seine perfekt geöffneten Recycle-Tüten im Einkaufswagen. Jetzt war er dran. Er war der König, der Konsumkönig. Und er hatte sich seine privilegierte Zeit an der Kasse wohl verdient, denn er wusste, wie man einkauft. Er hatte einen Job. Er war integriert in das System. Er hatte Geld. All das stellte er nun mit jeder Geste demonstrativ zur Schau. Ralph hasste solche Typen. Er begann zu schwitzen und trat unruhig von einem Fuß auf den anderen. Nervös fuhr er sich durch den Bart. Rote Flecken zeichneten sich auf seinen Wangen ab.

Er verpasste dem Fließband einen Tritt.

Der Konsumkönig zuckte zusammen, und die Kassiererin hob erstaunt den Kopf, aber niemand sagte etwas. Dafür schlossen sie die Zahlung nun zügig ab.

Ralph knallte die Backmischung auf das Fließband. «Ich kann jetzt zahlen.»

Die Kassiererin schaute grimmig zu ihm auf: «Ei, ich hann gedenkt, Sie wolle ebbes zerickgenn.» Sie deutete auf die Backzutaten, die sich neben dem Fließband türmten.

«Yeah. Alles. Ich nehm nur das hier.» Er wedelte mit der Backmischung.

Genervt nahm die Kassiererin Ralphs Geld, das sie zur Seite gelegt hatte, und begann, erneut zu zählen.

«Do krinnse noch ebbes retour!», grummelte sie dann. Auf dem Fließband lagen siebenundzwanzig Cents.

«Ist das alles?» Ralph schluckte.

Mit der *sensationellen!* Backmischung unterm Arm schlurfte er zum Ausgang, fühlte sich jedoch alles andere als sensationell.

Bis zum Monatsende blieben ihm nur noch siebenundzwanzig Cent, und er hatte eine Backmischung, von der fraglich war, ob sie helfen würde, Tabeas Herz zu erobern.

STIR IT UP

Massiv und dunkelgrau ragte der Betonkomplex des Altenheims vor dem trostlosen winterlichen Himmel auf. Ralph hielt inne. Er zündete sich eine Zigarette an und starrte eine Weile auf dieses Grau in Grau.

In einer Pranke hielt er die Packung von der Backmischung. Daraus waren nun Kekse geworden, die jedoch nur entfernt an Zimtsterne erinnerten. Vermutlich schmeckten sie auch nicht danach. Natürlich war die Backaktion in die Hose gegangen. Ralph bereute, Evergreen die Verantwortung für die Backzeit überlassen zu haben: *«Evy, die Plätzchen, du weißt Bescheid. Gib mir ein Zeichen, wenn sie durch sind.»*

Das Zeichen war nie gekommen. Vielleicht hätte er an dem Tag den einen oder anderen Joint weglassen sollen. Das hatte bestimmt sein Zeitgefühl verzerrt. Und vielleicht wäre er dann auch nicht eingeschlafen, während die Kekse im Ofen brutzelten. Ralph seufzte, als er auf die Packung blickte. *Scheiß auf die Kekse. Tabea soll auf mich abfahren.*

Er war für seine Begriffe geradezu festlich gekleidet. Das lange Haar hatte er zu einem Pferdeschwanz frisiert. Er trug seine Lieblingslederjacke. Darunter ein rot-blau kariertes Hemd, von dem er fand, dass es seinen Bauch gut kaschierte. Dazu Kroko-Cowboystiefel und Jeans. Zudem hatte er geduscht und sogar daran gedacht, etwas Eau de Cologne aufzutragen.

Nun trennten ihn nur ein paar Meter davon, Tabea entgegenzutreten und sie endlich für sich zu gewinnen. Klare Sache: Mit der Jacke und den Stiefeln würde sie ihm nicht widerstehen können. In dem Aufzug hatte ihm keine jemals widerstehen können.

Aber Ralph zögerte. Dieses Grau in Grau. Dieses Altersheim.

Er musste an Gonzo und Roy denken. Was sie wohl sagen würden, wenn sie wüssten, dass er kurz davor war, es zu betreten? Roy würde bestimmt sofort losheulen. Und Gonzo würde verächtlich abwinken: *«Wieso gibst du dir so was?! Freakshow!»*

«Die kassieren dich ein!»

«Komm, lass uns lieber Schluss machen! Jetzt! Sofort!! Hätten wir längst tun sollen! Lass es uns jetzt machen! Bevor's zu spät ist!»

Er sollte sich wirklich bei ihnen melden. *Morgen, ihr Penner.* Damit schnippte er die Zigarette weg und trat durch das Tor, hinein ins Altersheim.

IN A GADDA DA VIDA

«Du bist der, auf den ich gewartet habe! Genau der!», rief der alte Herr sabbernd aus.

«Tut mir leid, ich bin nicht Jesus. Ich hab nur lange Haare», entgegnete Ralph unbeholfen. Er stand in der Küche des Altersheims und versuchte, seine Plätzchen einigermaßen festlich auf einen Pappteller zu drapieren.

Auf der Suche nach Tabea war er vom Empfang zur Kantine und von dort hierhergeschickt worden. Überall waren Menschen: Senioren, Pflegepersonal, Familienangehörige, Helfer von Tabeas ominösem Verein. Aber nirgends war Tabea. Dafür versuchte jetzt dieser irre Alte, Kontakt zu ihm aufzunehmen. Er saß in einem Rollstuhl und hatte Ralph damit in einer Ecke der Küchenzeile eingekeilt.

«Du bist es! Ich weiß es! Ich lass dich nicht entwischen! Diesmal nicht, hehe!» Sein schlohweißer Haarflaum stand zerzaust in alle Richtungen ab und kontrastierte mit dem feinen Rollkragenpulli, den er am dürren Körperchen trug. Unwillkürlich musste Ralph an eine Babygiraffe denken – zerbrechlich, elegant, ungestüm.

«Sorry, Mann, glaub nicht, dass wir uns schon begegnet sind», brummte Ralph. Er wollte sich mit den Keksen davonmachen, aber der Alte hielt ihn an der Jacke fest.

«Heute Nacht, ich zähl auf dich! Zimmer 104! Ist gleich den Flur hinunter, im Erdgeschoss, 104!», flüsterte er verschwörerisch.

«Sorry, du musst mich verwechseln. Ich bin nur Ralph und hab heute Nacht schon was vor.» Ralph dachte an Tabea.

«Nein, nein. Rolli-Piet irrt sich nicht! Du bist es!»

«Wer ist Rolli-Piet?»

«Na, ich!»

«Hör mal, Rolli-Piet, kennst du Tabea?»

Der Alte schüttelte den Kopf.

«Schade. Tabea ist ’ne echt scharfe Braut. Und mit der bin ich heute Abend verabredet, kapiert? Sonst wär ich auch gar nicht hier.»

«Genau! Genau, Ralph! Du sagst es!» Ralph schaute fragend auf Rolli-Piet runter. Der Senior hing geradezu an seiner Lederjacke, hatte sich mit seinen knochigen, von Altersflecken und bläulichen Adern durchzogenen Händen daran festgekrallt. Ein dünner Spuckefaden zog sich aus seinem Mund bis auf Ralphs Ärmel. «Du und ich! Mein Freund, wir wollen dasselbe! Denkst du etwa, ich will hier sein?! Ich will hier raus! Und du bist der, der mich rausholen wird! Zimmer 104!»

Ehe Ralph antworten konnte, zuckte Rolli-Piet ängstlich zusammen und klammerte sich an Ralphs Hosenbein.

«Ah, hier sind Sie, Herr Rückert. Wir haben Sie schon überall gesucht!» Eine junge Pflegerin war an sie herangetreten. Sie wirkte sympathisch, aber der Senior reagierte, als wäre sie die Pest.

«Bitte ... bitte ...!», wimmerte er Ralph zu.

«Ich sehe, Herr Rückert hat einen neuen Freund gefunden», bemerkte sie und blickte Ralph freundlich an.

Er war verwirrt. Warum war Herr Rückert so panisch?

«Ist er verrückt?», fragte Ralph die Pflegerin.

«Nein. Er hasst mich nur. Das ist alles.» Sie zuckte lächelnd mit den Schultern. Ralph verstand nicht. «Er glaubt, dass er zu jung für das Altersheim wäre», flüsterte sie ihm zu. Dann wandte sie sich an Rolli-Piet: «Na, nun wollen wir mal, Herr Rückert. Ihr Bad wartet.»

«Nein! Nein!!», kreischte er. Doch die Schwester karrte ihn einfach im Rollstuhl fort.

Für einen Moment empfand Ralph Mitleid mit dem Alten. Der Kerl hatte anscheinend nichts mehr zu melden. Andere verwalteten seinen Tagesablauf. Ralph schüttelte bedauernd den Kopf und wagte sich dann in die gnadenlos ausgeleuchteten Gänge des Heims vor, um Tabea zu suchen. Fast wäre er dabei tatsächlich einkassiert worden.

Eine strenge, korpulente Pflegerin kam auf ihn zugestürmt: «Herr Heinrich! Wo ist Ihr Anzug?!»

«Häh ...?»

Ehe Ralph protestieren konnte, schob sie ihn in das nächstgelegene Zimmer. Erst als sie entdeckte, dass Herr Heinrich dort brav auf dem Bett saß – den Anzug straff anliegend und sein Gebiss in den Händen hin und her drehend –, nur darauf wartend, zur Feier geführt zu werden, ließ sie Ralph frei. Er fand, dass die Pflegerin dringend eine Brille brauchte. Herr Heinrich sah aus, als wäre er mindestens hundert. Der Mund stand ihm offen, und er gaffte senil ins Leere. Nicht die entfernteste Ähnlichkeit mit ihm, Ralph! Mürrisch stapfte er in den Speisesaal zurück.

Der Raum war mittlerweile brechend voll. Jung und Alt standen in Grüppchen beisammen und plauderten. Andere drängten sich durch die Menge, um an den Tischen Platz zu nehmen. Irgendwelche Helfer schwirrten umher, trafen letzte Vorbereitungen. An einer Seite des Saales war ein riesiges Buffet hergerichtet worden. Bestimmt befanden sich dort auch Ralphs verpatzte Plätzchen. In einer Ecke stimmte ein kleiner Chor *Stille Nacht* an. Es ging im Lärm der Gespräche unter.

Fenster und Wände waren mit Girlanden und Tannenzweigen geschmückt. Trotzdem wirkte der Ort trostlos. Einziger Lichtblick war der Rotwein auf den Tischen. Sofort krallte Ralph sich eine Flasche und füllte ein Glas bis zum Rand.

«Hier! Hier will ich hin!», rief jemand. Es war Rolli-Piet, begleitet von der netten Pflegerin. Sie setzten sich zu Ralph. Rolli-Piet trug nun einen Smoking mit Fliege, und sein feiner Haarflaum war zurückgekämmt. Freudig grinste er Ralph an. Ralph prostete gelangweilt zurück. Im nächsten Moment sprang er auf. «Tabea!»

Sie stand am Zugang zur Küche. Sofort eilte er zu ihr. Sie war schwer beschäftigt – hielt ein Tablett mit Häppchen in den Händen, wies ein paar Helfer ein, delegierte Aufgaben.

«Ralph», sagte sie, als sie ihn sah. «Großartig, dass du da bist!»

«Klar doch», entgegnete er freudig. Sie würde ihm nicht widerstehen können.

«Nein, wirklich, großartig, ich hab dich gesucht!»

«Yeah?» Ralph wurde rot. Die Sache lief besser als erwartet.

«Du hast gerade die Teambesprechung verpasst.»

«Ah ... Sorry.»

«Nicht schlimm. Aber wir brauchen dringend noch Leute, die zum Nachtisch Feuerzangenbowle ausschenken. Meinst du, du schaffst das?»

«Äh ... Klar, warum nicht.»

«Phantastisch.»

«Bis dahin ist ja noch was Zeit ... Wollen wir zusammen essen?»

«Oh, liebend gerne, aber wir sollen uns über die Tische verteilen.»

«Aha?» Ralph runzelte die Stirn.

«Um für alle Familienlosen und Bedürftigen da zu sein.»

«Hm, ich bin familienlos ...», brummte Ralph in seinem verführerischsten Bariton. «Und bedürftig ... Setz dich ...»

«Tabea, wääsche, wo die Krischdserviette hin sin?», unterbrach ihn ein großer schlaksiger Kerl und stellte sich genau zwischen ihn und Tabea.

Ralphs Miene verdüsterte sich, während Tabea freudig «Torben!» ausrief.

«Ei, inner Kisch iss es Chaos ausgebroche. Do gebschde wahnsinnisch.»

«Hier.» Sie drückte Ralph prompt das Tablett mit den Häppchen in die Hand. «Kannst du das zum Buffet bringen und den anderen beim Bedienen helfen? Danke!» Und schon wollte sie mit dem Kerl fort.

«Äh, ich halt dir ’nen Platz frei! Zum Essen, ja?», rief Ralph.

«Ach Ralph, such dir einfach einen netten Senior, der Unterhaltung braucht!» Sie lächelte entschuldigend und wandte sich zum Gehen.

Das Häppchentablett in den Händen, sah Ralph seufzend über die Menge. Von einem der Tische winkte ihm Rolli-Piet eifrig zu.

«Aber Ralph ...?» Tabea hatte sich nochmals zu ihm umgedreht.

«Ja?», fragte er voller Hoffnung.

«Vergiss nicht die Feuerzangenbowle. Nach dem Hauptgang, Treffpunkt in der Küche!»

Er nickte. «Ja, ja, Bowle.»

Sie hauchte ihm im Fortgehen ein Danke zu.

«Spröde», kommentierte Rolli-Piet, als Ralph zu ihm an den Tisch zurückkehrte.

Ralph zog fragend die Brauen zusammen.

«Deine Angebetete. Von der würde ich die Finger lassen. Nein!! Ich will *davon.*» Die Pflegerin hatte Rolli-Piet Wasser einschenken wollen. Abwehrend hielt er die Hand über sein Glas und zeigte auf den Rotwein.

«Ihre Leber, Herr Rückert», mahnte sie. Rolli-Piet blieb stur und zeigte weiter auf den Rotwein. «Na schön. Ein Gläschen», gab sie schließlich nach.

Er grinste Ralph an. «Das Leben ist zu kurz, um sich mit spröden Geschöpfen zu plagen», fuhr Piet fort. «Ich pflege immer zu sagen, geh dorthin, wo man dich mit gespreizten Beinen empfängt! Hehe!»

«Also, Herr Rückert!», rief die Pflegerin aus.

Ralph musste schmunzeln. Rolli-Piet prostete ihm überschwänglich zu und trank einen kräftigen Schluck. Bis das Essen serviert wurde, hatte er die Pflegerin dazu gebracht, ihm drei weitere Gläser nachzuschenken.

Es gab Truthahn mit Kartoffelpüree und Rotkohl. Ralph rührte kaum einen Bissen an. Immer wieder spähte er zu Tabea hinüber. Sie saß am anderen Ende des Saals. Mit Servietten-Torben. Der Typ schien sie in ein unglaublich amüsantes Gespräch verwickelt zu haben. Sie lachte aufreizend.

Mistkerl. Ralph knurrte missbilligend.

«Mich friert es. Gnädigste, wären Sie so freundlich, meine Kaschmirstrickweste aus meinem Zimmer zu holen?», bat Piet die Pflegerin.

«Sicher», entgegnete sie, stand auf und verließ den Saal.

Sobald sie außer Sichtweite war, tippte Rolli-Piet Ralph über den Tisch hinweg an. «Mein Freund!»

Als Ralph sich ihm zuwandte, schob ihm Piet flink eine Weihnachtsserviette zu. Dabei zuckte er mehrfach mit den Augenbrauen in Richtung Serviette. Ralph verstand nicht.

«Innen, schau nach», flüsterte Piet. Ralph wollte die Serviette auf dem Tisch entfalten, aber Piet zischte: «Nicht! Unauffällig!» Also entfaltete er sie auf seinem Schoß. Es befand sich ein Brief darin. Schöne, verschnörkelte Buchstaben aus schwarzer Tinte auf edlem cremefarbenem Papier.

Lieber Ralf,
Zimmer 104. Und machen wir uns nichts vor: Du bist der Mann. Du bist der Lichtblick in dunkelster Nacht, die Boje auf hoher See, der Dünger, der vor dem Eingehen bewahrt, der Champagner in Zeiten der Prohibition – kurz: das fehlende Stück in meinem Fluchtpuzzle! Muss ich erwähnen, dass ich gegen meinen Willen hier festgehalten werde? Bitte fass Dir ein Herz, hilf mir, diesem grauenvollen Ort zu entkommen. Für Deine Mühen winkt Dir natürlich eine rechtmäßige Entlohnung.
Herzlichst,
Dein Piet
PS: Da Du heute Nacht schon etwas vorhast, bin ich gewillt, unsere Flucht auf morgen zu verschieben. Zimmer 104!

Ralph hob den Kopf und blickte dem Alten ins Gesicht.

Piet grinste ihn erwartungsvoll an. «Na?»

Ralph ließ den Brief in seiner Jackentasche verschwinden. Er vergewisserte sich, dass ihnen niemand zuhörte, schob seinen Teller beiseite und beugte sich über den Tisch zu Piet. «Champagner in Zeiten der Prohibition?»

Piet machte große Babygiraffenaugen. «Vielleicht eher Wermut ...?», stammelte er. «Pils?»

Ralph wollte gerade zu einer Antwort ansetzen, aber die Pflegerin fiel ihm ins Wort. «Keinen Appetit mehr?» Sie war mit der Strickweste zurück und setzte sich wieder zu ihnen an den Tisch.

Ralph schüttelte erleichtert den Kopf. Piets Bitte war eine heikle und sicher nicht ganz ungefährliche Angelegenheit. Wenn es stimmte, dass Piet gezwungen wurde, hier zu leben, dann war eindeutig die Kacke am Dampfen. Ralphs Meinung nach sollte niemand je zu irgendetwas gezwungen werden. Andererseits: Weshalb sollte ausgerechnet er Piets Retter sein? Was wären die Folgen? Er brauchte Bedenkzeit. Außerdem war er doch wegen Tabea hier. Er ließ den Blick zu ihr hinüberschweifen. Sie unterhielt sich noch immer angeregt mit Torben. Von wegen *für die Familienlosen und Bedürftigen da sein*. Ralph seufzte.

«Herr Rückert erwähnte, dass Sie verwandt sind?», fragte ihn die Pflegerin.

Ralph schaute sie überrascht an.

«Ja! Mein Cousin!», warf Rolli-Piet sofort ein. «Aus Norwegen!»

«Herr Rückert, vielleicht möchte Ihr Cousin selbst antworten», sagte die Pflegerin.

«Holzfäller im hohen Norden!», fuhr Piet unbeirrt fort. «Endlich zurück in der Heimat!»

«Sie müssen ihn entschuldigen», sagte die Pflegerin lächelnd, «aber seitdem Herr Rückert hier wohnt, ist es das erste Mal, dass ihn Familie besucht, Herr …?»

«Äh, Ralph, aber …»

«Ach, ich freu mich ja so, dich wieder hierzuhaben, mein Lieber, Lieber!», rief Piet aus.

«Freut mich, Cousin Ralph. Ich bin Liesa-Maria mit *I-E*.»

Die Pflegerin hielt ihr Weinglas in die Höhe. «Na dann, willkommen zu Hause.»

Ralph schaute zu Piet. Der Alte flehte ihn mit Blicken an, ihn nicht auffliegen zu lassen. «Prost», brummte er also und drehte sich weg, um weiter zu beobachten, was da zwischen Torben und Tabea lief. Sollte der Alte doch für einen Abend die Illusion einer Familie haben.

«Norwegen stell ich mir so exotisch vor und rau. Wie war es denn dort?», fragte Pflegerin Liesa-Maria mit *I-E.*

«Geht so», knurrte Ralph. Torben war ganz nah an Tabea herangerückt und flüsterte ihr etwas ins Ohr.

«Tja ... Aber jetzt sind Sie zurück! Schön, nicht? Die Cousins sind wieder beisammen», freute sich die Pflegerin.

«Wunderbar!», bestätigte Piet.

«Hm.» Ralph hörte nur halb hin. Turtel-Torben im Visier stürzte er seinen Wein hinunter.

«Und wann möchten Sie nun hier einziehen?», fragte ihn die Pflegerin in dem Moment.

Ralph verschluckte sich und musste husten, Piet kicherte.

«Ich, hierher?», hustete Ralph und wischte sich Wein aus dem Bart.

Piet kicherte noch mehr.

«Wir sind das beste Rentenheim der Region», erwiderte Pflegerin Liesa-Maria.

Ralph war sprachlos.

«Sie wollen doch nicht etwa an den Triller? Die sind nicht besser, im Gegenteil», ereiferte sie sich.

Rolli-Piet kugelte sich vor Lachen.

«Nein. Ich ..., ich will nirgends hin», sagte Ralph.

«Aber ...» Liesa-Maria kam ins Stocken. «Dann sind Sie nicht deswegen aus Norwegen zurück ...?»

«Nein.» Er schaute wieder rüber zu Tabea. Servietten-Torben umhüllte sie geradezu. Ralph wollte rübergehen, seinen Charme spielen lassen, Torben außer Gefecht setzen, doch er vergaß, vorsichtig aufzustehen. Sofort schoss ihm Schmerz in den Rücken, er klammerte sich am Tisch fest.

«Nein, bitte bleiben Sie», bat Liesa-Maria. «Ich war mal wieder zu voreilig, ich dachte nur, in Ihrem Alter ...»

«In meinem Alter?», fragte Ralph.

«In seinem Alter!», prustete Piet.

«Ach, vergessen Sie's.»

«Was ist mit meinem Alter?», wollte Ralph wissen.

Sie zögerte einen Moment. «Nun ja ... Sie sind nicht mehr der Jüngste.»

Ralph stellten sich sämtliche Härchen auf. «Na und?»

Sie musterte ihn, wie er schmerzgekrümmt vor ihr stand. «Vielleicht sollten Sie sich allmählich um einen Platz in einem Heim kümmern.»

«Böse, böse, böse!», giftete Rolli-Piet.

«Ich meine es nur gut mit Ihnen.»

Ralph sah der Pflegerin in die Augen. Freundlich lächelnde, beinahe mitleidvolle Augen. Sie schien überhaupt eine liebevolle Person zu sein. Umso mehr verletzten ihn ihre Worte. Die Hände noch immer auf den Tisch gestützt, seufzte er müde. Ob Tabea auch dachte, dass er alt war? Sie saß nicht mehr an ihrem Platz, war wohl mit Torben verschwunden. Jemand fasste ihn sanft an der Schulter. Es war Liesa-Maria, die aufgestanden war und nun neben ihm stand. «Lassen Sie es sich einfach mal durch den Kopf gehen. Schaden kann das nicht. Und vielleicht stimmt ja Ihr Cousin Sie um. Ich muss derweil mal für kleine Königstigerinnen.» Ralph sah sie entsetzt an. Lächelnd nahm sie die Hand von seiner Schulter und ging fort.

Ralph fuhr sich übers Gesicht. «Rolli-Piet? Ich glaub, es ist Zeit für ’ne neue Pulle.»

Anders würde er den Abend nicht durchstehen.

Der Zuckerhut auf der Feuerzangenbowle zischte, als er in Flammen aufging. Andächtiges «Oh!» und «Ah!» hallte durch den dunklen Saal. Erst als der Zucker vollständig heruntergeschmolzen war, wurde das Licht wieder angeschaltet. Es gab frenetischen Applaus.

«Großartig. Das hätte ich mich nie getraut», hauchte Tabea. Stolz klopfte sie Ralph auf die Schulter. Das Flambieren des Zuckerhuts war sein Werk gewesen. Immer wieder hatte er Rum darübergegossen, die Flammen zum Tanzen gebracht und in Schach gehalten. Jetzt stand er an der Bowle, schöpfte Tasse um Tasse, und verteilte sie auf Tabletts.

«Ei, isch lach misch strack, du bischd jo es Krischdkind!», kicherte Torben.

Es perlte an Ralph ab. Er hatte den ganzen grauseligen Abend geduldig auf diesen Moment gewartet. Endlich war er Tabea nahe. Dafür nahm er es sogar in Kauf, eine Weihnachtsmann-Mütze zu tragen. Gemeinsam servierten sie die Bowle. Nur er und Tabea. Sie hatte Torben eiskalt an das Dessert-Buffet verbannt, wo er Christstollen in seniorengerechte Scheiben zu schneiden hatte. Ralph tanzte innerlich vor Freude. Er malte sich aus, wie er später mit Tabea in einer schummerigen Ecke ein Tässchen heiße Bowle trinken würde. Sie würde unter seinen Berührungen ebenso dahinschmelzen wie der Zuckerhut ...

Seine Vorfreude wurde einzig durch das Bedienen der Alten etwas gedämpft. *Space Oddity*. Noch da, *Major Tom*? Er fragte jeden: «Bowle?»

Meist kam keine Antwort. Und wenn eine kam, dann klang sie fern, dumpf, sinnlos. Die Alten taten ihm leid. Sie hatten den Absprung verpasst. *Wozu noch da sein, wenn du's selbst nicht mehr mitbekommst?* Abgesehen von Rolli-Piet, der klar und deutlich gleich vier Tassen Bowle sowie Ralphs Telefonnummer forderte, bekam er nur an einem Tisch eine unmissverständliche Ansage: «Hmm, lecker, Frischfleisch!», gierten ihn zwei aufgetakelte alte Schachteln an.

Das erschreckte ihn. Warum glaubten hier alle, dass er dazugehörte? Er wollte nicht dazugehören!

«Danke, Ralph, du warst wirklich großartig. Ich hoffe, du hattest einen schönen Abend», sagte Tabea später, als sie den leeren Bowletopf in der Küche abstellten.

Ralph winkte lässig ab. «Ach was, hab ich gern gemacht.» Er merkte, dass er rot wurde.

Die Feier war vorbei, die Mehrzahl der Gäste fort, die Senioren im Bett, und im Saal hatte bereits der Abbau begonnen.

Sie waren alleine in der Küche.

Einen Moment standen sie einander schweigend gegenüber. Ralph grinste über das ganze Gesicht. Tabea wurde zusehends unruhiger und schaute verlegen zu Boden.

«Na dann», sagte sie schließlich und räusperte sich.

«Darf ich dich auf 'nen Drink einladen?», fragte Ralph im selben Moment und etwas zu hastig. «Bowle ist ja keine mehr übrig, aber ich kenn 'ne Kneipe, wo's welche gibt.»

Sie blickte ihn zögerlich an. «Also ... Weißt du, Ralph ...» Sie kam ins Stocken und fuhr dann in einem leichten Ton fort: «Ich muss hier noch einiges erledigen.» Sie lächelte kurz.

«Kein Problem. Ich kann warten.»

«Nein, nein, geh du nur. Du hast heute schon genug getan.»

«Tabea, ich wart gern auf dich ...» Ralph holte tief Luft und gurrte: «Weißt du, Babe, ich warte schon lange auf dich.»

Er erntete nicht die Reaktion, die er erhofft hatte.

Tabea starrte ihn mit weit aufgerissenen Augen an. Im nächsten Moment verpasste sie ihm eine schallende Ohrfeige. «Ich werde niemals mit dir ausgehen!»

«Ei hier hann ihr eisch versteckelt!» Torben trat voller Elan durch die Tür. «Un, Krischdkind, war's Tabea ah schee brav? Sonschd gebt's kee Geschenk, gelle?» Er kicherte über seinen eigenen Scherz. Ralph und Tabea reagierten nicht. «Ei, Schatzi, was issn los? 'tierlisch krieggschde ebbes. Hann isch im Audo.» Er küsste Tabea flüchtig auf die Wange. «Isch helf nur flink dabba'm Ulf midem Buffet, un dann is Abmarsch!», rief er im Fortgehen.

Die Tür knallte dumpf zu, und es wurde wieder still.

«Dein Freund», stellte Ralph enttäuscht fest.

«Lauere mir nie wieder im Hausflur auf.»

Ralph schaute sie verblüfft an. Die vertraute Melancholie war aus ihren Augen verschwunden. Ihr Blick war kalt.

«Geht klar», sagte Ralph heiser. «Ich versteh nur nicht ... Warum hast du mir das nicht vorher ... Ich meine, warum hast du mich überhaupt hierher ...?»

«Na, wegen der Feuerzangenbowle!» Es klang unmissverständlich sarkastisch.

«Warum sagst du das so ... komisch?»

«Ach Ralph, ich wollte nur nett zu dir sein.»

«Nett?» Plötzlich wurde ihm alles klar. «Shit ... Du hast Mitleid mit mir.»

Sie sagte nichts.

«Ich tu dir leid ... Warum? Weil ich 'nen kaputten Rücken habe? Weil du findest, dass ich alt bin?»

Sie zuckte gleichgültig mit den Schultern.

«Du wolltest einen auf *Tag der offenen Tür* machen, ja? Damit ich Lust kriege, demnächst hier einzuziehen? Gib's zu, du findest, dass ich alt bin, ja?»

«Ja!», entgegnete sie genervt. «Ja, du bist alt, und du tust mir leid! Na und?!»

Der Raum begann zu schwanken. Die Dinge wurden unscharf. «Ich brauch aber kein Mitleid!» Ralph suchte Halt an der Arbeitsfläche. «Shit, Babe, gib mir nicht ausgerechnet Mitleid ... Das brauch ich echt nicht.» Er stieß die Faust gegen einen Küchenschrank.

«Ich bin nicht dein *Babe*!!»

«Sorry!» Ralph ließ sich an der Wand entlang zu Boden sinken. Seine Brust schmerzte. Alles verschwamm.

Tabea blickte verächtlich auf ihn herab. «Hast du mal überlegt, wie viele Jahre zwischen uns liegen?» Er musste einen Punkt auf dem Boden fixieren. Trotzdem drehte sich alles. «Sag schon, wie viele Jahre?!»

«Das war mir egal ... ich hab einfach gedacht ...»

«Das ist pervers!», unterbrach ihn Tabea. «Wach auf, Opa! Werd erwachsen!»

Seine Augen brannten, salziges Nass rann ihm in den Mund.

«Außerdem stinkst du», fügte sie kalt hinzu.

Ralph hielt verwundert inne. «Das stimmt nicht», murmelte er, beinahe für sich.

«Du stinkst.»

«Heute nicht.»

«Doch.»

«Ich hab geduscht.»

«Na toll, dann hast du halt mal geduscht.»

«Mit Duschdas und Deo und so'm Kram ...»

Tabea zuckte gleichgültig mit den Schultern. «Mir doch egal. Ich wollte bloß etwas Böses sagen.»

«Ich hab aber geduscht ...»

«Damit du mich endlich in Ruhe lässt.»

«Tabea ... Ich hab geduscht ... Hier, bitte riech ...» Er hielt ihr seinen Arm hin, aber sie fegte ihn weg.

«Es ist mir scheißegal, ob du geduscht hast! Du stinkst! Für mich stinkst du, Ralph! Lass mich endlich in Ruhe!!»

«Auf geht's, Mausi! Isch hans Audo vorgefahr.» Torben war zurück.

Tabea nickte stumm und holte ihre Handtasche aus einem der Küchenschränke. Ralph hockte noch immer auf dem Boden, hielt sich die Brust und rührte sich nicht.

Es war totenstill.

«Ei Mausi, was geht? Hat's Krischdkind zu dief in de Dibbe gelinst?», fragte Torben halb besorgt, halb belustigt.

«Das Christkind existiert nicht, Schatz», sagte sie. Ohne ein weiteres Wort verließ sie den Raum.

Torben schaute nochmals kurz zu Ralph hinunter. «Ei, allé dann!»

Dann fiel die Tür zu. Ralph blieb allein zurück.

YURI'S PORTHOLE

Wach auf, Opa! Werd erwachsen! Die Bösartigkeiten der Weihnachtsfeier wollten ihn einfach nicht loslassen.

Er stieß die Wohnungstür auf und blieb mitten im Zimmer stehen. In einer Hand hielt er eine halbleere Flasche Rum, die er der Küche des Altersheims entwendet hatte und aus der er hin und wieder große Schlucke nahm.

Das war seine Wohnung, aber es fühlte sich anders an. Schweigend schaute er sich um, betrachtete seine Welt: Die Trümmer eines Lebens, das sich mittlerweile auf Alkohol, Hasch, abgelaufene Erlebnisse und einseitige Gespräche mit einer Topfpflanze beschränkte. Beim Anblick des Musikgrals schnürte sich alles in ihm zu. Er musste sich an die Brust fassen, hatte Mühe zu atmen.

Wozu all diese Erinnerungen?

Es war vorbei. Nie wieder würde es so sein. Sein Leben war vorbei. *Wann möchten Sie hier einziehen?* Er verpasste der Plattensammlung einen kräftigen Tritt. Das Holz stöhnte bloß schwermütig auf. Eine LP fiel heraus. *Rust Never Sleeps* von Neil Young. Ralph überlegte nicht lange und schmiss den Plattenspieler an. Die Lautsprecherboxen wummerten und wirbelten Staub auf. Wände und Boden bebten. Sogar Evergreens Blätter erzitterten. Er beachtete sie nicht. Ohne den Blick von der Plattensammlung zu nehmen, wippte er zum Sound mit und trank Rum. Die Musik erinnerte ihn daran, dass der alte Neil noch immer on tour war und ganze Stadien füllte. Neil hatte keine Rückenprobleme.

«… It's better to burn out, than to fade away …»

Ralph war nicht mehr live dabei. Er war in einem schalldichten Schaumstoffkokon gefangen. Alles um ihn herum war dumpf und erstickt – ein verrottetes Tonstudio, in dem schon lange keine Aufnahmen mehr gemacht wurden. Genauso fühlte sich sein Leben seit nunmehr zwölf Jahren an.

Sie sollten sich allmählich um einen Platz in einem Heim kümmern. Ralph schmiss die Rumflasche gegen die Plattensammlung. Braune Flüssigkeit verteilte sich über mehrere Alben und bildete am Boden eine Pfütze.

Ich meine es nur gut mit Ihnen. «AAARGHH!» Voller Elan warf er sich gegen die massive Regalwand. Das Holz knirschte zäh, die Regalzeilen wankten. Seine rechte Schulter schmerzte. Erneut nahm er Anlauf, rammte die Sammlung mit aller Kraft. Wieder und wieder warf er sich mit seinem gesamten Gewicht dagegen, bis er seine Schulter nicht mehr spürte, bis er überhaupt nichts mehr spürte. Der Gral gab nicht nach. Wütend begann Ralph, wahllos Alben aus den Regalen zu reißen und durch das Zimmer zu schleudern. Sie flogen durch die Luft, knallten gegen die Wände, prallten an der Küchenzeile ab, übersäten den Boden und das Bett. Ganze Vinylreihen fegte er aus den Regalen. Wieder und immer wieder. Taumelnd riss er unablässig weitere Alben heraus, zerschmetterte, zerriss, zerstörte. Bis ihm schwarz vor Augen wurde und er in einem Meer aus Schallplatten ertrank.

LEASH

Telefonläuten. Schrill und hartnäckig durchbohrte es die Stille, drang durch die unzähligen Vinylscheiben und Hüllen vor, bis in sein Gehör hinein.

Ralph stöhnte. Sein Kopf dröhnte. Das Telefon nervte.

Er wünschte, der Plattenberg hätte ihn auf immer und ewig unter sich begraben. Aufdringlich klingelte das Telefon weiter, drängte, abgehoben zu werden nach all den Jahren des Schweigens. Missmutig befreite sich Ralph von den Alben. Er hatte Mühe aufzustehen. Der Rücken schmerzte schlimmer denn je. Und wenn er den rechten Arm bewegte, tat ihm die Schulter weh. Der letzte Anruf war so lange her, Ralph erinnerte sich nicht einmal mehr, wo das Telefon üblicherweise stand. Gekrümmt stapfte er durch das zerstörte Zimmer und suchte danach. Schließlich fand er den Apparat neben dem Fernseher in einer leeren Pizzaschachtel.

«Ja.»

«Herr Ralph?»

Eine unbekannte Stimme. Er wollte wieder auflegen.

«Hallo? Herr Ralph?»

Er sagte nichts.

«Herr Rückert lässt fragen, wann Sie ihn heute zum Spaziergang abholen.»

Rolli-Piet. Der Kerl hoffte wohl noch immer, dass er ihn retten würde.

«Er hat mich ausdrücklich gebeten, Sie daran zu erinnern, dass er in Zimmer 104 auf Sie wartet ... Hallo? Sind Sie noch dran?»

«Wenn Herr Rückert spazieren gehen will, soll er gefälligst selbst anrufen!», knurrte Ralph und donnerte den Hörer auf die Gabel. Kurz darauf klingelte das Telefon erneut. Ralph bereute, dem Alten seine Nummer gegeben zu haben, und zog den Stecker raus. Er würde niemanden retten, nicht mal sich selbst. Seine Tage waren gezählt. Das wusste er nun. Er brauchte sich nur in seiner Bude umzusehen. Ein Meer an zerstörten Alben, auf dem ganz zuoberst *My Generation* schwamm. Ralph konnte den Blick nicht von dem Cover lösen. Es war wie ein Sog, unaufhörlich flüsterte ihm Gonzos vertraute kratzige Stimme zu: *Tu es! Mach endlich Schluss!*

Wohltuend hallten die Worte in Ralphs Ohren wider.

Wie war noch gleich Gonzos Telefonnummer?

Ralph seufzte. Es war ihm zu mühsam, sein Telefonbüchlein zu suchen. In der Unordnung würde er es nie finden. Alles in der Wohnung schien zu Bruch gegangen zu sein.

«Evy!» Panisch suchten seine Augen die Trümmer nach der kleinen Pflanze ab. Er atmete erleichtert auf, als er sie unversehrt in einem Haufen Schmutzwäsche erblickte. Einzig ihr Unterteller war zerbrochen. Vorsichtig hob er den Topf mit der kleinen Pflanze auf, räumte den Couchtisch von Alben frei und stellte sie darauf. Ihre Blätter waren stoisch zugeklappt.

«Es tut mir leid, Evy», murmelte er heiser.

Als er sie streichelte, fiel ihm auf, dass seine Finger blutverschmiert waren. Sie waren von feinen Schnitten übersät, und im Daumen steckte ein langer Holzsplitter. Es schmerzte höllisch, als er ihn herauszog. Im Bad fand er Ethylalkohol, mit dem er die Wunde desinfizierte. Bei einem flüchtigen Blick in den Spiegel bemerkte er, dass seine rechte Augenbraue blutverkrustet war, die Wunde reinigte er ebenfalls.

Dann setzte er Kaffee auf und spülte einen kleinen Teller,

der Evergreen als neuer Unterteller dienen sollte. Nachdem er sie ein wenig gegossen hatte, tauchte er in die Plattenflut, kraulte durch die Alben zum Schlafsofa und kramte eine Reisetasche darunter hervor.

«Sag adieu, Evy, wir müssen von hier fort. Wird dir guttun, mal rauszukommen, Neues zu sehen … frische Luft», brummte er, während er Staub von der Tasche klopfte. «Ich bin ein Mann, der sein Wort hält, Evy, das weißt du.»

WHEN THE LEVEE BREAKS

Es dämmerte bereits, als Ralph das Haus verließ. Draußen tobte ein Schneesturm. Er stellte den Kragen seiner Lederjacke auf, vergrub das Gesicht bis zur Nase darin und presste die Reisetasche fest gegen die Brust. Neugierig lugten Evergreens Blätter aus der Tasche hervor.

«Alles Roger, sind nur ein paar Meter bis zum Wagen», brummte er der kleinen Pflanze zu. Behutsam tastete er sich den Gehsteig entlang. Die Straße war rutschig vom Schneematsch, und der Wind fegte ihm feuchte Flocken ins Gesicht. Sein Golf stand in einer Seitengasse. Ralph stellte die Reisetasche mit Evergreen auf dem Beifahrersitz ab, setzte sich hinters Steuer und startete den Motor.

Augenblicklich ertönte ein Warnsignal.

«Shit», stöhnte Ralph. Er fuhr sich mit den zerschundenen Händen übers Gesicht. Dann blickte er zu Evergreen: «Benzin alle.» Er hatte kein Geld mehr, um zu tanken. Seine letzten Euro waren für Tabeas Backmischung draufgegangen, und die monatliche Rente würde ihm erst in zwei Wochen überwiesen werden. Aber Ralph konnte nicht warten, er musste jemanden anpumpen.

«Nur wen, Evy?» Nachdenklich starrte Ralph das Pflänzchen an. Wassertropfen perlten an ihren Blättern ab, geschmolzene Schneeflocken. Sie funkelten im Licht einer Straßenlaterne, das durch das Fenster hereinfiel. «Bin gleich wieder da.» Er stapfte durch den Sturm zu seiner Stammkneipe und bestellte ein Bier.

«Willi ...», begann er.

«Nein», unterbrach ihn Willi. Ralph sah ihn verdutzt an. «Frag gar nicht erst, Kumpel. Ich weiß, was du willst, und die Antwort lautet: nein.»

«Komm schon, Willi, ich hab dich noch nie angepumpt», sagte Ralph.

«Mag sein. Aber was ist damit?» Er deutete auf Ralphs Deckel.

Ralph räusperte sich. «Bitte, nur 'nen Hunni, Anfang Januar zahl ich alles zurück.»

Willi füllte Schnaps in ein Glas. «Erst will ich mein Geld wiederhaben. Dann können wir gucken, ob ich dir was leihe», entgegnete er in ruhigem, bestimmtem Ton und schob Ralph das Glas zu. «Aufs Haus.»

Ralph kippte den Schnaps und verließ die Kneipe. Eilig schritt er durch Wind und Schnee zur Dönerbude. Doch auch Ali würde ihm keinen Cent leihen. Die Bude hatte bis Neujahr zu. Schnee peitschte Ralph ins Gesicht, kleine Eiskristalle verfingen sich in seinem grauen Haar. Frierend kehrte er zum Wagen zurück. Er blies in seine Hände, rieb sie, um sie zu wärmen, und dachte nach. Schließlich startete er den Motor erneut. Im Schritttempo fuhr er bis zum Ende der Gasse, bog ab, fuhr noch ein paar Meter bis zur nächsten Kreuzung und parkte dann unter einem Straßenschild mit der Aufschrift *Bismarckstraße*.

«Ich habe keine andere Wahl, Evy. Und im Grunde ist der Alte echt in Ordnung. Bleibt nur zu hoffen, dass er auch wirklich Kohle hat.»

(WE ARE) THE ROAD CREW

«Bereit für einen Spaziergang?», fragte Ralph, als er Zimmer 104 betrat.

«Mein Freund! Hoho!», empfing ihn Rolli-Piet mit erhobenen Armen und strahlenden Augen. Er saß in seinem Rollstuhl und trug einen eleganten Tweed-Anzug. «Ich habe gewusst, dass du kommst! Ich hab's gewusst!» Er pfiff durch die Finger und drehte dann mit dem Rollstuhl eine Pirouette. Abrupt bremste er ab. «Hat dich jemand gesehen?»

«Nö, nur die Lady am Empfang, aber die hat mich kaum wahrgenommen.»

«Gut», befand Piet. Dann musterte er Ralph skeptisch. «Was ist mit deinem Auge passiert?»

«Ach das ... Nichts. Nicht der Rede wert», winkte Ralph ab. «Also, was ist jetzt mit dem Spaziergang?»

«Wie meinst du das?»

«Na, du wolltest doch 'nen Spaziergang machen.»

«O ja, mein Freund, das möchte ich in der Tat. Aber reden wir auch von der gleichen Art Spaziergang?»

Ralph zog die Brauen zusammen. «Äh, keine Ahnung. Gibt's da verschiedene?»

Piet nahm ihn prüfend ins Visier. «Meinst du einen Spaziergang-Spaziergang oder ...» Piet ließ die Hände flattern. «... einen Machen-wir-die-Fliege-Spaziergang?» Abwartend sah er zu Ralph hoch.

Ralph dachte nach. «Hm.» Wegen der Kälte vorhin lief seine Nase. Er zog den Rotz hoch und sah sich im Zimmer um. Es war prunkvoll eingerichtet: antike Möbel aus dunklem Holz, ein in Gold gefasster Spiegel, ein großer Plasmabildschirm. An einer Wand hingen holzgerahmte Ölgemälde, auf denen Waldlandschaften abgebildet waren, und neben der Tür die gerahmte Bleistift-Skizze eines Hundes – ein einziges Gekritzel, in etwa so groß wie ein aufgeschlagenes Playboy-Magazin. Ralph kannte sich mit Kunst nicht aus, aber bis auf den Hund machten die Bilder alle was her. Schließlich sagte er: «Hör zu, Mann, ich will bloß tanken. Entscheide du, welchen Spaziergang. Hauptsache, ich krieg den Finderlohn.»

«Finderlohn?», fragte Piet.

«Na, den Lohn, die Belohnung. Aus deinem Brief.»

«Dann hilfst du mir also bei der Flucht?»

Ralph war verwirrt. «Logo. Deswegen bin ich doch hier.»

«Huhuhuu! Jihaaa! Juheee!», rief Rolli-Piet aus, während er erneut Pirouetten drehte und ein imaginäres Lasso schwang wie ein Rodeoreiter.

«Hey ... ja ...», sagte Ralph. Piet drehte sich jubelnd weiter. Ralph räusperte sich. «Piet?»

Piet bremste und lächelte ihn an. «Mein Freund.»

«Ja, ja», brummte Ralph. «Also, wie bringen wir dich hier raus?»

Piet rollte verschwörerisch nah an ihn heran. «Ich habe einen Plan.» Er deutete zum Fenster. «Erdgeschoss», verkündete er freudestrahlend.

Ralph trat ans Fenster. Kristallene Flocken wirbelten durch die Dunkelheit. Er konnte die Umrisse eines Baumes und ein paar schneebedeckte Sträucher ausmachen.

«Nur etwas Gestrüpp», erklärte Piet, «dahinter ein leicht abfallender Hang, der von einem Gehweg begrenzt wird. Dort endet das Gelände des Heims. Der Weg gehört zum Stadtpark.»

«Alles klar.»

«Hast du ein Auto?»

«Steht vorm Heim.»

Piet nickte zufrieden. «Im Park gibt es einen Ausgang, der auf die Bismarckstraße führt.»

«Ja, ich glaub, den kenn ich.»

«Wir spazieren mir nichts, dir nichts dorthin, du holst den Wagen, und weg sind wir!»

«Äh, okay. Klingt nach 'nem Plan.»

«Mein Freund!», rief Piet freudig aus. Er fuhr an eine Kommode und zog aus einer der Schubladen eine Packung Luftballons heraus. Ralph wurde stutzig. «Die legen wir unter die Bettdecke. Dann glaubt das Personal, ich schlafe tief und fest», sagte Piet mit funkelnden Augen. «Ja, ja, mein Freund, ich habe an alles gedacht!»

Ralph kratzte sich verlegen am Bart. Worauf hatte er sich da nur eingelassen?

Bereits nach zwei Ballons ging ihm die Luft aus.

«Komm, mein Freund, einen noch, dann ist es gut», ermutigte ihn Rolli-Piet, der selbst noch immer am ersten Ballon blies. Es wirkte eher, als würde er daran saugen. Das Mundstück war feucht von Spucke, und sobald er ein Päuschen einlegte, um Atem zu schöpfen, entwich dem Ballon wieder alle Luft. Ralph rang sich durch, noch drei weitere aufzublasen. In derselben Zeit stellte Rolli-Piet seinen ersten und einzigen Luftballon fertig. Ein relativ kleiner Ballon.

«Mein Schwanz», witzelte Piet und schoss ihn durchs Zimmer.

«Meine Eier.» Ralph warf zwei große Ballons in die Luft.

«Das war gestern», entgegnete Piet. «Aber heute, nach Tabea, sind sie da nicht eher so?» Er hielt zwei unaufgeblasene Luftballons in die Höhe.

Ralph lächelte wehmütig, als er verneinte. «Hat mich abblitzen lassen.»

«Frauen.»

«Du sagst es.»

«Tut mir leid.»

«Halb so wild.»

«Nicht wegen deiner Verflossenen. Es tut mir leid, weil die Ballons nicht deine Hoden sein können, mein Lieber. Der eine wird mein Kopf, und den anderen brauche ich als Brustkorb.»

Beide mussten lachen, die Luftballons tanzten durch den Raum, und Pflegerin Liesa-Maria betrat das Zimmer.

Erstaunt betrachtete sie die beiden inmitten der pastellfarbenen Ballons. «Sie haben Besuch, Herr Rückert», stellte sie fest.

«Ja! Daher werde ich heute Abend auch nicht im Speisesaal dinieren. Mein Cousin war so lieb, ein Menü mitzubringen.»

«Oh, schön, Herr Rückert. Ich hoffe nur, dass das Menü auch ausgewogen ist?»

«*Naturellement,* meine Werteste. Viele Vitamine.»

Liesa-Maria sah sich im Raum um, als suchte sie nach dem besagten Menü. Ralph wurde unruhig. Piet hingegen blieb ganz gelassen und lächelte vornehm vor sich hin. Schon bald schüttelte Liesa-Maria nervös lächelnd den Kopf, etwa so als hätte sie gerade den absurden Gedanken gehabt, Piet und Ralph Fluchtpläne zu unterstellen. «Na dann, guten Appetit», wünschte sie und wollte zur Tür hinaus. Ralph atmete auf, doch plötzlich wandte sich Liesa-Maria ihnen nochmals zu. «Herr Rückert», sagte sie, «denken Sie daran, um einundzwanzig Uhr ist Bettruhe.»

«Keine Sorge, bis dahin sind wir über alle Berge», entgegnete Piet.

«Wie bitte?»

«Ich sagte: Bis dahin schlaf ich wie die sieben Zwerge!», sagte Piet.

«Ist ein Spruch aus Norwegen», fügte Ralph hastig hinzu.

Liesa-Maria stutzte. Dann schüttelte sie erneut den Kopf. «Tut mir leid, ich hab etwas völlig anderes verstanden. Ist wohl Zeit, dass ich Feierabend mache. Schönen Abend, die Herren. Bis morgen, Herr Rückert.» Sie verließ das Zimmer.

«Puuh, das war knapp», stöhnte Piet. «Was für ein Lapsus!»

«Yeah, Lapsus-Maria! Beeilen wir uns lieber, bevor sie zurückkommt.» Ralph begann, die Luftballons unter die Bettdecke zu legen.

«Keine Sorge, die kommt uns heute nicht mehr in die Quere. Mein Lieber, unterm Bett steht mein Koffer bereit.»

Als Ralph sich bückte, um ihn hervorzuholen, versetzte ihm die Bewegung einen Hieb in den Rücken. Er jaulte auf.

«Mein Freund!», rief Piet. «Alles in Ordnung?»

«Ja, ja, alles gut», stöhnte Ralph. In dem Moment ertönte ein lauter Knall. Einer der Luftballons war unter der Bettdecke geplatzt. Ralph wollte sofort an die Tür, um zu prüfen, ob jemand auf dem Flur es gehört hatte, doch Piet hielt ihn zurück.

«Nur die Ruhe, mein Freund», sagte er gelassen. «Niemand wird uns aufhalten. Glaub mir, das Personal kommt nicht mal vorbei, wenn ich nach ihnen klingele.»

«Aber Liesa-Maria?»

«Sitzt vermutlich schon in ihrem Wagen und pfeift sich ein Eierlikörchen rein.»

Ralph musste schmunzeln.

Piet grinste triumphierend. «Vertrau mir, ich habe diese Flucht monatelang geplant.» Gemächlich rollte er zum Fenster und öffnete es. Kalte Luft drang ins Zimmer. Ein paar Schneeflocken flogen herein und schmolzen sofort auf der Fensterbank. Routiniert hievte Piet sich vom Rollstuhl in einen Sessel, der gleich neben dem Fenster stand, und wartete. «Wann immer du bereit bist, mein Freund.»

Ralph faltete den Rollstuhl zusammen. Zu seiner Überraschung ging es recht einfach, und es war auch relativ leicht, ihn durch das Fenster zu hieven. Draußen stellte er ihn so auf, dass er Piet direkt hineinsetzen könnte. Als er ins Zimmer zurückkletterte, um Piet und den Koffer hinauszubringen, klopfte es an der Tür.

Ralph schaute fragend zu Piet.

«Herr Rückert?» Das war nicht Liesa-Marias wohlwollende Stimme.

«Die dicke Erna.» Mit einem Mal wirkte Piet nicht mehr ganz so souverän wie zuvor. Ralph schaffte es gerade eben, den Koffer hinter Piets Sessel verschwinden zu lassen. Die Tür öffnete sich, und eine äußerst korpulente Frau füllte den gesamten Türrahmen aus. Ralph blieb die Luft weg. Es war die Pflegerin, die ihn tags zuvor für Herrn Heinrich gehalten hatte. Zu Ralphs Erleichterung trug sie diesmal eine dicke Hornbrille. Somit standen die Chancen gut, dass sie ihn nicht wieder mit einem Rentner verwechseln und abführen würde.

«Haben Sie Herrn Heinrich gesehen?», blaffte sie Piet und Ralph an.

«Nein, Werteste», sagte Piet. «Leider können wir Ihnen nicht weiterhelfen.» Die dicke Erna rührte sich nicht. Sie schnaubte. Ihr Mund war derart zusammengepresst, dass er an eine Rosine erinnerte. Piet räusperte sich. «Wenn Sie uns nun entschuldigen würden. Wie Sie sehen, habe ich Besuch.»

Die dicke Erna zog missmutig die Brauen zusammen. Ihre Nasenflügel bebten. Sie schien etwas zu riechen, das ihr nicht passte. Ihre Krokodilsaugen scannten den Raum minutiös ab und blieben an der aufgebauschten Bettdecke hängen. «Was ist das?», fragte sie forsch.

Piet zuckte unwillkürlich zusammen. Die dicke Erna zog den Kopf etwas ein, um ins Zimmer zu treten und das Bett genauer unter die Lupe zu nehmen. Panik überfiel Ralph, kurzerhand stellte er sich ihr in den Weg, trat ganz nah an sie heran und raunte: «Das ist ein Bett.» Die dicke Erna machte einen Schritt zurück, aber Ralph kam noch näher. «Und, ganz ehrlich, Lady, wenn ich Ihre bezaubernde Gestalt erblicke, fallen mir jede Menge Dinge ein, die ich gern mit Ihnen auf diesem Bett tun würde.» Ralph zwinkerte ihr mehrfach zu. Sie reagierte nicht. «Äh, schlafen gehört nicht dazu», fügte er unsicher hinzu.

Verblüfft musterte die dicke Erna ihn durch die dicke Hornbrille. Und offensichtlich beschloss sie, gut zu finden, was sie sah. Sie packte Ralph am Kragen, ihr Reptilienatem wehte ihm entgegen. Ralph schluckte, und vom anderen Ende des Zimmers hörte er Piet erschrocken aufjaulen. Ernas Brillengläser beschlugen. Ralph hatte Angst, ja, aber hier ging es ums Ganze. In dem Moment sah er aus dem Augenwinkel, wie jemand ein Gebiss zur offenen Tür hereinhielt und damit klapperte. Gleich darauf röchelndes Gekicher.

«Herr Heinrich!» Erna ließ Ralph los und drehte sich zur Tür um. Dort erschien für den Bruchteil einer Sekunde tatsächlich Herrn Heinrichs breit grinsendes Gesicht. Als er die dicke Erna erblickte, schrie er auf und machte, dass er wegkam. «Sie muss ich unbedingt näher kennenlernen!», gurrte sie Ralph zu. «Bin gleich zurück.» Dann stürmte sie Herrn Heinrich nach.

«Um Himmels willen», stotterte Piet, als sie fort war. «Jetzt aber schnell weg hier!»

Ralph nickte ernst. Schleunigst verriegelte er die Tür, indem er eine Stuhllehne unter die Klinke klemmte. Dann schnappte er sich den Koffer und eilte zu Piet, der bereits versuchte, zum Fenster hinauszukriechen. Ralph half ihm über die Fensterbank und in den Rollstuhl und reichte ihm den Koffer. Er musste einen Augenblick verschnaufen – sein Rücken schmerzte furchtbar.

«Shit, Mann, bin echt nicht scharf drauf, das Bett mit der Erna-Braut zu testen», ächzte er mit gekrümmtem Rücken.

Er wollte gerade hinausklettern, als ihn Piet aufhielt: «Warte! Es fehlt noch was!»

«Was?»

«Die Skizze! Die Hundeskizze! Neben der Tür!»

«Das Hundebild?! Ehrlich?!»

«Ja! Finanzielle Absicherung!», rief Piet. «Für uns beide! Mach schon!»

«Shit, Piet. Ich dachte, du hast Kohle!»

«Hab ich ja auch. Nur nicht flüssig.»

«Fuck! Ich wollte doch bloß tanken!»

Auf dem Linoleum im Flur hörte er Schritte.

«Zum Tanken reicht's allemal!», rief Piet.

Die Schritte kamen näher. Ralph wurde heiß. Er blickte zur Tür. Gleich daneben hing das Bild. «Na schön», brummte er, hechtete hinüber, packte das Bild, und augenblicklich blockierte sein Rücken. «AAHH!»

«Mein Freund?», hörte er Piet von draußen fiepen. Wenigstens war aus dem Flur nichts mehr zu hören. Steif wie ein Brett humpelte Ralph mit dem Bild unterm Arm zum Fenster zurück.

«Piet», stöhnte er dort. «Ich glaub, du musst ohne mich fahren, ich schaff das nicht durchs Fenster.»

«Blödsinn! Nur Mut!», zischte Piet. «Gib mir das Bild.»

Wie ein Roboter, nur mit einem Arm, streckte Ralph ihm die Zeichnung entgegen. Piet schnappte sie sich und legte sie zu sich auf den Koffer in seinem Schoß. «Und jetzt du, mein Freund.»

Ächzend probierte Ralph ansatzweise mehrere Bewegungen. Alles schien auf höllische Schmerzen hinauszulaufen.

«Fahr ohne mich, Piet, du schaffst es», sagte Ralph mit gepresster Stimme. «Autsch, leb wohl.» Er wollte sich abwenden.

«Ralph! Sieh mich an!», befahl Piet. Lethargisch sah Ralph durchs Fenster zu Piet hinunter. Lauter Schneeflocken tanzten um sein Gesicht. «Siehst du hier irgendwo Außerirdische oder ein Ufo oder ein fliegendes Fahrrad?!»

Ralph verneinte zögerlich.

«Gut!», sagte Piet scharf. «Dann Schluss mit dem Autsch und dem Lebwohl! Ich bin nicht E. T., ich will nicht nach Hause telefonieren, und noch weniger werde ich dich hier zurücklassen!»

Das war mal ein Argument. Ralph nickte.

«Kein Ufo wird mich je hier abholen! Verstehst du, Ralph? Ohne dich komm ich hier nicht weg!» Piet standen Tränen in den Augen. Ralph fühlte sich elend. «Und das Gleiche gilt für dich. Kein Ufo wird uns je retten!»

«Aber ich kann echt nicht. Bin total blockiert.»

«Darum geht's nicht! Die Frage ist: Glaubst du an Ufos?»

Ralph zog die Brauen zusammen. «Nein. Natürlich n…»

«Was?! Ich hab's nicht gehört! Glaubst du an Ufos?!»

«Nein!!»

«Worauf wartest du dann noch?! Beweg deinen Arsch hier raus!»

«Okay, okay.» Ralph biss die Zähne zusammen, schloss die Augen und warf sich auf die Fensterbank.

«Na los, mein Freund!» Begleitet von Piets Zurufen, schob

er sich vor Schmerzen jaulend zum Fenster hinaus. Als er endlich von der Fensterbank auf den Boden glitt, knackte es laut. Erstaunt hielt Ralph inne.

«Alles gut, mein Freund?», fragte Piet.

Vorsichtig richtete Ralph sich auf und ließ langsam sein Becken kreisen. «Ja.» Die Blockade war weg. Die Schmerzen, kein Vergleich zu vorhin. Sein gesamter Rücken war wohlig betäubt, als hätte er eine schmerzstillende Spritze bekommen. Vor lauter Aufregung hatte ihm sein Körper wohl eine besonders großzügige Menge Adrenalin und Endorphine spendiert. «Dann lass mal losspazieren.» Er stützte sich am Rollstuhl ab und begann, ihn behutsam anzuschieben.

Es wurde bei weitem nicht der gemütliche Spaziergang, den sie geplant hatten. Der Schneesturm wütete noch immer. Sie holperten durchs Gestrüpp und bretterten den rutschigen Hang hinab. Piet wäre beinahe mitsamt Koffer aus dem Rollstuhl gekippt. Ralph kämpfte damit, ihn zu lenken und gleichzeitig die Zeichnung festzuhalten. Ob sie nun an Ufos glaubten oder nicht: Aus der Ferne erinnerten sie wahrscheinlich an die Rentnerversion von E. T. und seinem Freund Elliott – statt mit dem Fahrrad im Rollstuhl fortfliegend.

Am Ausgang des Parks angelangt, versteckten sie sich hinter einer Tanne, um eine kurze Pause einzulegen.

«Danke, Piet», keuchte Ralph. «Ohne dich hätte ich es nie geschafft.»

Piet sah ihn einen Moment verwundert an. «Nicht der Rede wert», sagte er dann.

«Wer weiß, was sonst passiert wäre?» Abgesehen vom Rauschen des Windes und dem Pochen seines Herzens, fand Ralph, war es seltsam still. «Die dicke Erna, wo ist sie? Die muss doch mittlerweile gemerkt haben, dass wir weg sind.»

«Keine Ahnung, aber sie ist ... Der gute Herr Heinrich», sagte Piet.

Ralph nickte mit großen Augen. Dann schlich er los, um den Wagen zu holen.

Begleitet vom Benzinwarnsignal, rauschten sie kurze Zeit später durch die verschneiten Kleinstadtstraßen gen Autobahn. Sie schwiegen eine Weile, mussten sich von der Anstrengung erholen. Ralphs Betäubung im Rücken ließ nach, und er hatte nun eine Art Muskelkater. Aber das war in Ordnung, alles besser, als blockiert zu sein.

Auf dem Rücksitz lag neben Evergreen die Hundeskizze.

«Shit, wenn wir erst dein Bild verkaufen müssen, um zu tanken, kommen wir nicht weit», sagte Ralph irgendwann.

«Ich glaube, ich habe noch etwas Kleingeld», entgegnete Piet. «Tataa.» Er zog einen Hundert-Euro-Schein aus seiner Weste.

Ralph schüttelte grinsend den Kopf. «Wo soll ich dich eigentlich absetzen?», fragte er.

«Nun ja», sagte Piet und sah sich im Wagen um. «Wie es aussieht, verreist du auch?» Er deutete auf die Pflanze.

«Kann man so sagen.»

«Dürfte ich dich eine Weile begleiten?»

Ralph sah zu ihm rüber. Piet machte große Babygiraffenaugen. Ralph richtete den Blick wieder auf die Straße. Dann nickte er.

«Wunderbar, mein Freund!» Zufrieden ließ sich Piet in den Sitz sinken und betrachtete die vorbeirauschende, verschneite Landschaft. «Wohin geht's eigentlich?», fragte er nach einer Weile.

«Ein paar alte Freunde besuchen. Und dann sterben.»

B SIDE

WHY DON'T YOU DO RIGHT

Der Wecker klingelte wie jeden Morgen um fünf Uhr dreißig.

Er putzte sich die Zähne, wusch sich das Gesicht und trug sorgfältig eine Tagescreme auf. Dann zog er sich an, nahm Mantel und Mütze und verließ die Wohnung. Es war dunkel und still, als er auf die Straße hinaustrat. Die Stadt schlief noch. Er genoss die frühmorgendliche Ruhe, streckte sich und atmete tief ein. Die Luft war angenehm kühl und trocken.

«Herrlich, es riecht nach Schnee», flötete er.

Wie jeden Morgen spazierte der alte Mann zur Bäckerei. Und wie jeden Morgen war sie um diese Zeit geschlossen. Nur der Rollladen war halb geöffnet und ließ etwas Licht von innen auf den Gehsteig strömen. Eine ältere Frau und ein junger Mann warteten bereits davor. Sie sahen zu Boden, als er sich dazustellte. Kurz darauf kam ein Bäckergehilfe mit einer Mülltonne aus dem Laden. Der alte Mann grüßte ihn höflich. Die ältere Frau und der junge Mann taten es ihm gleich. Der Gehilfe stellte die Tonne am Rand des Bürgersteigs ab, nickte und verschwand wieder im Laden.

Kaum war er fort, begaben sich die drei an die Mülltonne.

«Was es heute wohl gibt? Vielleicht einen Christstollen oder gar *Bûche de Noël*?», fragte der Alte die anderen lächelnd. Sie schauten ihn einen Moment entrüstet an und widmeten sich dann sofort dem Inhalt der Tonne.

«*Joyeux Noël.*» Er rollte seufzend mit den Augen, zog seine Mütze tief ins Gesicht, vergewisserte sich, dass niemand herschaute, und beugte sich dann auch über den Rand der Tonne.

Er fischte zwei Baguettes heraus und sogar ein Schokocroissant. Eilig kehrte er mit der Beute in seine Wohnung zurück.

Nun konnte Paris für Roy erwachen.

SAINT GERMAIN DES PRÉS

Manchmal war er über sich selbst überrascht. Dass er nach all den Jahren des Kampfes noch immer an sich glaubte. Dass er noch immer daran glaubte, dass der große Durchbruch beim nächsten Casting kommen konnte. Dass er es eines Tages schaffen würde, sein Einkommen als Schauspieler zu bestreiten.

Mittlerweile war er neunundsechzig. Und während er auf den großen Durchbruch wartete, schuftete er sich mit diversen Nebenjobs ab. Manchmal kam es ihm vor, als würde er sein Leben spielen. Er schlüpfte von einer Rolle in die nächste. Mal war er der zuvorkommende Kellner, mal der diskrete Nachtportier, mal der stilsichere Verkäufer ... Er mochte vor allem Jobs, in denen er sich zeigen konnte, gewissermaßen ein Publikum und eine Bühne hatte. Für jeden Nebenjob erfand er eine neue Figur, mit einem bestimmten Gang, einer ihr eigenen Gestik und Mimik, einer spezifischen Sprechweise. Es mussten Charakterrollen sein, mit Eigenschaften und Motiven, die ihn als Schauspieler reizten und herausforderten. Je älter er wurde, desto besser und minutiöser war sein Spiel. Wenn er einer Tätigkeit überdrüssig wurde, konnte es passieren, dass er das Rollenprofil änderte, um wieder Würze reinzubringen. So wurde etwa der zuvorkommende Kellner tollpatschig, der diskrete Nachtportier intrigant oder der stilsichere Verkäufer militant. Und wenn er daraufhin gefeuert wurde, bestätigte das nur die Intensität und Glaubwürdigkeit seines Spiels.

Schade, dass es für so etwas keinen Oscar gibt, dachte er. *Ein Jammer, dass niemand bemerkt, wie ich mir hier die Seele aus dem Leib spiele! Es ist zu perfekt. Ich bin zu überzeugend. Niemand bekommt es mit.*

«Danke, Roy, Sie dürfen eine kleine Pause machen. In zehn Minuten geht's weiter», riss ihn die Stimme des Kunstprofessors aus seinen Gedanken.

Heute gab er das verträumte Aktmodell in einem Maleratelier.

Roy krampfte sich aus seiner Pose. Er hatte kein Problem damit, seinen blanken Körper zur Schau zu stellen. Trotzdem hätte er sich gewünscht, dass ihm nun jemand einen Bademantel reichte. Doch darum musste er sich schon selbst kümmern. Als er sich vom Podest erhob, sackte er beinahe weg. Durch das lange Stillhalten war sein rechtes Bein eingeschlafen. Er wartete, bis es endlich in der Wade kribbelte. Dann schlüpfte er in Bademantel und Pantoffeln und schritt elegant zum WC.

Aus einer der Toiletten kamen ächzende Geräusche. Roy verzog das Gesicht. Schnell stellte er sich vor, in einer römischen Therme zu sein, und schon wurde das Ächzen durch das erfrischende Sprudeln eines Springbrunnens übertönt.

Sein Magen knurrte, aber bis zum Abendessen musste er sich noch etwas gedulden. Also trank er ein wenig Wasser aus dem Hahn. Er blickte in den Spiegel über dem Waschbecken, tupfte sich den Mund mit den Fingerspitzen trocken und rückte die Perücke zurecht. Schade, dass er nicht mehr seine eigene Haarpracht herzeigen konnte. Er hatte sie schon lange verloren. Es nagte noch immer an ihm. Zufrieden stellte er jedoch fest, dass ihm die blonden Kunstlocken ein verspieltes und romantisches Aussehen verliehen, genau das Richtige für die heutige Rolle. Er öffnete den Bademantel und betrachtete seinen Körper. Auch hier schritt das Altern unaufhörlich voran. Er war drahtig, aber schrumpelig. Die Armmuskeln und der Po machten ihm zu schaffen. Sie waren in letzter Zeit drastisch abgeschlafft, als hätte jemand die Luft rausgelassen. Unter den Pobacken hatten sich die meisten Falten gesammelt. Roy seufzte. Auch seine Hoden wirkten heute besonders von der Schwerkraft angezogen. Aber im Großen und Ganzen mochte er seinen Körper, trotz der immer neuen Falten und Flecken. Seine Figur war das hart erkämpfte Resultat eines langjährigen Trainings, gepaart mit einer streng gesunden Ernährung. Das Schokocroissant gestern früh war eine Ausnahme gewesen, die er sich nur an Festtagen gönnte.

Die Klospülung rauschte, und der Professor trat aus der Toilette. «Dann wollen wir mal weitermachen», sagte er im Vorbeigehen.

Roy nickte mondän, aber der Professor sah es nicht. Er war schon zur Tür hinaus. Roy ließ sich die Enttäuschung nur für den Bruchteil einer Sekunde anmerken. Dann lächelte er souverän in den Spiegel, schnürte den Bademantel zu und schwebte einer römischen Göttin gleich ins Atelier zurück.

GEORGIA ON MY MIND

«Schlag mich tot, du hast deine Haare noch ... alle!», rief Roy aus, als er sah, wer da mitten in der Nacht vor seiner Wohnung stand.

«Roy Boy!» Ralph öffnete die Arme und warf sich auf den Jugendfreund.

«Das ist ja mal ... Überraschung!», fiepte Roy.

Ralph war so froh, endlich in einem sicheren Hafen angelangt zu sein, dass er den Freund wohl etwas zu fest drückte. Als er losließ, taumelte Roy leicht. Er trug einen roten Kimono und eine knallrote Mütze, an der er hektisch fummelte, um sie sich über die Ohren zu ziehen.

«Du siehst müde aus», sagte Roy – mit französischem Akzent.

Ralph fand das merkwürdig, ebenso wie den Umstand, dass Roy zum Schlafen scheinbar eine Mütze trug.

«*Allô*, Ralph?» Roy wedelte mit der Hand vor seinem Gesicht herum.

Ralph riss sich aus dem Bann der fragwürdigen Mütze und winkte ab. «Sorry, bin nur gerade fünf Stunden durchgefahren. Hoffe, ich hab dich nicht geweckt.»

«Ist etwas passiert?», fragte Roy alarmiert. «Etwas Schlimmes? Ich meine, was machst du hier? Wieso hast du nicht vorher angerufen?»

Wieder der französische Akzent. Ralph musste schmunzeln. «Keine Panik, Roy Boy, ich wollte einfach vorbeischauen. Ist so lange her.»

«Einfach so fährst du mitten in der Nacht fünf Stunden

durch und marschierst dann sieben Stockwerke bis hier rauf, einfach so?»

«Yeah.»

«Ich kenne dich, Ralph, und ich weiß, dass du deine Motive so gut verheimlichen kannst wie ein Löwe seinen Hunger.»

Ralph verstand den Spruch nicht ganz, musste aber breit grinsen. Wo hatte Roy diesen irren Akzent aufgeschnappt?

Die beiden Freunde betrachteten einander eine Weile. Wie alt sie geworden waren. Nur in den Augen erkannten sie die Jugendlichen, die sie einmal gewesen waren. In den Pupillen flackerte das vertraute, zeitlose Feuer.

Ein kalter Luftzug wehte durch das Treppenhaus. Roy zog seinen Morgenmantel fester zu. «Wie auch immer, Ralph», seufzte er. «Lang, lang ist's her. Zehn Jahre?»

«Mehr. Was ein Glück, dass du noch hier wohnst.»

Roy zuckte verlegen mit den Schultern. «Ist wichtig, im Showbusiness die Visitenkarte nicht zu oft zu wechseln. Du weißt doch, wie's ist: Sonst erreichen die einen nicht mehr, wenn's ein Casting gibt.»

Dieser Akzent. Ralph konnte sich nicht mehr halten und prustete los.

«Alles in Ordnung, Ralph?»

«Ja, und bei dir?» Ralph kugelte sich vor Lachen. Roys merkwürdiger Akzent, die Flucht, die lange Fahrt – es war zu viel für ihn.

«Ralph??»

«Alles gut.» Allmählich fing er sich wieder. Lachtränen rannen seine Augenfalten entlang und verebbten im Bart. «Der Akzent ... Warum, Roy?» Und wieder kicherte er.

«Ralph, ich glaube, du brauchst Schlaf.» Roy wollte ihn in die Wohnung schieben.

«Warte», wehrte er sich. «Gibt's hier 'nen Aufzug?»

«Schau dich um: nein. Aber du kannst dir einen vorstellen, dann fällt es einem leichter. Mir hilft es zumindest.» Roy gähnte. «Komm, lass uns schlafen gehen.»

Ralph rührte sich nicht von der Stelle.

«Also, was ist jetzt, Ralph? Komm rein! Oder wolltest du nur eben *allô* sagen und gleich wieder zurückfahren?»

«Ich muss noch mal runter.»

«Wieso?»

«Hab noch Gepäck unten.» Ralph begann, ein paar Stufen hinabzusteigen, und hielt dann an. «Kannst du mir helfen? Ich glaub, ich schaff das heute nicht mehr allein.»

«Na schön», murmelte Roy und folgte ihm ins Erdgeschoss.

IT'S OH SO QUIET

Von oben betrachtet, glich das Treppenhaus einer sich ewig windenden Spirale, vielleicht auch einem riesigen Schneckenhaus. Ralph und Roy krochen Etage um Etage hinab, und es schien kein Ende zu nehmen.

«Wie hältst du das durch?», fragte Ralph am Absatz des fünften Stocks.

«Der Aufzug, stell dir einen Aufzug vor.»

Alles Vorstellen half nichts. Sie mussten zwei Pausen einlegen.

«Ich bin kein Schauspieler», keuchte Ralph, und auch Roy machten diese Treppen trotz seiner blühenden Phantasie Mühe.

Als sie endlich die letzten Stufen zum Erdgeschoss nahmen, hörten sie ein inbrünstiges, zufriedenes Schnarchen.

«Das ist also dein *Gepäck.*» Kritisch beäugte Roy die Fracht, die Ralph in seinem Hausflur deponiert hatte: ein schnarchender Greis, der eine unglaublich hässliche Hundeskizze in den Armen hielt und in einem Rollstuhl saß. Dazu ein großer Koffer und eine kleine Reisetasche, aus der die Blätter einer Pflanze ragten. «Sieht mir eher nach einem Umzug aus.»

«Eigentlich war nur Evergreen eingeplant.» Ralph hob das Pflänzchen heraus.

Roy verzog keine Miene.

«Piet ist ein feiner Kerl.»

«Lieber Ralph, dir ist bewusst, dass meine Wohnung nur achtzehn Quadratmeter groß ist?»

«Bitte, Roy. Es ist gewissermaßen ein Notfall.»

«Not-fall», artikulierte Roy überdeutlich.

«Na schön: Wir sind auf der Flucht.»

«Auf der Flucht?» Roy fasste sich mit beiden Händen an den Kopf.

«Halb so wild, Roy. Wir sollten vielleicht nur nicht ins Hotel.»

«Vor wem seid ihr auf der Flucht? Wieso?» Mit einem Mal war ihm jeglicher Akzent abhandengekommen, und er sprach reinstes Hochdeutsch. «Wer ist denn bitte schön hinter euch her? Die Polizei?!»

«Nein ... Ja, vielleicht ...»

«Das hätte ich mir gleich denken können. Ralph, du warst im Knast.» In einer theatralischen Geste griff er sich an die Brust und schüttelte kapitulierend den Kopf.

«Komm mal runter, Roy», brummte Ralph belustigt. «Du hast zu viele Filme geguckt.»

«Ich? *Du* erzählst hier etwas von Flucht, von Polizei!»

«Man kann vor vielen Dingen fliehen. Muss doch nicht gleich der Knast sein.» Ralph gähnte. «Wir sind aus dem Altersheim abgehauen.»

«Was?! Um Himmels willen! Du bist viel zu jung fürs Altersheim!» Das brachte Roy mehr aus der Fassung als der Knast.

In dem Moment verschluckte sich Piet beim Schnarchen und riss die Augen auf. «Huch», sagte er gebannt, «die dicke Erna.» Er setzte den Rollstuhl in Bewegung, fuhr rückwärts gegen die Wand, dann vorwärts gegen die gegenüberliegende, verkeilte sich in dem schmalen Hausflur.

«Piet, alles gut», redete Ralph ihm zu. «Piet, wir sind in Sicherheit.»

Piet rammte noch ein letztes Mal die Wand und kam dann

zum Stillstand. Er rieb sich die Augen und blickte zu Ralph und Roy hoch. «Entschuldigt bitte, ich hatte einen Albtraum.»

«Das muss ja ein ziemlich übles Altersheim gewesen sein», konstatierte Roy.

Ralph nickte träge. «Erzähl ich dir morgen.»

«Ich bitte darum.»

«Ich muss mal.» Piet schaute die beiden mit großen Augen und aufeinandergepressten Lippen an. «Dringend.»

«Jetzt, wo du's sagst. Ich auch.»

«Ich auch.»

Ralph und Roy blickten seufzend die Treppenspirale hinauf.

«Dringend», wiederholte Piet.

«Am besten, wir machen's auf der Straße», entschied Ralph.

«Im Hof gibt's eine alte Toilette», erinnerte sich Roy. «Steht nur der ganze Krempel von der Putzfrau rum.»

Es dauerte eine ganze Weile. Piet pinkelte in mehreren Etappen und verzog jedes Mal das Gesicht, wenn ein Tropfen rauskam. Ralph war bemüht, dabei nicht einzuschlafen, und Roy musste Beethovens Neunte Sinfonie pfeifen, damit es bei ihm klappte.

Hinterher kehrten sie in den Hausflur zurück.

Piet hockte nun glückselig im Rollstuhl, Ralph lehnte schlapp am Geländer, und Roy starrte resigniert auf die vielen Stufen.

«Mir ist nach wie vor schleierhaft, wie wir uns alte Säcke und obendrein das Gepäck bis in den siebten Stock hochschaffen sollen», sagte er kopfschüttelnd.

«Keine Sorge, Roy Boy, war 'ne Schnapsidee. Wir finden schon was, vielleicht doch einfach ein Hotel oder so. Wir sehen uns morgen», entgegnete Ralph.

«Ja», stimmte Piet zu, «das ist doch selbstverständlich.» Er begann, den Rollstuhl zu wenden. Ralph wollte Evergreen und den Koffer nehmen.

«Kommt nicht in die Tüte!» Roy versperrte ihnen den Weg. «Ralph, wenn du endlich mal zu Besuch bist, übernachtest du gefälligst bei mir!»

Ralph und Piet tauschten Blicke.

«Und dein Freund auch!», fügte Roy hinzu.

Ralph kratzte sich hinterm Ohr. «Wir sehen uns morgen früh. Ist besser so.» Er griff nach dem Gepäck.

«Aber die Polizei! Wenn sie euch finden?»

Ralph zuckte mit den Schultern. «Roy, ich kann gerade nicht mehr nachdenken.»

In dem Moment schlug die Haustür auf, und ein eng umschlungenes Paar tanzte herein: ein ziemlich kräftiger Mann, der seinen etwas schmaleren Partner leichtfüßig über die Schwelle trug. Unter leidenschaftlichen Küssen glitten sie an der Wand entlang, flüsterten sich Dinge zu und kicherten.

«Roy!», rief der Schmalere aus, als er bemerkte, dass sie nicht allein waren. Agil sprang er aus den Armen seines Liebhabers und eilte auf Roy zu. «Schau nur, wir haben uns verlobt!» An seiner linken Hand funkelte ein feiner, mit vielen kleinen Diamanten besetzter Goldring.

«Oh! Antoine», staunte Roy. «*Magnifique!* Ich freue mich sehr für euch.»

Antoine lächelte bis über beide Ohren. «Tugdual hat mich richtig überrascht.» Er zwinkerte seinem Verlobten zu, der noch immer an der Wand neben der Haustür lehnte und schüchtern zurücklächelte. «*Oh mon Dieu*, Roy!» Plötzlich war Antoine völlig außer sich. Die drei starrten ihn verwundert an. «Wo hast du den Kimono her?» Fasziniert musterte er ihn. «So einen will ich auch.»

«Ach, danke», sagte Roy verlegen. Er hatte das Teil in einem Trödelmarkt für fünfzig Cents ergattert. Ein billiges Seidenimitat. «Ich weiß gar nicht mehr.»

«Sag Bescheid, wenn du dich erinnerst.» Antoine blickte von Roys Morgenmantel auf und sprang einen Schritt zurück. «Ach herrje, du hast ja Besuch! Wie unaufmerksam von mir. *Enchanté*, Antoine.»

Auch Tugdual trat nun heran und grüßte.

Piet nickte zögerlich zurück, diese Art von Liebe war ihm schon immer äußerst rätselhaft gewesen. Auch Ralph nickte zögerlich. Er verstand kein Französisch. Er wollte bloß endlich schlafen.

«Halt dich fest, Tugdual», sagte Antoine mit einem Mal ganz ehrfürchtig. «Ein *Casso Pilabo*.» Er hatte die Hundeskizze in Piets Schoß entdeckt.

Piet nickte stumm.

«Darf ich?», fragte Antoine.

Piet zögerte kurz, überreichte ihm dann aber das Bild. «Bitte.»

Vorsichtig nahm Antoine es entgegen und betrachtete es ganz genau. «Ein Original», flüsterte er. «Bemerkenswert. Sieh nur, Tugdual, die vielen Nuancen, so lebendig, ganz große Kunst.»

Auch Roy schaute sich die Skizze nun genauer an, konnte darin jedoch nichts weiter als Bleistiftgeschmiere sehen. Ralph hielt sich von der Bildanalyse lieber gleich ganz fern und hockte sich auf die Stufen. Er fragte sich lediglich, wer wohl *Casso Pilabo* war: der Hund oder der Künstler? Fast döste er dabei weg.

«Ist bestimmt eine Menge wert», bemerkte Antoine.

«Ganz recht», erwiderte Piet.

«Emotionaler Wert kennt keinen Preis», sagte Tugdual anerkennend.

Piet nickte diskret, und Roy stand der Mund offen. Er schaute erneut auf das Bild.

«Schön, wir halten euch nicht weiter auf, ihr drei Hübschen wolltet bestimmt gerade ausgehen!», sagte Antoine und gab Piet die Skizze zurück.

«Nein, nein», entgegnete Roy. «Es ist umgekehrt. Wir wollen hinauf, wissen aber nicht, wie.»

«Oje!», rief Antoine. «Ich verstehe!» Er blickte auf den Rollstuhl und das Gepäck. «Tugdual, was können wir bloß für die armen Herren tun?»

Tugdual zuckte lächelnd mit den Schultern.

«Wir helfen tragen!», rief Antoine fröhlich aus. Roy wollte ablehnen. «Keine Widerrede! Ist doch völlig normal unter Nachbarn!» Und schon hatte sich Antoine den Koffer geschnappt und tänzelte damit singend die Stufen hinauf.

Tugdual wandte sich umgehend an Piet, nickte ihm kurz freundlich zu. Piet hatte gerade mal Zeit, zu schlucken. Im nächsten Moment baumelte er über Tugduals breiten Schultern und sah die schneckenhausförmige Treppe unter sich dahingleiten.

Roy und Ralph brauchten etwas länger. Mit dem *Casso Pilabo* und Evergreen beladen, hangelten sie sich Schritt für Schritt am Geländer entlang.

«So ein liebenswürdiges Paar», erzählte Roy. «Ich leg oft im vierten Stock eine Pause ein. Eines Tages öffnete sich dort die Tür, Antoine stand vor mir und lud mich zur Stärkung auf einen Lapsang Souchong ein. Wirklich ganz reizend. Seither trinke ich oft Tee bei ihnen. Eine bezaubernde Wohnung. Schön geräumig. Die beiden verdienen ja ziemlich gut, vor allem Tugdual, ist in der Werbebranche tätig. Und mit Antoine bin ich ganz auf einer Wellenlänge. Künstler wie ich – Tänzer, macht großartige Performances. Oft in Inszenierungen von Jan Fabre. Wahnsinnig inspirierend …»

Ralph hörte schon lange nicht mehr zu. Er hatte sich bereits am Absatz der dritten Etage auf die Stufen sinken lassen und die Augen geschlossen.

7 HEURES DU MATIN

Als Ralph erwachte, fühlte er sich so ausgeruht und entspannt wie schon lange nicht mehr. Es war noch relativ dunkel, alles in seidiges Blau gehüllt. Genüsslich streckte er sich, rollte sich auf die Seite, nahm neben sich die Umrisse von Piet wahr und drehte sich wieder auf den Rücken. Er hielt den Atem an: Piet schlief neben ihm? Ralph sprang auf und stieß mit dem Kopf gegen einen Holzbalken. Jetzt dämmerte ihm, dass er nicht zu Hause war. Er kannte diesen Balken. Vor Jahren hatte er auf ähnliche Weise Bekanntschaft mit ihm geschlossen. Ralph rieb sich die schmerzende Stelle und verfluchte Roys Wohnung. Er tastete in der Dunkelheit nach einer Leselampe und knipste sie an.

Der böse Balken zog sich auf Schulterhöhe quer durch das kleine Dachzimmer. Es war hier gerade genug Platz für das Bett, einen Schrank und eine schmale Küchenzeile. Daneben führte eine Tür in ein winziges Bad. Es gab auch einen Klapptisch und Klappstühle, die jedoch nur genutzt werden konnten, wenn das Bett hochgeklappt war.

Unter der Dachschräge stand eine niedrige Kommode. Eine gefaltete Decke lag darauf, und eine zusammengerollte Yogamatratze lehnte daran. Vermutlich hatte Roy darauf geschlafen.

Alles war sehr ordentlich und sauber. Jeder Winkel der Wohnung schien genutzt. Mangels eines Regals stapelten sich zahlreiche Bücher und Magazine auf dem Holzbalken. Ralph erinnerte sich an die unfreiwillige Begegnung mit einem Brockhaus, der damals äußerst unsanft auf seinem Solarplexus gelandet war. Gerne hätte er sich auch erinnert, wie er vergangene Nacht hierhergelangt war. Hatte ihn Roys hilfsbereiter Nachbar Tugdual getragen? Ralph beschloss, lieber nicht weiter darüber nachzudenken und stattdessen profanen Dingen wie Pinkeln nachzugehen.

Als er aus dem Bad kam, schlief Piet noch immer.

Die Wohnungstür öffnete sich, und kalte Luft blies einen strahlenden Roy herein. Mantel und Mähne glänzten feucht, und er war mit mehreren Baguettes beladen.

«Guten Morgen!», flötete er. «Gut geschlafen?»

Verwundert betrachtete Ralph das von der Zeit völlig unbeschadet wirkende dichte, geradezu leuchtend kastanienbraune Gestrüpp auf Roys Kopf. «Was ist mit deinen Haaren passiert?» Er wollte es anfassen, aber Roy wich zurück.

«Nichts, wieso?», entgegnete er und strich sich über die Mähne. «Ach ja! Ist das Wetter, bloß ein bisschen nass!»

«Sieht irgendwie komisch aus.»

«Schon rausgeschaut?», überging Roy die Bemerkung. Er legte die Baguettes auf die Küchenzeile und zog den Mantel aus. Ralph runzelte die Stirn.

«Es schneit!», erklärte Roy und eilte zum einzigen Fenster der Wohnung. Unterwegs bückte er sich routiniert, um unter dem Holzbalken hindurchzuschlüpfen. «Kaum zu fassen! Schnee in Paris», verkündete er, als er das Fenster öffnete. Er seufzte glücklich.

Ralph trat nun auch ans Fenster. Als er hinausblickte, weiteten sich seine Pupillen, und ihm stockte der Atem: Ganz Paris lag ihnen zu Füßen. Wie hatte er das vergessen können. Ein Meer aus Schieferdächern, die von einer dünnen Schneeschicht bedeckt waren. Ein milder Dunst schwebte darüber, und aus unzähligen kleinen Schornsteinen dampfte weißer

Rauch. Hier und da funkelten Lichter und Straßenlaternen gegen den verschlafenen Himmel an. Kristallene Flöckchen wirbelten durch die Luft, und in der Ferne ragte stolz und metallisch der Eiffelturm empor.

«Atemberaubend.» Piet stand hinter ihnen und blickte mit leuchtenden Augen hinaus.

Ralph und Roy mussten zweimal hinsehen. Piet stand. Etwas wackelig, etwas gekrümmt, aber er stand auf beiden Beinen.

«Du kannst stehen?», fragte Roy.

«Du kannst gehen?», fragte Ralph.

«Aber natürlich», erwiderte Piet.

«Piet?», fragte Ralph, eine Erklärung fordernd.

«Ich fürchtete, dass du mich sonst nicht mitnimmst.» Piets wässrig blaue Augen lächelten das Babygiraffenlächeln.

«Was geht hier eigentlich vor? Das möchte ich jetzt endlich wissen!», sagte Roy bestimmt.

Ralph nickte einsichtig. «Wäre es möglich, dabei einen Kaffee zu trinken?», bat er.

Wortlos ging Roy zur Küchenzeile und kochte Kaffee. Mit dampfenden Tassen setzten sie sich aufs Bett. Ralph erzählte Roy, wie er Piet begegnet und mit ihm geflohen war. Und dann erklärte Piet ihnen, weshalb er vorgetäuscht hatte, nicht gehen zu können.

«Ich hatte keine andere Wahl. Es war Teil meines Fluchtplans. Sonst hätte ich nie das Zimmer im Erdgeschoss erhalten.»

«Acht Monate lang hast du das durchgezogen?», fragte Roy perplex.

Piet nickte.

«Ein Wunder, dass du nach so viel Zeit im Rollstuhl überhaupt noch stehen kannst», fand Ralph.

«Wann immer niemand in der Nähe war, habe ich mich bewegt. Aber natürlich sind meine Muskeln etwas geschwächt.» Er zuckte mit den Schultern. «Der Preis der Freiheit.»

«Acht Monate ...», wiederholte Roy.

«Ja. Liebend gerne wäre ich bereits im Sommer ausgerissen, aber es ist einfach niemand aufgekreuzt, dem ich hätte vertrauen können.» Piet schlürfte an seinem Kaffee. «Und dann kam Ralph.»

Ralph kratzte sich verlegen am Ohr.

«Retter Ralph, was?», bemerkte Roy.

Ralph musste grinsen.

«Das erklärt aber nicht, weshalb ihr zu mir gekommen seid.»

Ralph spürte, wie sich trübes, kaltes Grau in ihm ausbreitete. Es kam von seinem unteren Rücken, erstickte die flüchtige Heiterkeit, drang auch nach außen und durchflutete das ganze Zimmer. Dumpf, betäubend. Grau.

«Ralph?», fragte Roy. Er klang besorgt.

Es hatte einmal Gründe gegeben, dem Grau zu entkommen. Irgendwann einmal hatte es wenigstens *einen* Grund gegeben. Aber nun? Ralph senkte den Blick.

«Dürfte ich von dem Baguette kosten?», hörte er Piet fragen. «Das lacht mich schon die ganze Zeit an.»

«Sicher», entgegnete Roy und trat an die Küchenzeile, um Frühstück zu machen.

BASIN STREET BLUES

Zum Frühstücken saßen sie auf den Klappstühlen um den Klapptisch, den sie ausgeklappt hatten, nachdem sie das Schrankbett hochgeklappt hatten.

Danach ging Piet ins Bad. Langsam und wackelig, aber er ging und schien jedes Auftreten seiner blanken Fußsohlen auf der Pariser *Tomette* zu genießen.

Roy schaute zu und wartete. «Was ist los mit dir, Ralph?», fragte er, sobald Piet fort war.

«Nichts.» Ralph blickte mutlos auf die mit Konfitüre beschmierte Baguettestulle vor ihm.

«Ich würde schon gern wissen, weshalb ursprünglich nur Evergreen eingeplant war», beharrte Roy und deutete auf ihre Blättchen, die in einer Ecke des Zimmers aus der Sporttasche lugten. Im Hintergrund war das Rauschen der Dusche zu vernehmen.

Ralph räusperte sich. «Bist du glücklich, Roy?»

«Glück. Was bedeutet schon Glück?»

Ralph erwiderte nichts.

«Ach Ralph, was soll ich dir sagen? Schau dir meine Wohnung an. Natürlich habe ich mir gewünscht, es im Alter zu mehr gebracht zu haben. Die Rente reicht nicht zum Leben, ich muss noch immer nebenher jobben, es reicht trotzdem nicht, und meine Aufträge als Schauspieler kann ich an einer Hand abzählen, obwohl ich's seit über vierzig Jahren versuche. Aber bin ich deshalb unglücklich?» Ralph starrte ihn mit offenem Mund an. Nun schien auch Roy die Tragik dessen, was er gerade gesagt hatte, bewusst zu werden, aber er fing sich sofort wieder. «Ich habe mein Leben der Schauspielerei gewidmet. Truffaut, Godard, all das hat mich hierher nach Paris gebracht. Es war mein Entschluss, ich stehe voll und ganz dazu. Und ich bin nach wie vor überzeugt, dass es die richtige Entscheidung war. Hätte ich einen anderen Weg eingeschlagen, würde ich das bitter bereuen.»

«Die Dinge laufen nicht so, wie sie sollten», sagte Ralph matt.

«Ach was, sie laufen genau so, wie sie sollten. Wir werden alt. Das ist alles», konterte Roy.

«Mir fehlt mein Roadieleben», murmelte Ralph, den Blick ins Leere.

«Papperlapapp! Du warst eine halbe Ewigkeit im Geschäft. Jetzt ist Zeit für etwas Neues.»

Ralph blickte weiterhin in die Vergangenheit. Eine Träne rann an seiner Wange hinab.

«Ich verstehe dich nicht, Ralph. Was ist schlimmer? Seinen Traumberuf nach vierzig Jahren aufgeben müssen oder ihn nie ausüben dürfen?»

«Das Erste.»

«Bitte?»

«Wenn du deinen Traumjob nie machen durftest, kannst du nicht traurig sein, dass es vorbei ist – hast ihn ja nie gemacht.»

«Schön. Gründe eben eine Roadiefirma, tu was Neues.»

«Ich bin siebzig», gluckste Ralph.

«Ist doch egal. Tu, was dich glücklich macht!»

«Da würde ich eh nur im Büro rumhocken.»

«Ich weiß auch nicht, Ralph. Aber du solltest dich nicht so hängenlassen. Anderswo in der Welt sterben stündlich unzählige Kinder an Hunger, Menschen schuften sich für ein paar Cents unter inhumanen Bedingungen ab. Es gibt Kriege, Zivilisten werden auf brutale Weise abgeschlachtet, Frauen vergewaltigt, Karikaturisten für ihre Zeichnungen umgenietet! Und als wäre das nicht schon genug, scheren sich die Industriestaaten einen Dreck um die Umwelt. Der Regenwald wird abgeholzt, das Trinkwasser durch Fracking verseucht, die Ozeane mit Öl verpestet, Pflanzen und Tiere sterben aus. Denk doch mal an so was!»

«Eine Welt, in der es sich nicht zu leben lohnt.»

«So könnte man es auch sehen, aber eigentlich wollte ich auf etwas anderes hinaus.»

«Erinnerst du dich an unseren Schwur?», fragte Ralph.

Roy stutzte. «Was für ein Schwur?»

«Mit Gonzo.»

«Gonzo!», rief Roy aus. Es klopfte an der Tür. Roy ging, um zu öffnen. «Was aus dem geworden ist, möchte ich auch gern mal wissen», sagte er unterwegs.

«Probier mal.» Antoine stand mit einer Schüssel sandfarbenem Brei und ein paar Möhrenschnitzen vor ihm. Er dippte ein Stück Möhre in den Brei und steckte es Roy in den Mund.

«Hummus ...?», riet Roy kauend. «Lecker.»

«Hummus?», fragte Antoine. «Sag ich auch! Hörst du, Tugdual?»

Aus dem dunklen Flur trat nun Tugdual hinzu. Er trug einen feinen Wintermantel und hatte eine Aktentasche dabei. Das Wort *Hummus* schien ihm nicht zu gefallen. Unzufrieden zuckte er mit den Schultern.

«Tugdual soll dafür Werbung machen. Und weißt du, was das ist?» Antoine kaute nun auch an einer Hummusmöhre.

Roy verneinte.

«Linsencreme. Und angeblich Bio. Ich sag dir, Roy, die haben sich bei den Zutaten vertan.»

Tugdual verdrehte die Augen. «Ich muss los», flüsterte er Antoine zu, der nicht reagierte.

«Guck mal, Tugdual: Er läuft.» Abwesend schleckte Antoine seinen Zeigefinger ab. Gebannt fixierte er Piet, der soeben unsicheren Schrittes aus dem Bad trat.

Tugdual machte große Augen. «Linsenhummus», verkündete er grinsend und biss leidenschaftlich in einen Möhrenschnitz. Dann winkte er allen zum Abschied und verschwand.

«Es war sehr liebenswürdig von euch, mir gestern zu helfen. Ich war schrecklich müde», sagte Piet, während er wackelig auf Antoine zuging.

«Wir haben Krücken. Von Tugduals Skiunfall in Courchevel.»

«Das wäre allerliebst.»

«Ich hol sie dir», sagte Antoine und wandte sich zum Gehen.

«Nur keine Umstände», entgegnete Piet. «Ich komme gleich mit. Wir wollten ohnehin gerade los.»

«Wollten wir das?», fragte nun Ralph.

«O ja. Paris, Ralph! Das können wir uns nicht entgehen lassen», sagte Piet freudig.

Ralph brummte etwas.

«Das wird dir guttun», versuchte Roy, ihn zu motivieren. «Außerdem muss ich bald zur Arbeit.»

Widerwillig zog Ralph seine Stiefel an.

«Ich gehe schon mal vor», sagte Piet. «Und lasst euch Zeit, ich brauche sicher etwas länger.»

«Nicht mit Tugduals Superkrücken», versicherte Antoine und machte sich mit ihm auf den Weg.

Ralph wartete auf Roy.

Mildes Tageslicht fiel nun in das kleine Zimmer. Vereinzelte Sonnenstrahlen tanzten an der Wand. In den Ecken der Dachschräge lagen dunkle Schatten.

Roy ging an den Schrank und holte ein Sakko hervor. «Was habt ihr eigentlich als Nächstes vor?», fragte er, während er es anzog. «Wie lange wollt ihr bleiben?»

«Schätze, für heute Nacht suchen wir uns wirklich ein Hotel, unter 'nem Decknamen oder so, wie in den Krimis. Yep, und morgen fahren wir zu Gonzo.»

«Ach ja?», fragte Roy verwundert.

«Ich glaube kaum, dass Piet es die Treppen wieder hoch schafft.»

«Das ist wohl wahr ... Und dann zu Gonzo?»

Ralph nickte. «Fahr mit uns.»

«Klingt verlockend, aber ich habe ein sehr aktives Leben, Ralph. Ich kann nicht einfach fort.»

«Was arbeitest du denn?»

«Heute? Als Verkäufer für Luxusbettdecken», seufzte Roy.

«Wenn du mitkommst, brauchst du nicht mehr zu arbeiten.»

«Großartig, und wer bezahlt meine Miete?» Roy öffnete den Kühlschrank und nahm eine Tupperbox heraus, die er in einem kleinen Rucksack verstaute.

«Der Schwur sagt dir wirklich nichts mehr?»

«Nein.»

Er ging ins Bad, um sich zu vergewissern, dass die Frisur gut saß.

Ralph folgte ihm, holte tief Luft und sang: *«Things they do look awful c-c-cold – Talking 'bout my generation!»*

«Meine Güte, Ralph!»

«Du erinnerst dich?»

«Nein. Du singst schrecklich falsch!» Roy räusperte sich, machte ein paar Grimassen und begann, den Rhythmus des Songs zu schnippen.

Er hatte das Lied schon lange nicht mehr gehört, aber er erinnerte sich noch an vereinzelte Zeilen. Inbrünstig sang er sie Ralph in der richtigen Melodie vor. Als er fertig war, grinste er stolz. Im nächsten Moment schwand jeglicher Ausdruck aus seinem Gesicht, und er wurde blass. In einer fernen Nacht hatte einst eine Eule gerufen, es hatte einen Spielplatz gegeben, einen Joint mit Freunden, denen man alles anvertrauen konnte, und das einzigartige Gefühl, dass große Träume zum Greifen nah waren.

«Du erinnerst dich», sagte Ralph.

«Das war schön damals.» Die Erinnerung war zu groß für die achtzehn Quadratmeter. Roy schüttelte sie ab und setzte ein Lächeln auf. «Komm, Ralph, Piet wartet bestimmt schon. Außerdem bin ich spät dran.»

«Du bist zehn Jahre zu spät dran.»

«Wie bitte?»

«Mit sechzig schießen wir uns ins Jenseits, so lautete der Schwur.»

Roy rang sich ein Lächeln ab. «Was für eine aberwitzige Idee.» Er ging zur Tür, um seine Schuhe anzuziehen.

«Damals hast du geweint, weil wir dich nicht ernst genommen haben.»

«Ich muss wahnsinnig bekifft gewesen sein», entgegnete er, während er die Schuhe zuschnürte. Plötzlich hielt er inne und betrachtete Ralph eingehend. «Du willst es wirklich tun. Deswegen bist du hier.»

Ralph zuckte mit den Schultern. «Ich finde die Idee ziemlich gut.»

«Um Himmels willen. Was sagt Piet dazu?»

«Er findet den Ansatz interessant.»

«Den Ansatz?!»

«Na ja, wir haben noch nicht wirklich darüber gesprochen.»

«Weiß Gonzo überhaupt Bescheid?»

Ralph verneinte zögerlich.

«Klasse, er wird sicher ebenso begeistert sein wie ich!»

«Wir haben es uns geschworen.»

«Es ist romantischer Schwachsinn! Schau dir Paris an und denk mal genau über die Sache nach! In der Realität muss ich jetzt arbeiten gehen.» Roy zog seinen Mantel an, nahm seinen Rucksack und öffnete die Tür. Er wartete, bis Ralph draußen war, und sperrte ab.

«Ich werde es tun», sagte Ralph im Hausflur. «Mit dir oder ohne dich.»

«Einen Scheiß wirst du, Ralph.» Ohne ihn anzublicken, marschierte Roy die Treppen hinunter.

LE DÉSERTEUR

In der Bettenabteilung des noblen Pariser Kaufhauses herrschte Andrang wie sonst nur zum Schlussverkauf. Für eine höchst anspruchsvolle Klientel mussten dicke Daunendecken her, um im Skichalet in Megève spontane Gäste zu Silvester zu empfangen. Kissen, die zu Weihnachten verschenkt worden waren, wurden umgetauscht oder zurückgegeben – in der Mehrzahl der Fälle waren sie zu steif für den zarten Nacken des Ehegatten. Andere entschieden, dass genau heute für jedes Schlafzimmer der Villa eine komplett neue Deckengarnitur hermusste.

Roy eilte vom Kunden zum Lager, schob sich dort durch enge Regalreihen, aus denen diverse Daunen quollen, stieg auf Leitern oder kroch am Boden, wühlte nach der gewünschten Ware, nieste vor lauter Federn und Staub, stolperte beladen wieder hinaus, hofierte den Kunden bis zur Kasse oder stand dort für ihn Schlange. Nach einer diskret höflichen Verabschiedung ging die gleiche Prozedur sofort von neuem los. Einzig die Prozentanteile der Daunen in den Decken variierten. Die Blasiertheit und die Arroganz, die Nichtblicke und die Ungeduld blieben. Es schien eine Art Markenzeichen der Klientel dieses Kaufhauses zu sein.

Roy schwitzte. Die Heizungen liefen auf Hochtouren, damit die feinen Damen sich ihrer Pelze entledigen und im leichten Kleid flanieren konnten. Roy durfte das Synthetiksakko nicht ausziehen. Immer wieder tupfte er sich Nase und Stirn mit einem Taschentuch ab. Seine Perücke war leicht verrutscht, aber das bemerkte er nicht. Seit Arbeitsbeginn hatte er keine Minute gehabt, sich frisch zu machen. Er fühlte sich, als würden ihn Tausende von Milben jucken. Das grelle Licht des Kaufhauses blendete ihn. Die gleißend weißen Decken, Kissen und Matratzen reflektierten es hart wie Eisklötze. Seine Augen brannten davon. Vielleicht sollte er doch mal wieder die Brille tragen. Aber dann könnte er nicht mehr übersehen, wie steril und trostlos dieser Ort war.

Wie gerne würde er wissen, was aus Gonzo geworden war. Und auch mal rauskommen aus dem Trott, Neues sehen, um Energie zu schöpfen.

«Roy, kannst du heute zuerst Mittagspause machen? Ich bin um dreizehn Uhr verabredet», fragte ihn seine Kollegin Fatima zwischen zwei Kissenreklamationen.

«Klar», erwiderte Roy.

Er schaute auf die Uhr. Noch zehn Minuten, dann durfte er dem Schlachtfeld für ein Stündchen entkommen.

Aus zehn Minuten wurden dreißig. Eine Kundin konnte sich nicht entscheiden, ob sie die Decke zu hundertsiebzig oder zweihundertfünfzig Gramm Daunen kaufen sollte.

«Ich mag's gern kuschelig warm, aber mein Mann schwitzt immer so», wiederholte sie nun schon zum dritten Mal.

«Nehmen Sie doch einfach zwei Decken. Die warme für Sie und die leichtere für Ihren Gatten», schlug Roy vor.

«Nein», entgegnete sie, ein wenig schockiert.

«In Deutschland machen das alle Paare», versicherte Roy.

«In Deutschland», sagte sie und rollte mit den Augen.

Roy blickte erneut auf die Uhr. Seine Mittagspause verkürzte sich zusehends.

Die Kundin wollte weitere Modelle sehen. Er verbrachte noch eine ganze Viertelstunde mit ihr, bis sie sich endlich entschied. Sie kaufte nichts.

Um zwölf Uhr zwanzig durfte Roy endlich das Sakko ausziehen und seinen Rucksack aus der Schublade hinter der Kasse nehmen.

«Es tut mir so leid, aber es ist wirklich wichtig, dass ich um dreizehn Uhr zu meiner Verabredung kann», schärfte ihm Fatima nochmals ein. Roy nickte stumm und zog in die Mittagspause.

In der Cafeteria surrten die Getränke- und Süßwarenautomaten. An einem der Stehtische tuschelten zwei Angestellte beim Kaffee. Ansonsten war der Raum leer.

Das Personal hielt sich hier selten zum Essen auf. Viele verzogen sich, sobald sie ihre Speisen aufgewärmt hatten. Und die meisten gingen sowieso in die Kantine. Für Roy kam das momentan nicht in Frage. Er musste Geld zur Seite legen, für neue Porträtfotos. Jedes Jahr mussten neue her, um bei den Casting-Agenturen nicht in Vergessenheit zu geraten. Ganze dreihundert Euro hatte er bereits zusammengespart, aber fünfhundert kostete der Spaß.

Zielstrebig schritt Roy auf eine Mikrowelle zu, die verloren in der Ecke stand. Er holte seine Tupperdose aus dem Rucksack und schob sie hinein. Es war ein einfaches Essen – Pasta mit Tomatensoße, die er am Vorabend zubereitet hatte.

Nach zwei Minuten klingelte es. Er nahm den kondensierten Plastikbehälter wieder heraus und setzte sich auf einen Barhocker an einem der Stehtische. Die beiden anderen warfen ihre Kaffeebecher in den Müll und verließen den Raum.

Nun war er ganz allein mit den surrenden Maschinen.

Er fischte eine Gabel und ein Buch aus dem Rucksack. Hemingways *Der alte Mann und das Meer*. Roy nahm einen Bissen und begann zu lesen. Fast kam es ihm wieder hoch. Fad schmeckte es. Die Nudeln waren wegen der Mikrowelle ganz labberig. Er rang sich durch, dennoch weiterzuessen, und nahm die Lektüre wieder auf. Seit Tagen hatte Hemingways Fischer keinen Fang mehr gemacht, aber er gab nicht auf.

Roy las und las, mehrmals dieselben Zeilen. Er konnte sich nicht konzentrieren.

All dieses Warten und Ausharren, wofür?

Er versuchte, weiterzulesen. Schon bald legte er das Buch zur Seite. Immer wieder musste er an Ralph und Gonzo denken, an den Schwur, und die Verwirklichung von Träumen.

Roy kratzte sich am Perückenansatz und blickte mit müden Augen in den Raum. Die Neonröhren an der Decke verbreiteten ein Licht, das so ungesund wirkte wie der Geruch nach Fertiggerichten und lauwarmem Plastik, der in der Luft hing.

In seiner Jugend hatte er geglaubt, dass es sich mit Träumen so verhielt wie mit dem Obst, das er damals mit Ralph und Gonzo in den Gärten der Nachbarschaft stibitzt hatte – dass Träume einfach heranreiften und wahr wurden.

Er schaute auf die Uhr und seufzte. Sorgsam packte er Tupperdose, Gabel und Buch zurück in den Rucksack. Seine Hände zitterten dabei.

Fatima hatte bereits ihr Sakko gegen eine Daunenjacke getauscht, als er Punkt dreizehn Uhr an den Stand zurückkehrte. Sie lächelte dankbar und machte sich auf den Weg. Sofort scharten sich ein paar Kunden um ihn. Sie fragten Verschiedenes, aber er hörte nicht hin.

Er winkte Fatima nach, bis sie auf der Rolltreppe verschwunden war. Dann verließ auch er das Kaufhaus.

Nein, das Leben war kein Obstbaum.

NOW'S THE TIME

Nach dem ersten Bier sah die Welt schon wieder besser aus. Ganz aufgekratzt war er gewesen, geradezu hibbelig, bis sie sich endlich vor dieses Café auf der Île Saint Louis gesetzt hatten.

Es hatte aufgehört zu schneien. Der Himmel war azurblau.

Die Wärmestrahler umhüllten Ralph wohlig und ließen ihn schläfrig werden. Er zündete sich eine Zigarette an und genoss die Aussicht auf die Seine und die imposante Kathedrale von Notre Dame.

«Entzückt, ich bin entzückt», schwärmte Piet. «Was möchtest du essen? *Je t'invite.*» Er wollte unbedingt Schnecken essen, doch der Kellner teilte ihnen mit, dass es noch zu früh für das Mittagessen sei. Also bestellte Piet einen Eisbecher und Ralph noch ein Bier.

«Piet, du musst nicht mitmachen, wenn du nicht willst.»

Piet schaute ihn fragend an.

«Ich möchte niemanden zwingen, mitzuziehen. Roy war nicht begeistert. Ich weiß nicht, was Gonzo sagen wird.» Er hielt einen Moment inne und drückte die Zigarette im Aschenbecher aus. «Was ich sagen will: Ich verstehe vollkommen, wenn du auch keine Lust hast.»

«Coupe Royale et une pinte», verkündete der Kellner und stellte die Bestellung ab. Sofort machte sich Piet über das Eis her. Ein Riesenbecher mit fünf verschiedenen Sorten, viel Schlagsahne und einer kleinen Waffel.

«Vorzüglich. Hier, nimm einen Löffel», bot er Ralph an, der dankend ablehnte. «Keine Sorge, *mon ami*», sagte Piet mit vollem Mund. «Bisher habe ich an unserem Ausflug nichts auszusetzen.» Er machte eine Pause und sah Ralph direkt in die Augen. «Du bist fest entschlossen, ja? Nichts kann dich abbringen, und du würdest es sogar alleine tun?»

Ralph nickte, dann blickte er zu Boden.

«Mein Freund.» Piet tastete nach seiner Hand. Ralph schaute ihn an. «Du kannst auf mich zählen.» Mit einem feinen Lächeln schaufelte er möglichst viel Sahne auf die kleine Waffel und verschlang sie in einem.

«Ehrlich?», fragte Ralph und räusperte sich.

Piet nickte, wieder völlig in seinen Eisbecher vertieft.

Nachdenklich fuhr sich Ralph durch den Bart, während er ihm beim Essen zusah. Er wirkte so glücklich und voller Energie. «Wie kommt es eigentlich, dass jemand wie du im Heim landet?»

«Schlaganfall. Letzten Frühling», entgegnete Piet schmatzend. Er wischte sich die Mundwinkel mit einer Serviette ab. «Ich hatte Glück. Da oben ist alles intakt geblieben», sagte er und klopfte gegen seinen Schädel. «Lieber hätte ich jedoch das Zeitliche gesegnet.»

Ralph horchte auf.

«Ich lag eine Weile im Krankenhaus», fuhr Piet fort, «und die Idioten haben mir Rohypnol verabreicht. In meinem Delirium haben mir meine verehrten Kinder ein paar Unterschriften abgeluchst.»

Ralph schüttelte fassungslos den Kopf.

«Kurze Zeit später landete ich im Altersheim und erfuhr, dass mein Vermögen nun von meinem ältesten Sohn verwaltet wird. Tja, und den Rest kennst du ja.» Er zuckte mit den Schultern und aß einen besonders großen Löffel Eis. «Hast du Kinder?»

«Nicht dass ich wüsste.»

«Manchmal glaube ich, dass es an mir liegt, vielleicht war ich früher nicht genug für sie da.» Er schob den Eisbecher von sich weg.

Sie schwiegen eine Weile. Passanten spazierten vorbei und bestaunten die Schaufensterdekoration der kleinen Schmuck-, Pralinen- und Kleiderboutiquen gegenüber, Schneebälle flogen durch die Luft, Kinder lachten, und auf der Brücke, gleich nebenan, trotzte eine Jazzband den winterlichen Temperaturen.

Fasziniert beobachtete Piet das Treiben. «Marlene wollte immer nach Paris mit mir.»

«Marlene?», fragte Ralph.

«Meine Frau ... Marlene», sagte er liebevoll. «Piet, Liebster, lass uns ein romantisches Wochenende in Paris verbringen. Wie oft sie das ...» Er brach ab und begann hartnäckig, eine Ecke des Tisches mit der Serviette sauber zu wischen. Bald ließ er das Wischen sein. Seine Lippen zitterten leicht.

Ralph bot ihm eine Zigarette an. Nach kurzem Zögern nahm er an.

«*Mon ami*, lass uns die letzten Stunden auf Erden genießen, als wenn es kein morgen gäbe!», rief er aus. «Kellner? Champagner!»

SWING 42

Eine Flasche Champagner später brachte ihnen der Kellner die Rechnung. Ratlos schauten Ralph und Piet auf das zarte Blättchen Papier, das ihren Konsum summierte. Hundertzwanzig Euro wurden von ihnen verlangt. Die beiden wussten, dass etwas nicht stimmte. Der Betrag passte nicht zu den Scheinen, die Piet aus seiner Tweedwestentasche gefischt hatte.

«Schau doch bitte noch mal genau hin. Ich sehe so schlecht», bat er, mit Schluckauf.

Ralph hielt die Rechnung ganz nah vor sein Gesicht. Fast berührte sie seine Nase. «Eins, zwei, null», entzifferte er.

Nachdenklich blickten die beiden auf die dreißig Euro, die vor ihnen auf dem Tisch lagen.

«Wann willst du eigentlich den Hund verkaufen?», fragte Ralph.

«Den *Casso Pilabo*?» Piet hickste. «Ich fürchte, das ist eine heikle Angelegenheit. Ich müsste erst meine Kunsthändlerin kontaktieren, sie wiederum müsste einen Käufer finden ...»

«Antoine gefiel es.»

«Oh», sagte Piet. «Ja, ja ...»

«Wir bieten es ihm an.»

Piet nickte zögerlich.

«Was ist?», fragte Ralph.

«Nun ja ... Ich hänge an dem *Casso*.»

«So viel zur finanziellen Absicherung», brummte Ralph.

«*Mon ami*, keine Sorge.» Wieder hickste Piet. Dann schaute er sich um. Das Restaurant füllte sich allmählich mit Gästen.

«*Garçon*? Entschuldigen Sie», winkte er den Kellner her. Der nächste Hickser ließ ihn dermaßen zusammenzucken, dass er beinahe vom Stuhl fiel. *«Pardon»*, sagte er und setzte sich aufrecht. «Ist die Küche nun geöffnet?»

Der Kellner nickte, und Piet bestellte *escargots, soupe à l'ognion* und *entrecôtes* für sie.

«Ach, und bringen Sie uns doch noch ein Fläschchen *Veuve*», beendete er die Bestellung.

Ralph kratzte sich verwundert am Ohr, sein Magen knurrte jedoch zu sehr, als dass er etwas hätte einwenden wollen.

Mit den Schnecken tat er sich anfangs schwer, entdeckte dann aber, dass sie ziemlich lecker schmeckten. Wie Knoblauchbaguette, aber mit Pilzen oder so. Ebenso war die Suppe köstlich, und das Entrecôte zerging auf der Zunge.

«Piet, so gut habe ich schon lange nicht mehr gegessen», verkündete er nach dem Essen.

«Das freut mich, *mon ami*», entgegnete Piet vornehm.

«Und nun?», wollte Ralph wissen.

«Nun ist Zeit für einen Verdauungsspaziergang», sagte Piet, als wäre das ganz selbstverständlich. Wackelig erhob er sich. «Wir sollten uns die Kathedrale ansehen», fügte er hinzu und nahm die Krücken. «Ich gehe schon mal vor. Ach, und bitte, quäl dich nicht mit der Rechnung, die geht selbstverständlich auf mich.» Er zwinkerte Ralph zu und machte sich leicht wankend auf den Weg.

Verblüfft schaute Ralph ihm nach. Dann schüttelte er grinsend den Kopf. Das Restaurant war brechend voll. Der Kellner hatte jede Menge zu tun und bemerkte überhaupt nicht, dass Piet definitiv nicht Richtung Toilette unterwegs war.

Auf der Brücke spielte noch immer die Jazzband. Es wirkte fast so, als würde Piet zum Rhythmus der Musik steppen.

Ralph zündete sich eine Zigarette an und wartete, bis sein Freund außer Sichtweite war. Dann bestellte er zwei Espresso und eine neue Rechnung. *«Sörwiss mannifick»*, fügte er am Ende hinzu. Das hatte er vorhin von Piet aufgeschnappt, und er hoffte, dass es etwas Gutes aussagte.

Der Kellner grinste, und Ralph freute sich.

Möglichst lässig ließ er sich gegen die Stuhllehne sinken. Doch sobald der Kellner im Restaurant verschwunden war, stand er auf. Langsam schlenderte er zu der Band auf die Brücke. Sein Herz raste bei jedem Schritt. Er wagte erst zurückzuschauen, als er die Musiker passiert hatte.

Erleichtert atmete er auf. Niemand war ihm gefolgt. Sein Tisch, ein fehlender Stein im Mosaik an Gästen, mit dem der Kellner heillos überfordert war.

Nun konnte er losspurten.

Seitenstechen hatte er und war völlig außer Atem, als er die Kathedrale von Notre Dame betrat. Er drängte sich an zahlreichen Touristen vorbei und wurde sogleich vom Besichtigungsstrom mitgerissen.

Piet war weder am Weihwasser noch an der Krippe oder den Andachtskerzen. Er fand ihn auf der Bank bei einer Statue der Heiligen Jungfrau.

«Ich muss schon sagen, mein Freund, nur gut, dass wir beide Appetit hatten», strahlte Piet. «Schlappe hundertzwanzig Euro wären mir die Mühe nicht wert gewesen.»

«Hoffentlich muss der Kellner die Rechnung nicht aus eigener Tasche zahlen», sagte Ralph und setzte sich dazu.

«Lass uns eine Kerze für ihn anzünden und beten.» Mit ernster Miene faltete Piet die Hände.

Ralph schaute ihn entsetzt an. Doch plötzlich verfiel Piet in heiseres Gekicher, und Ralph musste ebenfalls losprusten.

Sie verschnauften noch eine Weile, ehe sie sich wieder auf den Schachbrettboden des Seitenschiffs begaben und entlang der bunten Glasfenster und düsteren Skulpturen hinausgeschwemmt wurden.

Draußen empfing sie eine tiefstehende Sonne, und sie spazierten ein wenig am Ufer der Seine entlang. Von ihren letzten dreißig Euro kauften sie zwei Fahrkarten für den *Bateau Bus* und schipperten bis Sonnenuntergang an den berühmtesten Pariser Sehenswürdigkeiten vorbei.

«Ein Hotel ist jetzt wohl nicht mehr drin», sagte Ralph irgendwann.

«In der Tat», entgegnete Piet.

«Ich hätte nie gedacht, dass ich mal Schnecken esse und französisch spreche.»

LA QUÊTE

Im geräumigen Kokon von Antoines Wohnung versuchte Roy seine Gedanken zu ordnen. Er hockte auf dem Kanapee und klammerte sich an ein Glas Whiskey Sour, das ihm sein Gastgeber zubereitet hatte. Seit einer Stunde nippte er jetzt schon daran. Das Glas wollte nicht leer werden. Anfangs waren ihm die Gründe dafür klar. Mittlerweile waren sie verschwommen, und es war ihm egal. Es war ihm ebenso gleichgültig wie der Umstand, dass er diesen Mittag seinen größten Brotjob aufgegeben hatte.

«Wir Künstler haben es nicht leicht», sagte Antoine, schüttelte den Shaker und schenkte Roy ordentlich nach. *«Morgen ist ein neuer Tag»*, fügte er hinzu und warf noch eine Handvoll Eis hinterher.

«Ehrlich gesagt, meine Liebe, das ist mir egal», erwiderte Roy und schlürfte an einem Eiswürfel.

Antoine hielt den Shaker in die Höhe und blickte mit zusammengezogenen Brauen zur Decke: *«Bei Gott, ich werde nie mehr hungern!»*

Nun musste Roy doch lachen, Antoine beobachtete es mit einem zufriedenen Gesichtsausdruck.

«Hach, ist das nicht einer der schönsten Filme aller Zeiten?», seufzte Antoine und ließ sich neben ihn auf das Kanapee fallen.

«Scarlett O'Hara und Rhett Butler, wer wollte nicht eine solche *Amour fou* erleben?»

«Ich habe ja nie verstanden, was sie an Ashley fand.» Im nächsten Moment sprang er auf und eilte zur Wohnungstür.

«Ich glaube, sie sind es», teilte er Roy mit, ehe er im Hausflur verschwand. Kaum eine Minute später kam er wild französisch quasselnd mit Ralph zurück.

Ralphs Gesichtsausdruck erinnerte an den eines verstörten Stiers auf Ketamin. Er schien kein Wort zu verstehen. Sein Blick erhellte sich, als er Roy wahrnahm.

«Paris ist eine schöne Stadt», sagte er.

«Manchmal», entgegnete Roy.

Antoine drückte Ralph kurzerhand ein Glas in die Hand, schmiss etwas Eis hinein, tanzte mit dem Shaker um ihn herum, schüttete den gesamten restlichen Inhalt ins Glas und warf einen Rührstab hinterher. Ralph schaute verwirrt drein, prostete ihm aber dankend zu.

«Wie war die Arbeit?», fragte er Roy.

«Es hat unglaublich gutgetan, den Scheißjob hinzuschmeißen.»

Ralph hatte gerade den Drink zum Mund führen wollen und hielt nun inne. Roy nahm seine Perücke ab. Die paar Härchen, die ihm blieben, klebten an seiner Kopfhaut. «All die Jahre habe ich mir etwas vorgemacht.»

«Ich wusste, dass mit deiner Frisur was nicht stimmt», staunte Ralph.

Roy nickte und kippte seinen Cocktail in einem runter. «Weißt du, Ralph, ich bin echt froh, dass du hier bist», fügte er hinzu, an einem Eiswürfel lutschend.

Ralph grinste verlegen. «Dann ist es eventuell okay, wenn wir noch eine Nacht bei dir schlafen?», fragte er mit zusammengekniffenen Augen. «Wir haben keine Kohle mehr.»

«Gerne. Ihr hättet sowieso nichts gefunden. Um diese Jahreszeit sind alle Hotels ausgebucht.»

«Danke, Roy. Morgen früh sind wir weg.»

«Wo ist Piet überhaupt?»

«Wartet im Erdgeschoss. Ich helfe ihm gleich hoch.»

Antoine sagte Roy etwas auf Französisch.

«Ach ja, wir haben vorhin Filmzitate genannt. Antoine will wissen, welches dein Lieblingszitat ist», übersetzte Roy.

Noch ehe Ralph überlegen konnte, rief Antoine etwas, das ihn völlig zu verzücken schien und von dem Ralph nur «Robert Mitchum» verstand. Fragend schielte er zu Roy.

«Der Fluss ohne Wiederkehr», sagte Roy, und Antoine kicherte. «Schätze, Antoine findet, dass du Robert Mitchum ähnelst.» Antoine nickte mit sehr ernster Miene.

«Aha», sagte Ralph. «War das nicht der Film mit Marilyn Monroe?»

«Oui, oui! Marilyn!», bestätigte Antoine.

«Hm. Den Film find ich doof», sagte Ralph. «Da sind die Indianer die Bösen.»

Antoine sah gespannt zu Roy, der ihm übersetzte. Mit großen Augen sagte er dann: *«Oh, oui, oui.»*

«Aber Marilyn finde ich gut», sagte Ralph.

«Oui, oh, Marilyn, oui!», erwiderte Antoine, den Shaker freudestrahlend an die Brust gepresst. *«Et Mitchum!»*

Skeptisch beäugte Ralph ihn und suchte dann nach einem Filmzitat. «Keine Ahnung ... Vielleicht: *Ich werde ihm ein Angebot machen, das er nicht ablehnen kann*?» Er zuckte mit den Schultern und blickte zu Roy, der anerkennend nickte.

«Mein Koffer ist gepackt.»

BRAZIL

Der Koffer war gepackt.

Doch über Nacht waren Roy modische Zweifel gekommen. Wüst sah es am nächsten Morgen in der kleinen Dachwohnung aus. Aus dem Schrank ergossen sich Kleider über den Boden bis hin zu seinem ehemals gepackten Koffer.

«Wie ist die Lage, Roy? Bald fertig?», fragte Ralph.

«Sofort ...!» Er sprang umher, begutachtete verschiedene Teile und probierte diverse Kombinationen aus.

Seufzend blickte Ralph zum übrigen Gepäck, das samt Evergreen und *Casso Pilabo* bereits neben der Wohnungstür wartete. Dann widmete er sich wieder der Europakarte, die er auf dem kleinen Frühstückstisch ausgebreitet hatte. Gemeinsam mit Piet studierte er die Route. «Wäre gut, wenn wir heute noch loskommen», brummte er.

«Ja, sofort ...»

«Ist doch egal, was du mitnimmst. Wir wissen, dass du ein schicker Wahlpariser bist.»

«Ein Trends setzender Artist», wagte Piet zu witzeln.

«Ein *it-man*», kicherte Ralph. «Sagt man doch so, oder?»

«Macht euch nur lustig!», entgegnete Roy. Sein Elan wurde abrupt gebremst. Die dicke Strickweste, die er in den Armen hielt, würde partout nicht mehr in den Koffer passen. «Rentiere sind diese Saison absolut im Trend!», warf er ratsuchend in den Raum.

Weder Ralph noch Piet bekundeten Interesse. Mit dem Finger fuhr Ralph die günstigste Strecke auf der Karte ab, und Piet schaute neugierig zu.

«Was meint ihr?», fragte Roy. Er präsentierte ihnen nun die Weste mit Rentieren und einen dunkelblauen Pulli.

Ralph fuhr sich mit beiden Händen übers Gesicht. «Bitte, Roy.»

«Sag schon.»

Ralph deutete gleichgültig auf den Pulli.

«Ehrlich?», fragte Roy enttäuscht.

Piet grinste.

«Roy, was soll das?», ächzte Ralph.

«Was denn?»

«Ich meine ... Lass uns endlich losfahren!»

«Schon gut, schon gut!» Roy stopfte sowohl Pulli als auch Strickweste in den Koffer. Dann wollte er ein paar lange Unterhosen hinterherwerfen, hielt jedoch inne: «Sagt mal, wie ist eigentlich das Wetter in Bayern?»

«Woher sollen wir das wissen?», stöhnte Ralph.

«Na, du hast doch bestimmt mit Gonzo telefoniert.»

Ralph erwiderte nichts.

Roy sah verwundert vom Koffer auf. «Hast du ihn nicht angerufen?»

Ralph blickte stumm auf die Karte.

«Ralph?»

«Nein», murmelte er.

«Er weiß nicht, dass wir kommen?!»

Ralph zuckte mit den Schultern. Piet lächelte interessiert.

«Unfassbar.» Zielstrebig und routiniert wie ein Limbotänzer durchschritt Roy den Holzbalkenparcours des Zimmers. «Was, wenn er über die Feiertage verreist ist? Was, wenn er schon Besuch hat?» Er nahm Telefon und Adressbüchlein vom Balken und drückte Ralph beides in die Hand. «Ruf ihn an.»

Ralph atmete geräuschvoll aus. «Roy, willst du nicht …? Ich hab schon so lange nicht mehr mit ihm gesprochen.»

«Ist doch *die* Gelegenheit.» Roy tauchte im Schrank ab.

Widerstrebend blätterte Ralph nach der Nummer, nahm den Hörer ab und wählte. Nach kurzem Warten legte er eine Hand über die Sprechmuschel: «Anrufbeantworter.»

«Hinterlass eine Nachricht!», forderte Roy.

Seufzend hielt Ralph den Hörer erneut ans Ohr. Auf dem Band zwitscherte eine fröhliche Frauenstimme: *«… gerade nicht daheim, sprechts einfach nach dem Piiiep, wir rufen zurück. Servus!»*

«Hey, Gonzo, alter Bastard! Alles fit im Schritt? Hör mal, lang nicht mehr gesehen, nicht mal die Stimme deiner Lady erkenn ich, es sei denn …?» Er hielt inne. «Hab ich was verpasst? Hast 'ne neue Braut? Hey, hey, hey, Gonzomator!»

Roy steckte entsetzt den Kopf aus dem Schrank. Mit weitausholenden Gesten bedeutete er Ralph, das Thema zu wechseln. Auch Piet machte große Augen.

«Die Rückkehr des Gonzomators oder was?! Wie früher, immer die heißesten Feger am Start!»

Roy wollte Ralph den Hörer wegnehmen. Er wich aus.

«Aber okay, vielleicht irre ich mich, klingt jedenfalls nicht wie … äh, wie hieß sie noch?»

Roy mimte Ralph energisch vor, auf den Punkt zu kommen.

Ralph nickte genervt und räusperte sich. «Also, ich bin übrigens gerade bei Roy in Paris, und wir …»

«Hallo?», meldete sich eine Kinderstimme am anderen Ende der Leitung.

Ralph zog überrascht die Brauen zusammen. «Äh, hallo, Kleiner.»

Roy und Piet sahen neugierig auf.

«Ich bin ein Mädchen!», keifte es zurück.

Ralph hielt den Hörer vom Ohr weg. Roy eilte zum Apparat und stellte auf Lautsprecher um.

«Sorry», antwortete Ralph. «Wer bist du denn?»

«Ich bin die Tochter vom Sohn von meinem Opa!»

Ralph runzelte die Stirn. «Aha. Und wer ist dein Opa?»

«Der Papa von meinem Papa, Blödmann!»

Roy schob Ralph vom Telefon weg.

«Hallo, ich bin Roy», sprach er. «Wie heißt du denn?»

«Ines.»

«Hallo, Ines, ich bin ein Freund von Opa Gonzo. Ist er da?»

Verschiedene Tasten wurden gedrückt, nervtötende Geräusche. «Hallo, Ines?»

«Ich fahre morgen nach Kisspühl!»

«Schön! Kisspühl ... Sag mal, fährt Opa Gonzo zufällig mit?»

«Da gibt's ein Riesenfeuerweck, und Papa hat gesagt, ich darf so lange aufbleiben, bis alles BUMM *gemacht hat! Alles!* KRMBRGRUMM*!!!»*

Stoisch ließen sie den Lärm über sich ergehen. Plötzlich wurde es still.

«Ines?»

Sie antwortete nicht, summte eine Melodie.

«Ines, fährt Opa Gonzo mit euch mit?»

«Nein. Opa ist auf dem Mond.»

Ralph, Roy und Piet tauschten verwirrte Blicke.

«Oh, das ist ... interessant.» Roy räusperte sich.

«Mama weint, Oma weint, und Tante Iris weint.»

«Wegen Gonzo ...?»

«Alle weinen.»

«Oh, Ines, das ist traurig», entgegnete Roy. «Liebes, kannst du mir vielleicht mal die Oma geben?»

«Liebst du das Weltall?», überging Ines die Frage.

Roy blickte unsicher zu Ralph und Piet. «Nun ja, manche Sterne», sagte er. «Vielleicht den Polarstern …?»

«Schanzlutscher!»

Ralph und Piet drückten sich gegen ihre Stuhllehnen, Roy trat ein ganzes Stück vom Telefon zurück.

«Aschloch! Piekser!»

«Schön. Ines. Sei so lieb …»

«Ficker!»

«Bitte?! Gib mir die Oma!»

«Nö!»

«Die Oma!»

«Piekser!»

«Selber Piekser! Böser, böser Piekser!»

«Wichser!»

«OH!» Geschockt blickte Roy zu Ralph und Piet. «Weißt du, was? Wegen dir kommt Opa nie wieder vom Mond zurück!»

«Doch!»

«Nie wieder!»

«Doch!»

«Nein!!»

Ralph und Piet sahen fassungslos zu Roy. Schweiß perlte ihm an der Stirn herunter. Er war außer sich. Am anderen Ende der Leitung begann Ines zu weinen. Herzerweichend.

«Ines …?», wagte Piet zu fragen.

«PUSKOFF*!! Opa kommt immer zurück! Oma schaut doch nicht allein* Tatort*!»*

Daraufhin vernahmen sie ein lautes Krachen, als würde der Hörer gegen etwas geschlagen. Dann war die Leitung tot.

Sie versuchten noch ein paarmal durchzukommen, vergeblich.

……

«Bin ich froh, nie Kinder bekommen zu haben!», rief Roy.

«Opa Gonzo», seufzte Ralph.

«Wundert mich nicht, dass der Satansbraten von ihm abstammt!», sagte Roy.

Ralph zündete sich eine Zigarette an und ging ans Fenster. «Weißt du», sagte er. «Eigentlich sollte ich bestürzt sein darüber, dass er eine Enkelin hat und deswegen sicher nie mitmachen wird. Aber Piekser …?» Er zog belustigt die Brauen zusammen. «Warum hast du sie Piekser genannt?»

«Was weiß ich? Sie hat mich doch auch so genannt!»

«Hat das überhaupt eine Bedeutung?», erkundigte sich Piet.

«Wenn du eine knappe, freundliche Nachricht hinterlassen hättest, wäre es nicht dazu gekommen, Ralph», meckerte Roy.

Ralph zuckte mit den Schultern. «Ich mag ABs nicht.»

«Ich auch nicht», sagte Piet aufmunternd.

«Außerdem war ich freundlich», sagte Ralph. «Auf jeden Fall freundlicher als du. Piekser.»

Piet und er gaben sich alle Mühe, nicht loszuprusten.

«Du warst nicht *knapp*!», beschwerte sich Roy. «Du hast dem Teufelchen Zeit gegeben, abzuheben!»

«Dem Piekser?» Ralph sah grinsend zu Piet, der vor unterdrücktem Lachen schon tränende Augen hatte. Roy fand es gar nicht komisch.

«Ihr solltet ohne mich fahren.»

«Ach, komm», brummte Ralph.

«Komm, komm! Ich komme ja mit. Aber es gefällt mir nicht. Gonzo weiß nicht, dass wir kommen. Wir wissen nicht, ob er uns sehen will. Ich mag solche Situationen nicht.» Roy warf die langen Unterhosen in den Schrank zurück und versuchte stattdessen, ein Paar Moonboots in den Koffer zu zwängen.

«Wir können ihn von unterwegs anrufen», bot Ralph an.

«Falls sein Telefon nun nicht *putt* ist!», sagte Roy.

Ralph sah Roy einen Moment beim Packen zu. Kunsthaar in jeder erdenklichen Farbe spross widerspenstig zwischen Moonboots hervor. Roy setzte sich auf den Koffer, drückte und presste. Er war nicht zu schließen.

«Lass mich machen.» Ralph schnippte die Zigarette zum Fenster raus und trat an den Koffer. Nahezu mühelos zog er den Reißverschluss zu. Verblüfft sahen ihm Roy und Piet zu. «Hat er wirklich eine neue Frau?», fragte er dann.

«Gonzo? Die Frage ist eher, wer hält es mit ihm aus? Wann war noch seine letzte Hochzeit …? Ist bestimmt fünf Jahre her. Die Chancen stehen gut, dass bald die nächste fällig wird.»

«Ach, ja.» Ralph erinnerte sich kein bisschen an diese Hochzeit. «Warst du eingeladen?»

Roy sah ihn verwundert an. «Nein. Sie haben doch auf dieser Insel geheiratet, ohne Familie, nur zu zweit.»

«Ah.»

«Ja. Stand doch in der Hochzeitskarte.» Roy begann, die übrig gebliebenen Kleider zusammenzufalten und fein säuberlich in den Schrank zurückzulegen.

«Karte?»

«Ralph, wenn ich eine bekommen habe, dann ganz sicher auch du.»

«Hm.» Ralph dachte angestrengt nach. Roy rollte mit den Augen. Er ging an eine Schublade, kramte darin, bis er die Karte fand, und gab sie Ralph.

«Rosa mit Herzchen?» Ralph betrachtete sie einen Moment. «Stimmt, habe ich auch bekommen.» Er betastete sie, bog sie etwas und erinnerte sich an all die großartigen Filter, die er daraus für seine Joints hatte drehen können. Wirklich gutes Kartonpapier. Das behielt er jedoch für sich. Er gab Roy die Karte wieder und schlenderte an den Tisch zurück.

«Telefoniert ihr denn nie?», wollte Roy wissen.

Ralph presste die Lippen aufeinander. «Weißt du, Roy, ich bin nicht besonders gut in solchen Dingen.»

«Du sagst es.»

«Ist schwierig … Die Distanz …» Ralph fuhr sich durch den Bart. «Telefoniert ihr denn oft?»

«Gonzo und ich?» Roy verneinte. «Wir standen uns doch nie sonderlich nahe. Jedenfalls nicht so wie du und er.» Er räumte das letzte Kleidungsstück in den Schrank und setzte sich auf den prallen Koffer. «Er war mal in Paris. Ist ewig her. Immerhin war er so höflich, mich zu sich einzuladen.»

«In das neue Haus?»

«Neu? Er lebt seit mindestens zehn Jahren dort! Aber ja, das Haus am See. Schätze also, du warst noch nicht dort?»

Ralph verneinte.

«Dito», sagte Roy. «Die Arbeit, der Alltag und dann auch noch wenig Geld … Man schiebt die Dinge so vor sich her.»

«So sind wir doch alle», sagte Piet. «Aus morgen wird übermorgen, dann überübermorgen, und im Nu sind sie alle tot.»

Ralph und Roy sahen ihn betroffen an.

«Deine Freunde sind alle tot?», fragte Ralph.

«Alle», sagte Piet milde lächelnd. «Bis auf einen. Er hat Alzheimer.»

«Siehst du, Roy, nur gut, dass wir uns wegschießen, bevor es so weit kommt», brummte Ralph.

Roy zog die Augenbrauen hoch und erhob sich vom Koffer. «Nicht dass wir uns falsch verstehen. Ich komme mit zu Gonzo. Für alles Weitere kann ich nicht garantieren.»

Ralph sah ihn an. Gleichgültig nickte er Roy schließlich

zu und stapfte zur Wohnungstür. «Auf geht's. Wird 'ne lange Fahrt.»

Piet faltete die Karte zusammen und folgte ihm.

«Apropos!» Roy begab sich erneut an den Schrank und wühlte in einem Schubfach.

«Ich gehe schon mal vor», sagte Piet und machte sich mit den Krücken auf.

«Roy», mahnte Ralph. «Wir fahren.»

Roy wühlte weiter. Schließlich zog er eine kleine Holzschatulle mit feinen Schnitzereien hervor. Sanft strich er mit den Fingern darüber, ehe er sie Ralph übergab.

«Hast du etwa vergessen, dass ich euer offizieller Reisemäzen bin?», fragte Roy.

Ralph öffnete die Schatulle, zahlreiche Scheine quollen hervor. «Bist du sicher?»

«Aber ja. Lieber verreise ich mit euch, als das Geld für nutzlose Casting-Fotos auszugeben.» Mit zusammengebissenen Zähnen hievte Roy den Koffer hoch und zerrte ihn zur Tür. «Na los! Lass uns endlich fahren!»

Ralph steckte das Geld ein, nahm das restliche Gepäck und folgte ihm hinaus.

JARDIN D'HIVER

Welcher Depp hatte eigentlich Weihnachten erfunden? Welcher Hirni hatte entschieden, dass es mit der Familie gefeiert werden musste? Dem Schwachmaten hätte er gern mal gehörig die Meinung gesagt. Er hasste Weihnachten. Die ganze Verwandtschaft hatte er am Hals. Abgesehen von seiner Enkelin hätte er am liebsten alle eigenhändig im Starnberger See ertränkt. Seine Frau hätte er vielleicht noch verschont. Mit der hielt er es schließlich auch den Rest des Jahres irgendwie aus.

Gonzo drehte sich vom Fenster weg. Der See brachte ihn nur auf düstere Gedanken. Er setzte sich an den Schreibtisch und beugte sich zum Bildschirm seines Computers vor. Sein E-Mail-Konto zeigte keine neuen Nachrichten an. Mit der Maus klickte er auf *aktualisieren*.

Sogleich erklang über Lautsprecher eine Computerstimme: «Keine neue Nachricht.»

Seufzend griff er nach dem Glas vor sich und begutachtete es. Leer. Schon wieder. In Reichweite des Schreibtisches stand die Hausbar mit diversen feinen Bränden. Routiniert zog er eine Flasche Grappa hervor und schenkte großzügig ein. Nach einem kräftigen Schluck blickte er erneut auf den PC-Monitor. Noch immer keine neue E-Mail. Gerade wollte er noch mal klicken, als am gegenüberliegenden Ende des Zimmers eine Lichtsirene über der Tür losging. Die Lautsprecher knackten, und eine Kinderstimme ertönte: *«Opa? Bist du auf dem Mond?»*

«Ja, Püppchen, bin ich», sprach Gonzo in die Gegensprechanlage. «Komm rein.»

In den Schreibtisch war ein Schaltpult eingefasst. Gonzo drückte einen grünen Knopf. Zischend öffnete sich die Tür, und im hellen Schein des Flurlichtes erschien mit ernster Miene Ines. Klein und stämmig, das Haar völlig zerzaust, mit braunen Flecken um den Mund und auf dem festlichen Blumenkleidchen.

«Na, Püppi, war die heiße Schokolade lecker?», fragte Gonzo amüsiert.

«Ich mag nicht, wenn du auf dem Mond bist», erwiderte sie grimmig und verschränkte die Ärmchen.

«Ich weiß, mein Püppilein, aber versteh doch, hier ist der einzige Rückzugsort für deinen alten Opa, der einzige friedliche Ort. Jeder braucht so einen Ort.»

«Hm.» Nicht wirklich überzeugt scharrte sie mit dem Fuß.

«Komm her, Püppi, ich zeig dir, wie faszinierend das Weltall ist.» Er tippte sachte an ein Mobile, das über dem Schreibtisch hing. Ein äußerst aufwendiges und präzises Modell des Sonnensystems.

Ines, am anderen Ende des düsteren schlauchförmigen Raumes, zögerte. Mit gerunzelter Stirn blickte sie sich um. Riesige Regale zogen sich zu beiden Seiten über die Wände. Sie waren mit seltsamen Objekten und schweren Büchern gefüllt, von denen sie nichts verstand. Überall Planeten und mathematische Formeln. Die Decke war mit Sternenkonstellationen bemalt, die im jetzigen Halbdunkel nur zu erahnen waren und erst in völliger Finsternis sichtbar wurden.

«Geheimnis», murmelte Ines.

«Was sagst du, Püppi?», rief Gonzo. «Du musst schon hierherkommen, ich versteh dich sonst nicht!»

Von der Tür aus erschien Ines der Weg bis zu ihrem Opa unüberwindbar. Gonzo kannte das schon von ihr. Wer wusste, was unterwegs alles passieren konnte? Vielleicht gab es Schwarze Löcher, die einen für immer verschluckten, oder ein Meteoritengewitter …

Gonzo zog eine kleine Tüte aus einer der Schreibtischschubladen und wedelte damit. «Ich hab hier Astronauteneis!»

Alarmiert fixierte Ines die Tüte. Astronauteneis war lecker.

«Nimm den Helm und komm rüber!», lockte Gonzo.

Der Helm hing gleich neben der Tür, und Astronauteneis war wirklich lecker. Ines nahm ihren Mut zusammen, setzte den Helm auf und rannte zu Gonzo.

Auf dem Schoß ihres Großvaters und mit dem Astronauteneis versorgt, fühlte sie sich vor dem Universum sicher.

«Na, Püppi, was gibt's Neues von der Erde?», fragte Gonzo.

Ines zuckte mit den Schultern, während sie eifrig die Eisbrocken verschlang.

«Einen schönen Schneemann hast du jedenfalls gebaut.»

Verblüfft schaute Ines zu ihrem Opa auf. «Woher weißt du das?»

Gonzo grinste amüsiert. Ines hatte den Schneemann nicht weit vom Fenster gebaut. «Ich kann vom Mond aus vieles sehen.»

«Dann weißt du ja eh schon alles», sagte Ines.

«Ich kann viel sehen, aber nicht alles wissen», entgegnete Gonzo. «Deswegen sind deine Informationen wertvoll. Du bist meine Erdexpertin, meine Geheimforscherin, Püppi. Und nun erzähl, was gibt's Neues?»

Ines hielt ihm die offene Hand hin.

«Noch eins?», fragte Gonzo erstaunt.

Die Kleine verzog keine Miene.

«Na schön.» Gonzo zückte eine weitere Tüte Eis.

Sofort machte sich Ines darüber her.

«Oma sagt, du bist ein dickköpfiger Tyrann», begann sie schmatzend zu erzählen. «Mama hat Migräne, und Papa ist noch immer böse mit dir.»

Gonzo nickte wie ein König, dem die neusten Nachrichten aus seinem Reich mitgeteilt wurden.

«Er mochte Darina.»

«Ha!», rutschte es Gonzo heraus. «Der Papa sollte sich mehr um dich und deine Mama kümmern, Püppi.»

Noch vor wenigen Stunden war Darina die Hausangestellte gewesen. Hätte Gonzo sie nicht in flagranti mit Ines' Vater erwischt, wäre sie es auch noch. Sie war eine Perle. Es ärgerte Gonzo maßlos – nie würde er einen gleichwertigen Ersatz finden.

«Und Onkel Konsti versteht nicht, warum du ihm kein Flugzeug kaufst», fuhr Ines unbeirrt fort. «Er findet dich geizig und egoschistisch.»

«*Egoistisch*, Püppi», korrigierte Gonzo.

«Genau. Und das neue Kätzchen hat schon wieder auf dein Bett gemacht.»

«Herrlich, wie ich höre, bin ich ja mal wieder äußerst beliebt in der Familie», stellte Gonzo fest und leerte seinen Grappa.

Ines zog die Brauen hoch. «Tante Iris hat einen Weihnachtszopf gebacken», sagte sie aufmunternd.

«Na, wenn sie dabei nicht versucht hat, sich die Pulsadern aufzuschlitzen, will ich das als eine gute Nachricht werten.»

«Hat sie nicht, aber ich glaube, sie wollte ihren Kopf in den Ofen stecken. Roberto war jedenfalls ganz aufgebracht und hat Oma um eine Zigarette gebeten.»

«Er raucht?» Roberto war Gonzos Hauskoch.

«Zur Beruhigung.»

Gonzo nickte betroffen und goss sich Grappa nach. «Schön. Ist der Kuchen wenigstens für mich?»

«Er ist verbrannt», sagte Ines zögerlich.

«Hach, Püppi», seufzte Gonzo und nippte am Grappa. «Verstehst du jetzt, warum ich mich auf den Mond zurückziehe?» Er kniff sachte in ihre Pausbacken. Ines musste kichern. Im nächsten Moment wurde sie ernst.

«Mama will nicht mehr nach Kisspühl mit», murmelte sie. «Sie fährt zu einer Freundin an die Ostsee.»

«*Kitzbühel,* Püppi.»

«Ja.»

«Das tut mir leid, Püppi.» Innerlich ärgerte er sich noch mehr über seinen Sohn.

«Aber weißt du, wer mitkommt?», versuchte er Ines aufzuheitern.

Sie schaute ihn fragend an.

«Dein Teddybär.» Gonzo drückte einen Knopf am Schaltpult. Auf dem Computerbildschirm öffneten sich mehrere Überwachungsmonitore. Einer davon zeigte eine Garage, in der ein Range Rover stand.

«Papas Auto!», rief Ines.

Gonzo nickte. «Und da wartet schon dein Teddy auf dich.»

«Ich fahre heute nach Kisspühl!», rief Ines freudig. «Ich will, dass du mitkommst, Opa!»

«Kitzbühel, Püppi», seufzte Gonzo.

«Komm mit!», schrie Ines.

«Püppi, das geht nicht.»

«Warum nicht?!»

«Ich verrat dir was: Ich bin ein Dickkopf und die anderen erst recht! Onkel Konsti, Tante Iris, dein Papa! Ja, sogar die Oma, die fängt auch schon an! Die würd ich euch am liebsten gleich mitschicken!» Er hielt inne und fasste sich wieder. «Ich brauche Ruhe. Deswegen, Ines, fahre ich nicht mit euch.»

Ines verstand zwar nicht ganz, aber das Eis war im Grunde interessanter als die ständigen Streitereien zwischen den Erwachsenen.

«So, Püppi, bist du bereit, die Botschaften entgegenzunehmen?»

Sie zuckte mit den Schultern und saugte die letzten Brocken aus der Tüte.

«Sag Onkel Konsti, er soll gefälligst abnehmen, dann klappt's auch mit den Frauen. Da muss nicht erst ein Privatjet her, um die Mädels rumzukriegen. Und Tante Iris, die soll sich mal schön ein Zigarettchen mit Roberto teilen, vielleicht bringt sie das ja ausnahmsweise mal auf andere Gedanken. Und die Oma soll aufhören zu flennen, sonst schau ich heut Abend keinen *Tatort* mit ihr. Und dem Papa und der Mama, na, denen sagst du ...» Gonzo zögerte. «Nichts. Hach, Püppi, wenn die alle so weitermachen, dann leb ich nicht mehr lang genug, um ...»

«... um ins Weltall zu fliegen!», ergänzte Ines.

«Richtig.»

Ines blickte ihren Opa mit ängstlichen Augen an.

«Ach, Püppi, keine Sorge, alles bestens», sagte Gonzo und tätschelte ihren Kopf. «Nur gut, dass heute alle abreisen – bloß dich, mein Engel, dich werde ich natürlich vermissen.»

Während er das sagte, klickte er die Überwachungsmonitore vom PC-Bildschirm weg und öffnete das E-Mail-Fenster erneut. Keine neue Nachricht.

«Wartest du auf die Mail von den Austronauten? Opa?»

Gonzo überhörte den Versprecher und klickte auf *aktualisieren*.

......

«Opa, wann fliegst du denn?»

«Keine neue Nachricht», verkündete die Computerstimme.

Ines zuckte zusammen, und Gonzo brauchte einen großen Schluck Grappa.

«Wann fliegst du, Opa?!»

«Ich weiß es nicht!» Er atmete tief durch. «So, Püppi, und nun geh, verbreite die Botschaften, und schau auch mal nach deinem Schneemann. Nicht dass er davongelaufen ist.» Er hob die Kleine von seinem Schoß und stellte sie neben dem Schreibtisch ab.

Ines gefiel es nicht, auf diese Weise abgefertigt zu werden. Ihr Blick verdüsterte sich. «Wer ist Roy?», fragte sie mürrisch.

Gonzo hob erstaunt den Kopf. «Wieso möchtest du das wissen, Püppi?»

«Geheimnis!», giftete sie, schnappte sich den Helm und rannte zur Tür hinaus.

Gonzo schaute ihr kopfschüttelnd nach. Dann trank er den Grappa aus und klickte erneut auf *aktualisieren*.

«Keine neue Nachricht!», donnerte die Computerstimme.

Gonzo knallte das Glas auf den Tisch und trat ans Fenster. Vor ihm glitzerte der vereiste See.

Roy. Wie kam die Kleine nur auf Roy?

WHERE HAVE ALL THE GOOD TIMES GONE

«Bist du sicher, dass es hier ist?», fragte Ralph und wischte Dunst von der Windschutzscheibe.

«Zumindest ist das die Adresse, die ich notiert hatte», sagte Roy. «Und außerdem steht da Wiesel.»

Die Scheinwerfer des Postgolfs beleuchteten ein imposantes Stahltor mit goldenem Schriftzug: *Wiesel, Residence Of Eternal Happiness.*

«*Eternal Happiness*?» Skeptisch ließ sich Ralph in den Sitz sinken und zündete sich eine Zigarette an.

«Wiesel, Ralph. Gonzos Nachname», beharrte Roy.

«Das ist der falsche Wiesel.»

«Wieso sollte mir Gonzo die Anschrift eines anderen Wiesel geben?», insistierte Roy.

«Vielleicht leben in der Nachbarschaft mehrere Wiesel?», fragte Piet vom Rücksitz.

«Mit Verlaub, Piet, hast du die letzten fünf Kilometer ein anderes Haus gesehen?»

Piet schüttelte den Kopf.

«Mit Verlaub, Roy, ich seh auch jetzt keins», brummte Ralph.

Roy rollte mit den Augen.

«Meinst du wirklich, Gonzo gehört zu den Leuten, deren Häuser man von der Straße aus nicht sieht?», fragte Ralph.

«Warum nicht? Soweit ich weiß, hatte er eine Firma, die ganz gut lief.»

«Gonzo??»

«Wie lange ist es eigentlich her, seit du ihn das letzte Mal gesehen hast, Ralph?»

«In seiner Studienzeit habe ich ihm Fresspakete geschickt, weil er nicht mal genug Kohle für 'ne Dose Ravioli hatte.»

«Schön, aber seither hast du ihn doch gesehen! Wir waren bei seiner ersten Hochzeit, Ralph! Und die hat bestimmt ein hübsches Sümmchen gekostet! Hast du das etwa vergessen?»

«Ich sag ja nicht, dass er arm ist. Aber so reich?» Ralph blickte ungläubig auf das Stahltor. «Nein.»

«Oder die Taufe seines ersten Sohnes: Kaviarhäppchen, Ralph, Kaviarhäppchen, wohin man blickte!»

«Du bist mir auch so ein Kaviarhäppchen.»

«Vielleicht sollten wir einfach klingeln», schlug Piet vor.

Nachdenklich zog Ralph an seiner Zigarette. Aber dann kurbelte er das Fenster runter. Kalte Luft und ein paar Schneeflocken verirrten sich herein. Er wollte gerade die Klingel am Tor betätigen, als über Lautsprecher eine Stimme ertönte: *«Hallo, Ralph.»*

Er blickte mit offenem Mund in die Runde.

«Hab ich doch gesagt.» Roy grinste selbstzufrieden.

«Wie ich sehe, ist das Furzküken auch dabei», krächzte die Stimme aus dem Lautsprecher.

«Hallo, Gonzo», sagte Ralph in die Gegensprechanlage.

«Fahr bitte an die Seite», entgegnete Gonzo.

Ralph setzte ein Stück zurück und fuhr rechts ran. Die Pforte öffnete sich, und sie wurden von den Lichtern eines schneeweißen Range Rover geblendet. Der Wagen fuhr im Schritttempo an ihnen vorbei, gefolgt von einem Mercedes S-Klasse mit verdunkelten Scheiben, dahinter ein roter Mini. Vom Rücksitz des Rovers blickte ein kleines Mädchen mit einem riesigen Teddybär mürrisch auf sie herab.

......

«Schau an, der Piekser fährt nach Kisspühl», bemerkte Roy. Er und die Kleine nahmen sich ins Visier wie alte Feinde, die sich nach Jahren auf dem staubigen Vorplatz eines Saloons in Neumexiko wiederbegegnen – einander verhasst, aber respektvoll mit einem dezenten Nicken grüßend.

«Die Familie reist ab», konstatierte Piet, «das verbessert unsere Chancen um Meilen, euren Freund zu überzeugen.»

«Eure Chancen», berichtigte Roy.

«Yeah.» Ralph gaffte dem Mini hinterher, in dem eine attraktive Mittdreißigerin am Steuer saß. Ihr Innenlicht war an, und trotz Dunkelheit trug sie eine Sonnenbrille. Die Wagenkolonne erreichte die Straße, Reifen quietschten, und sie verschwand sogleich im Schneegestöber.

«Ob das Gonzos neue Braut war?», fragte er.

«Ich bitte dich!», rief Roy aus. «Hast du gesehen, wie jung die war?»

«Sah mir eher nach der schwerneurotischen und depressiven Tochter aus», mutmaßte Piet. «Ich kenne mich mit so was aus», fügte er hinzu, als er die fragenden Gesichter der anderen wahrnahm.

«Shit, das war wirklich Iris», staunte Ralph.

«Natürlich war das Iris», sagte Roy, als hätte er das von Anfang an gewusst.

Verblüfft warf Ralph nochmals einen Blick nach hinten, wo die Wagen gerade verschwunden waren. «Irre, als ich sie das letzte Mal gesehen habe, war sie ’n pickeliger pubertärer Teenie mit Zahnspange und hat die ganze Zeit geschmollt.»

«Ralph! Wollt ihr da draußen campen? Fahr vor, ich erwarte euch im Haus», meldete sich Gonzo über die Lautsprecher.

Ralph manövrierte den alten Golf durch die Einfahrt auf eine beleuchtete Allee, die durch eine abendliche Winterlandschaft führte. Riesige Bäume säumten den Weg und warfen mysteriöse Schatten in den Schnee. Nach einer Weile erreichten sie eine hellerleuchtete Villa. Sofort stürmte eine junge Frau die Stufen von der Haustür zu ihnen herunter an den Wagen. Sie war ganz in Schwarz gekleidet und weinte bitterlich.

«Sie können den Wagen dort parken», wimmerte sie Ralph zu und deutete auf ein offenes Garagentor neben dem Haus.

«Hey, Lady ... Alles in Ordnung?», erkundigte er sich.

«Wie?», schluchzte sie und schnäuzte sich laut in ein Taschentuch. «Ja, ja, alles wunderbar!»

Sogleich brach sie erneut in Tränen aus. Dann rannte sie die Stufen zum Eingang wieder hinauf und verschwand im Haus.

«*Eternal Happiness*, was?», fragte Roy erstaunt. «Ich fühl mich eher wie auf einer Beerdigung.»

«Klingt, als hätte euer Freund ein Faible für Sarkasmus», sagte Piet.

«Yeah, das ist ganz Gonzo», erwiderte Ralph. «Geht schon mal vor. Ich bring das Auto schnell weg.»

In der Garage standen mehrere Wagen. Verblüfft begaffte Ralph die automobilen Statussymbole – unter anderem ein Porsche Spyder und ein Lamborghini. Anscheinend hatte sich in Gonzos Leben einiges geändert, seit sie sich Ende der Neunziger zum letzten Mal gesehen hatten. Immerhin stand in einer Ecke ein alter Käfer Cabrio. Ralph parkte den Golf daneben, schaltete den Motor ab und blieb einen Moment im Wagen sitzen. Er kannte den Käfer. Es war Gonzos erster Wagen gewesen, als er noch in München studierte. Ralph kannte ihn gut.

Damals war Gonzo den ganzen weiten Weg aus München bis in die Heimat gefahren, um ihn abzuholen, und gemeinsam hatten sie dann die halbe Bundesrepublik durchquert, um

Roys erster Theateraufführung beizuwohnen. Bei Sonne und Regen mit offenem Verdeck über heißen Asphalt und staubige Landstraßen im Sommer achtundsechzig.

Ob die Sitze noch immer nach diesem typisch öligen Leder dufteten? Und nach dem Parfüm der beiden Schwedinnen, die ein Stück mitgetrampt waren? Eine von ihnen hatte sich Federn ins Haar geflochten und Mundharmonika gespielt. Die andere hatte über Martin Luther King geredet, unter ihrem wallenden Kleid kein Höschen, bei dem Gedanken kam Ralph jetzt noch ins Schwitzen, zum Abschied hatte sie ihm ihren blütenweißen Spitzen-BH geschenkt. Ob er noch im Handschuhfach lag und mit ihm das Flüstern ihrer berauschenden Stimme? Und auch diese seltsamen Nelkenzigaretten, die Gonzo bei Roys Premierenfeier hatte mitgehen lassen und die nach Fernweh rochen?

Mit einem Mal umgaben ihn all diese Düfte, er sah Gonzo grinsend am Steuer sitzen und hatte wieder den Fahrtwind und Jefferson Airplane in den Ohren.

Was, wenn Gonzo nicht mitmachen wollte?

Aus dem Augenwinkel bemerkte Ralph etwas auf dem Rücksitz, das seine volle Aufmerksamkeit einforderte. Beleidigt grün lugte Evergreen dort aus der Sporttasche hervor. Vielleicht fror sie auch nur. Vorsichtig nahm Ralph sie zu sich nach vorne.

«Keine Sorge, Evy. Ich seh eben schnell nach, wie's drinnen aussieht, und dann hol ich dich sofort rein.»

Sie rührte sich mit keinem Blatt.

«Du frierst nicht?» Ralph atmete laut aus. «Okay. Ich verstehe. Hör mal gut zu: Es ist mein Leben, kapiert? Ich sag schließlich auch nichts, wenn du mal keinen Durst hast.» Sehr langsam regte Evergreen die Blätter. Als wäre sie supracool und wüsste ganz genau über alles Bescheid. «Ach, was weiß ich!», schnauzte Ralph sie an. Sie aber wippte nun geradezu rebellisch. «Schlimmer als Roy, Evy, du bist schlimmer als Roy! Ich hätte dich nie allein in seiner Wohnung lassen sollen.» Wütend stellte er sie auf dem Beifahrersitz ab. Ihre Blätter flatterten heftig weiter, aber Ralph ignorierte sie. Er stieg aus dem Wagen und ging zielstrebig zum Haus hinüber.

Dass eines von Evergreens Blättern welkgelb war, hatte er nicht bemerkt.

ALLES IST GUT

Die Diele war so geräumig, dass die abstrakten Gemälde und die goldenen Skulpturen, die sich hier befanden, geradezu einsam wirkten. Ein edler Perserteppich lag auf glänzend gebohnertem Parkett. Ein prunkvoller Kronleuchter hing schwer von der hohen Decke.

Aus weiter Ferne vernahm Ralph ein Schluchzen. Vermutlich die Lady von vorhin. Zu sehen war sie jedoch nicht und auch keine Spur von seinen Freunden.

Auf der anderen Seite des Raumes erschien jemand, der einen riesigen geschmückten Weihnachtsbaum übers Parkett schleifte.

«Hey!», rief Ralph und lief auf ihn zu. «'tschuldigung, Mann! Haben Sie zufällig meine Freunde gesehen?»

Der Mann ließ die Tanne sinken und kratzte sich nachdenklich am Kopf. «Versuchen Sie's im Aquarium. Dort pflegt Herr Wiesel für gewöhnlich seine Gäste zu empfangen.»

«Aquarium?», keuchte Ralph, als er ihn erreichte.

«Hier lang und dann rechts.» Der Mann deutete den Gang hinunter, aus dem er gekommen war. Dann hob er die Tanne wieder an, Glöckchen klirrten, und er schlurfte davon.

«Danke!», rief ihm Ralph nach. Er stützte die Arme auf die Beine, um Kraft zu schöpfen. Scharfer Schmerz bohrte sich in seine Lenden. Er schaffte es nicht mehr, sich aufzurichten. Er ließ sich auf die Knie sinken, rollte über die Seite auf den Rücken, atmete tief ein und aus und zog die Schenkel an den Brustkorb. Es knackte, und er schrie auf. Unter seinem Rücken holte er einen Miniaturastronauten hervor – Weihnachtsschmuck vom Baum. Langsam stand er wieder auf. Sein Rücken hatte sich etwas entspannt. Er steckte die Figur ein und folgte dem Korridor.

Nach einer Weile kam ihm das Haus wie ein überdimensionaler Adventskalender vor, aus dem jedoch jemand die Schokolade gefressen hatte: Vier Türen hatte er bereits geöffnet, ohne ein Aquarium, geschweige denn seine Freunde, vorzufinden. Genervt öffnete Ralph die fünfte Tür.

«Roadie Ralph, schau an, schau an. Wenn das mal keine Überraschung ist», empfing ihn Gonzo. Er stand im Gegenlicht eines riesigen, fluoreszierenden Aquariums, das die gesamte hintere Wand einnahm. Sein Gesicht war in Halbschatten getaucht. Dennoch erkannte Ralph ihn auf den ersten Blick. Seine Adlernase war so lang und spitz wie eh und je.

«Hey, Gonzo! Alles klar?», rief Ralph und ging auf ihn zu.

«Na, Ralph?», hörte er Roy und Piet murmeln. Sie saßen auf einem riesigen Sofa an einem Kaminfeuer und begafften gebannt das Aquarium. Bunte Fische und Korallen regten sich in türkisblauem Wasser, dazwischen ein Hai.

«Nette Wampe», witzelte Gonzo und tätschelte beeindruckt Ralphs Bauch. «Ja, Wahnsinn, sagenhaft!»

«Ich find's auch schön, dich zu sehen», knurrte Ralph.

«Die Jungs haben erzählt, dass ihr mit deinem Wagen aus Paris hergefahren seid?», sagte Gonzo und durchquerte den Raum.

«Ja», erwiderte Ralph. «Wir haben vorher angerufen, aber ...»

«'ne Mordsstrecke», fiel ihm Gonzo ins Wort. «Wie viele Kilometer sind das? Tausend? Tausendfünfhundert?»

«Um die achthundert.»

«Nur? Bist du sicher?»

Ralph zuckte mit den Schultern.

«Was fährst du noch gleich?» Gonzo trat an eine Anrichte aus dunklem Holz und öffnete sie. Eine äußerst gut ausgestattete Bar kam zum Vorschein.

«Golf.»

«Aha. Hast du meine Autos gesehen?», fragte er, während er verschiedene Flaschen öffnete und daran roch.

«Äh, ja.»

«Nicht zu viel Ärger mit dem Schnee gehabt?»

«Nö, bin vorsichtig gefahren. Wir …»

«Komm, lass uns anstoßen», unterbrach ihn Gonzo. «Grappa, Averna, Whiskey, Obstler …?»

«Äh, Whiskey klingt gut», sagte Ralph.

«O ja, von dem *Macallan* würde ich auch noch einen nehmen», meldete sich Piet vom Kamin.

«Sehr gerne», entgegnete Gonzo und begann, die Drinks zuzubereiten.

Ralph ließ sich neben Piet und Roy auf das feine Ledersofa sinken. Die beiden begafften noch immer das Aquarium.

«Unfassbar», hauchte Roy, abwesend an einem Martini nippend.

«Außerordentlich. Ralph, schau nur», staunte Piet.

Ralphs Pupillen weiteten sich. Der Hai war gerade dabei, mehrere kleine Fische auf einmal zu verschlingen.

«So jung kommen wir nicht mehr zusammen, was?» Gonzo reichte ihm den Whiskey. «Na dann, auf uns!»

Sie stießen an.

«Großartige Erfindung», lobte Roy und deutete zum Aquarium. «Schlichtweg beeindruckend.»

«Ich muss sagen, werter Gonzo», sagte Piet, «ich bin verblüfft, dass so etwas möglich ist.»

«Ja, es ist faszinierend», entgegnete Gonzo und setzte sich ihnen gegenüber in einen Clubsessel. «Doch am Ende des Tages sind es bloß ein paar mathematische Formeln und etwas technisches Knowhow.»

Die drei lachten. Ralph verstand kein Wort.

«Du hast ein Aquarium erfunden?», fragte er.

Gonzo lachte spöttisch. «So könnte man es auch nennen.» Er trat an den Kamin und schob die Scheite mit einer Zange zurecht. Große Flammen loderten auf. «Vor vielen Jahren hatte ich eine Idee», sagte er, während er mit der Zange in der Glut stocherte. Zu seinen Füßen lag ein Eisbärenfell mit Kopf – ein weit aufgerissenes Maul und scharfe Fangzähne. «Eine geniale Idee, die mich unter die hundertfünfzig Reichsten des Forbes Magazins gebracht hat.»

Ralph schaute erstaunt zu ihm auf.

«Du glaubst, das ist ein Aquarium.» Er deutete zu den Fischen. «Es ist keins. Schau genau hin.»

Ralph stand auf und sah sich das Aquarium aus der Nähe an. «Ein Bildschirm?», fragte er zögerlich.

Gonzo nickte. «Fast. Es ist ein Glasdisplay, das die Live-Aufnahmen einer HD Webcam überträgt. Du starrst gerade auf einen Teil des Great Barrier Reef.»

«In Australien?»

«Jackpot. Wir haben Glück, dass heute so viel los ist. Manchmal sehe ich tagelang keinen Fisch. Aber die Korallen sind auch ein hübscher Blickfang.»

Ralph schaute nochmals auf die Glasleinwand.

«Du hast dort einfach eine Kamera platziert?»

«Du glaubst gar nicht, wie schwer es war, diese Umweltschützer zu überzeugen. Aber wie ich zu sagen pflege: Vor Geld sind wir alle gleich.»

«Hm.» Ralph räusperte sich. «Ich wusste gar nicht, dass du dermaßen auf Fisch stehst.» Er nahm einen Schluck Whiskey.

Gonzo blickte ihn amüsiert über den Rand seiner Brille hinweg an. «Ich liebe deinen Humor, Ralph. Hat mir gefehlt.»

Er ging zu einer Flügeltür neben dem Kamin und öffnete sie. «Wenn mir die Herren bitte folgen würden.»

Sie betraten einen Saal mit einer weiteren Riesenleinwand.

«Mount Fuji», erkannte Piet sofort.

Gonzo nickte. Malerisch thronte der japanische Vulkan mit dem Puderzuckerhut in einer unberührten Eislandschaft. Man meinte fast, den kalten Wind zu spüren, der durch das Tal fegte.

«Fische machen nur einen Bruchteil des Geschäfts aus. Ich habe überall auf der Welt Webcams installieren lassen.» Zügig schritt Gonzo weiter. «Die schönsten Aussichtspunkte der Welt zu jeder Jahres- und Tageszeit, bequem von zu Hause zu bewundern: Privatstrand auf den Malediven, Valley of Flowers in Indien, Preikestolen in Norwegen – zugegeben, etwas langweilig im Winter. Ist ja fast ständig dunkel dort ...»

Er berührte das Display, eine digitale Schaltfläche mit einem roten Knopf wurde sichtbar. Als er draufdrückte, schaltete sich die Übertragung ab. Die Bildfläche wurde zu einer einfachen Glasfassade, die den Blick auf den abendlichen Park freigab.

Gonzo zog weiter. Er öffnete Flügeltür um Flügeltür, und sie durchschritten eine Vielzahl weiterer Zimmer. «... Gros Morne auf Neufundland, Kenai Fjords in Alaska ... und natürlich die üblichen Verdächtigen: der Kilimandscharo, die Anden, die Chinesische Mauer, die Niagarafälle ...»

In jedem Raum befand sich eine Glasfassade, und jedes Mal wirkte die darauf abgebildete Landschaft dermaßen echt, dass man glaubte, tatsächlich vor Ort zu sein.

«Wir haben weltweit wohlhabende Haushalte mit unseren Fenstern ins Paradies ausgestattet», sagte Gonzo und führte sie in einen Flur, der mit Auszeichnungen, gerahmten Urkunden und Fotos tapeziert war. Die Bilder zeigten Gonzo vor verschiedensten Panoramen, immer mit einem einheimischen Geschäftspartner um die Wette grinsend. «Das bin ich in Chile, hier in Marokko, da auf Kauai, hier haben wir Zimbabwe ...»

Sie passierten eine Vitrine mit polierten Trophäen.

«Great Security Award», entzifferte Ralph den Schriftzug eines Pokals.

«Wir stellen auch Überwachungskameras her», sagte Gonzo beiläufig, ohne die Vitrine zu beachten. Zielstrebig ging er auf einen kleinen goldgerahmten Monitor zu, der am Ende des Ganges in die Wand eingefasst war. Andächtig blieb er davor stehen. «Mein Erster», flüsterte er stolz.

«Wo ist das?», wollte Piet wissen.

«Königssee. Berchtesgaden», erwiderte Gonzo ergriffen.

Verwundert betrachtete Ralph den Bildschirm. Es war nur grauschwarzes Flimmern zu erkennen. Auch bei näherem Hinschauen blieb das Bild so dunkel wie Norwegens Preikestolen.

Roy schien es ähnlich zu gehen: «Das ist ... interessant. O ja, schön ...»

«Schön?», lachte Gonzo. «Eher ziemlich öde! Dort ist schon Nacht.» Mit dem letzten Wort erlosch das Lächeln in seinem Gesicht. «Genug Smalltalk. Warum seid ihr hier?»

Ralph, Roy und Piet schauten einander unschlüssig an.

«Schießt los, ihr Nasen. Was steckt hinter eurem saisonal fragwürdigen Spontanbesuch? Seid ihr aus dem Altenheim getürmt, oder hat einer von euch Prostatakrebs und wollte die Berge sehen, bevor er den Löffel abgibt?» Gonzos Blick blieb an Ralph hängen, der überrascht rülpste.

«Wir ... also, um dich zu besuchen. Ja. Wir haben uns so ewig nicht gesehen», sagte er.

«Haben wir das?», entgegnete Gonzo.

Ralph zuckte mit den Schultern und nickte.

«Und dem hast du nichts hinzuzufügen?», fragte Gonzo.

Roy und Piet blickten gespannt zu Ralph, der überlegte.

«Jetzt ist nicht der richtige Moment.»

«Taktgefühl?», fragte Gonzo. «Ehrlich, Ralph? Das ist ja mal eine ganz neue Seite von dir!»

Ralph stutzte.

«Du hast aber keine schlimme Krankheit … oder sonst einer von euch?», fragte Gonzo.

«Nö», winkte Ralph ab.

«Gut. Krankheiten deprimieren mich. Na dann», sagte Gonzo und führte sie ins Aquarium zurück.

«Eins wundert mich», sagte Piet dort, «wenn das eine Live-Übertragung ist, sollte es am Great Barrier Reef jetzt nicht dunkel sein?»

«Stimmt», schloss sich Roy an. «Und ebenso am Fuji …?»

«Gute Frage», erwiderte Gonzo. «Ralph, hast du eine Idee?»

Ralph hatte in einem der Clubsessel Platz genommen und war damit beschäftigt gewesen, den Eisbärenkopf genauer zu inspizieren. «Was?», fragte er.

«Warum es am Great Barrier Reef jetzt taghell ist?», wiederholte Gonzo.

Ralph zuckte mit den Schultern.

«Komm schon, alter Roadie, nicht so bescheiden», forderte Gonzo. «Wenn es hier einen Technikexperten gibt, dann bist du das.»

Ralph sah ihn verwundert an. «Ich war *Drum Tech*. Ich kann dir 'n Schlagzeug aufbauen, wenn du magst.»

«*Drum Tech*, sag ich doch: ein Techniker.»

«Sorry, aber ich sehe hier auch keine *Amps* oder *Soundboards*. Und genau da hört mein Technikwissen auf.»

«Taktgefühl *und* Bescheidenheit. Ralph, ich komme aus dem Staunen gar nicht mehr raus. Wer hätte gedacht, dass dir diese Attribute eines Tages gebühren würden?»

«Ich kann dir auch ’ne Gitarre stimmen», erwiderte Ralph bockig.

«Alles gut, ist bloß eine Feststellung. Der Ralph, den ich vor fünf Jahren zuletzt gesehen habe, war jedenfalls anders drauf.»

Ralph zog die Brauen zusammen. «Vor fünf Jahren?»

«Ein Zeitverzögerungsmechanismus», sagte Gonzo.

«Was?»

«Die Kameras am Fuji und am Great Barrier Reef sind mit einem Zeitverzögerungsmechanismus versehen.»

«Aha.» Fuji und Reef am Arsch. «Was meinst du mit *vor fünf Jahren*?»

«Das, was wir jetzt sehen, liegt in der Vergangenheit», sagte Gonzo nur und sah Ralph eindringlich an.

«Und?» Ralph stieg das Blut in den Kopf, und er spürte das Pochen seiner Halsschlagader. Was sollten diese blöden Andeutungen?

«Auf Preikestolen nützt Zeitverzögerung nichts», fuhr Gonzo fort. «Dort ist’s ja sechs Monate lang fast durchweg zappenduster.» Gonzo machte einen Schritt auf ihn zu. «Wie sieht’s denn bei dir aus, Ralph? Erzähl mir nicht, dass es dadrin auch so *zappenduster* ist.» Er tippte ihm gegen die Stirn.

Genervt trat Ralph einen Schritt zurück. «Wovon redest du eigentlich?»

«Das Fiasko vor fünf Jahren ist mir noch ziemlich präsent.»

«Welches Fiasko?»

«Zweitausendzehn, Ralph. Die Beerdigung meines Vaters. In der Heimat.»

Ralph stockte der Atem. «Dein Vater ist tot?»

«Ich fass es nicht, du hast es vergessen.»

«Was vergessen? Was war da?»

«Was da war? *Du* warst da.»

«Keine Chance, das letzte Mal war in den Neunzigern, wir haben uns zuletzt in den Neunzigern gesehen ... *backstage*, in München ... Olympiastadion, ich war für die Stones ...» Ralph hielt inne. Bilder von einem grauen Tag auf dem heimischen Friedhof stiegen in ihm auf, Regen und Raben. Er musste schlucken. «Tut mir leid ... wegen deinem Vater.»

«Du erinnerst dich wirklich nicht mehr», stellte Gonzo kopfschüttelnd fest.

«Doch ... Ich war da. Auf dem Friedhof.»

«Oh, der Herr erinnert sich an den Friedhof, immerhin. Und danach?»

Ralph wurde heiß und kalt. Angestrengt dachte er nach, aber da war nichts, einfach nichts. Ganz gleich, wie sehr er sich bemühte.

«Ha!», rief Gonzo aus. «Blackout.»

«Meine Güte, Ralph», sagte nun Roy. «Wie ist das möglich?»

«Ich ... ich weiß nicht», nuschelte er und kratzte sich verlegen den Bart.

«Ich erzähl euch, wie das möglich ist: Sternhagelvoll war er.»

Ralph hob verblüfft den Kopf.

«Du hast den Leichenschmaus mit einer Aftershowparty verwechselt, in Boxershorts auf den Tischen getanzt, dich an allem gerieben, was halbwegs dem weiblichen Geschlecht zuzuordnen war, und wolltest *Puderzucker* von den Brüsten meiner Frau ziehen!»

«Puderzucker ...?», fragte Piet.

«Puderzucker, Schnee, C, nenn es, wie du willst, AUF DEN BRÜSTEN MEINER FRAU», sagte Gonzo.

Ralph starrte ihn mit offenem Mund an. «Das ... Sorry, Gonzo.» Mehr brachte er nicht über die Lippen.

Gonzo wandte sich ab und ging zur Bar hinüber. Roy und Piet schwiegen betreten. Am liebsten wäre Ralph hinter einem der Fenster abgetaucht, fort auf die Malediven.

«Nur gut, dass sie jetzt meine *Ex*frau ist.»

Ralph fühlte sich noch elender.

«Vielleicht schau ich mir noch mal den Kilimandscharo an», sagte Piet. Roy nickte, doch beide blieben wie angewurzelt stehen.

Schwermütig durchbohrte das Ticken einer Pendeluhr die Stille.

«Äh ... Was soll ich sagen ... Es tut mir leid, ehrlich», stammelte Ralph.

«Ach, es lag nicht an dir, Ralph. Sie ging mir wahnsinnig auf die Nerven.» Gonzo stand noch immer mit dem Rücken zu ihm an der Bar und goss Hochprozentiges in sein Glas. «Ich muss schon sagen ...» Plötzlich brach er in heiseres Kichern aus. Nun war Ralph vollends verwirrt. Auch Roy und Piet verwunderte das. Gonzo hörte gar nicht mehr auf zu kichern. «Der Dekanter ... Was du mit dem Dekanter gemacht hast.» Er kicherte noch etwas, dann fing er sich wieder. «Das ist ja das Schlimme», seufzte er und drehte sich wieder zu Ralph. «Ich hatte Spaß. Mir ging es elend, bis du auf der Matte standest. Du hast mich all die Trauer vergessen lassen. Schrecklich! Wo blieb der Respekt? Mein Respekt für meinen Vater?»

Ralph betrachtete Gonzo nachdenklich. «Kennst du New Orleans?», fragte er schließlich.

«Natürlich. Wer kennt New Orleans nicht?»

«Die *Second Line*?»

Gonzo verneinte und trank einen Schluck.

«Ist 'ne Tradition dort.»

Gonzo hob das Kinn etwas, um Ralph durch die Brillengläser besser zu sehen.

«Ich hab mal für 'n paar Jazzmusiker gearbeitet», sagte Ralph. «Hab vergessen, wie die hießen, ist lange her, der eine war 'n großartiger Saxophonist. Jedenfalls haben die erzählt, dass bei Beerdigungen in New Orleans Musiker durch die Straßen ziehen. 'ne Art Parade, aber bunt und laut, es wird getanzt, gesungen und getrunken. Sie nennen es *Second Line*. Einem Toten in New Orleans keine *Second Line* zu geben, gilt dort als respektlos.» Ralph zuckte mit den Schultern.

Gonzo dachte eine Weile darüber nach. «Ziehen die auch Koks von den Brüsten der Trauernden?», fragte er dann.

«Schätze, nicht.»

Eine Weile sagte Gonzo nichts, starrte nur in sein Glas, dann sagte er: «Scheiß drauf, Ralph. Wir müssen's ja nicht genauso machen wie die in New Orleans», befand er schließlich.

Ralphs Gesicht hellte sich auf.

«Komm her, du Ochse», sagte Gonzo und schloss ihn in die Arme.

BEHIND BLUE EYES

Das Läuten der Pendeluhr ließ die Männer von ihren Whiskeygläsern aufschrecken. Nur Gonzo stocherte unbeeindruckt weiter in der Glut des Kamins.

Pünktlich mit dem letzten Schlag betrat die schluchzende Lady in Schwarz das Aquarium. Ihre Augen waren noch immer rot unterlaufen. Zitternd transportierte sie ein silbernes Tablett mit einem Glas grünem Saft und klirrenden Art-Déco-Schalen voller Gemüsestreifen zu einem Beistelltisch. Ralph, Roy und Piet sahen teilnahmsvoll zu. Gonzo schien sie bewusst zu ignorieren. Sie stellte das Tablett ab, machte einen scheuen Knicks und verschwand sogleich wieder.

«Was hat sie?», fragte Ralph.

«Darina? Ach», stöhnte Gonzo und winkte ab. «Ich hab sie gefeuert ...»

«Und ich hab sie wieder eingestellt!», zwitscherte jemand von der Tür her.

Sie blickten hinüber. Der Duft teurer Blumen wehte ihnen entgegen. Ralph kippte die Kinnlade runter. Dort stand eine Blondine, Mitte fünfzig, die aussah wie Michelle Pfeiffer – kurz gesagt: heiß. Offenes Haar, tiefrote Lippen und, was trug sie eigentlich? Scheißegal – o Mann, Michelle! Nur hatte sie leider nicht Michelles Stimme.

«Der Schmusi vergisst manches Mal, dass er hier nicht allein lebt, gell, Schmusi?», trällerte sie.

«Meine bezaubernde Gattin, Vreni», seufzte Gonzo und ließ sich in einen Sessel sinken.

Ralph, Roy und Piet standen auf, um sich vorzustellen. Abwesend reichte Vreni ihnen die Hand. Ihre Augen nahmen Gonzo ins Visier.

«Der Weihnachtsbaum, Schmusi?», fragte sie.

«Vreni, das sind meine Jugendfreunde Ralph und Roy», überging er die Frage. «Wir kennen uns seit ... ewig! Jungs, wie lange kennen wir uns schon? Ewig, oder?»

«Seit wir sechs sind», sagte Roy.

Ralph nickte. «Wir haben uns im Zirkus kennengelernt.»

«Genau, der Zirkus!», rief Gonzo lachend.

«Der Christbaum, Schmusi?», wiederholte Vreni.

«Wie war das noch? Unsere Mütter kannten sich und hatten sich dort verabredet, oder?», fragte Gonzo.

«Ja, so was in der Art», sagte Roy.

«Schmusi?»

«Der Zirkus! Hach, das war damals was ganz Besonderes!», schwärmte Gonzo.

«Das ist schön, dass du in Kindheitserinnerungen schwelgst, Schmusi», sagte Vreni. «Ich möchte aber wissen, wo der Christbaum hin ist.»

«Roy hatte Angst vor der Schlange!», rief Gonzo.

«Pah! Dafür hattest du Angst vor den Clowns», konterte Roy.

«Meine Güte, die Clowns, wer hatte vor denen keine Angst?», entgegnete Gonzo. «Aber was war das noch für eine Schlange? Eine Kobra?»

«Ich glaube», sagte Ralph.

«Nicht eher eine Anakonda?», fragte Gonzo.

«Werter Gerhard, würdest du mir bitte sagen, wo unser Christbaum hin ist?», fragte Vreni.

«Ralph hat sie angefasst!», rief Gonzo enthusiastisch. «Du warst der Einzige, die Schlangenbeschwörerin hat sie an uns vorbeigeführt, und du hast einfach die Pfoten nach ihr ausgestreckt!»

«Stimmt», erinnerte sich Ralph. «Und du durftest den Babyelefanten reiten.»

«Der Christbaum, Gerhard.»

«O ja!», prustete Gonzo. «Der war ganz borstig! Würde man gar nicht denken, von einem Elefanten. Die ist mir bis heute im Gedächtnis geblieben, diese Borstigkeit.»

«Gerhard. Der Christbaum.» Vrenis Stimme bebte.

«Genauso wie Roys Blick bei der Schlange!», wieherte Gonzo. «Junge, du hast dermaßen geschielt vor Furcht – ich war mir sicher, dass du danach nie mehr geradeaus gucken kannst!»

Ralph und Piet lachten.

«Immerhin habe ich mich aufs Lama getraut», wehrte sich Roy.

«Das Lama, das dich anschließend angespuckt hat?», keuchte Gonzo, und auch die anderen hielten sich die Bäuche.

«Ach, Jungs ...» Gonzo wischte sich Lachtränen aus den Augenfalten. «Tut das gut, euch wiederzusehen!»

«Schmusi, schau mich an.»

«Vrenilein, endlich lernst du meine Burschen kennen!»

«Ich meine es ernst, Schmusi: Schau mich an.»

Gonzo schaute sie an.

«Ich verstehe, dass du glücklich bist, deine Freunde wiederzusehen», sagte Vreni, «und ich freue mich mit dir, obgleich ich mir gewünscht hätte, dass du mich vorab von ihrem Besuch in Kenntnis setzt. Immerhin haben wir den achtundzwanzigsten Dezember, und ich hätte deine Gäste gerne eher einplanen können. Aber darum geht es mir jetzt gar nicht, und ich möchte ein Auge zudrücken. Das Einzige, was ich wissen will, ist: Wo ist unser Christbaum hin?»

«Fast hätte ich's vergessen: Der charmante Herr zu deiner Linken ist Piet», sagte Gonzo ungerührt.

«Der Christbaum! Gerhard!»

Gonzo wich ihrem Blick aus.

«Antworte mir!», befahl Vreni.

Gonzo knurrte etwas Unverständliches, während er in das Kaminfeuer starrte.

Zielstrebig ging Vreni auf das Tablett mit dem Saft und den Gemüsestreifen zu. Dabei hinterließ sie eine Duftwolke, die Ralph, Roy und Piet so benommen machte, dass sie an der Tür Halt suchen mussten. Und als sie dann auch noch den tiefen Rückenausschnitt ihres Pullovers erblickten, hörten sie Piet «Mamma Mia» winseln.

Sie trank den grünen Saft in einem Zug aus. Dann nahm sie eine Schale Selleriestangen, setzte sich zu Gonzo auf die Sessellehne und hielt sie ihm vor die Nase.

«Iss. Das ist gesund, Schmusi. Regt die Hirnzellen an.»

«Geh, Vreni, ich bitt dich.» Gonzo schob die Schale von sich.

«Der Weihnachtsbaum, Gerhard.» Mit blitzenden Zähnen biss sie in eine Selleriestange. Saft spritzte. Ihr Gesichtsausdruck erinnerte dabei an den des Eisbären vor dem Kamin. «Du hast ihn entsorgen lassen. Gib's zu.»

«Geh, Vreni, mach keine Szene. Ich hab Besuch.»

«Oh, verzeih großer, ehrwürdiger Gerhard», entgegnete sie und machte eine Verbeugung. Dann wandte sie sich Ralph, Roy und Piet zu: «Na, hat er euch schon eine Tour gegeben? Seine großartige Erfindung vorgeführt? Der Schmusi liebt es nämlich, mit seinen Errungenschaften zu prahlen, nicht wahr, Schmusi?»

«Vreni.»

«Aber von den Überwachungskameras hat er bestimmt nichts erzählt.»

«Geh, Dirndle, jetzt hört's aber auf!»

«Damit verdient der Schmusi nämlich sein eigentliches Geld. *Da* kommen die Millionen her! Wen interessieren schon Schaufenster in die Anden? Er ist schuld daran, dass alle Welt überwacht wird, dank seiner großartigen Technologie. Überall sind sie, seine Kameras. Sogar im Kaufhaus Beck kann ich in seine Kameras winken.»

«Wenn ich sie nicht entwickelt hätte, dann jemand anderes! Was kann ich dafür, dass heutzutage jeder jeden überwachen will?»

«Du bist ein Kontrollfreak, Gerhard. Über alles und jeden musst du Bescheid wissen, über alles und jeden bestimmen. Nichts darf dir entgehen. Da rührt deine Motivation her. Deine kranke Motivation hat aktiv dazu beigetragen, dass wir heute alle wie in *1984* leben!»

«Die Holzscheite brennen dieses Jahr besonders schnell ab», bemerkte Gonzo tonlos.

Vreni hielt inne und schaute ihn fragend an.

«O Tannenbaum, o Tannenbaum ...», hauchte Gonzo mit einem bösen Blitzen in den Augen.

Vreni verpasste ihm eine schallende Ohrfeige.

Mit bebenden Lippen und hoch erhobenem Kinn schritt sie an Ralph, Roy und Piet vorbei und zur Tür.

«Vrenilein, das war ein Scherz! Tannen taugen doch gar nicht für den Kamin!», rief ihr Gonzo nach, aber sie ließ sich nicht aufhalten und knallte die Tür hinter sich zu.

«Puh, warum sind Frauen immer so anstrengend?», fragte Gonzo. «Ich dachte, das legt sich nach der Menopause, aber es wird nur schlimmer.»

......

Er stand auf, um Whiskey nachzuschenken. «Meine Herren, wir haben uns einen Doppelten verdient.» Großzügig füllte er die Gläser seiner Gäste auf. Dann hob er sein Glas. «Auf den Weihnachtsbaum», verkündete er. «Möge ein hübscher Sarg daraus werden.»

Die anderen verschluckten sich beinahe beim Trinken.

«Ein Sarg?», hustete Roy.

«Mein Beitrag für die Umwelt», erklärte Gonzo. «Kleine Spende für die hiesige Sargtischlerei.»

Die anderen nickten mit großen Augen.

«Das ist eigentlich eine schöne Geste», rang sich Piet ab.

«Ha!», rief Gonzo aus. «Endlich sieht das mal jemand ein! Danke, Piet. Ich wünschte, Vreni würde auch so denken.»

Sie nahmen wieder in den bequemen Clubsesseln am Kamin Platz. Auf dem kleinen Tisch in der Mitte stand noch das Tablett mit den Schalen voller Gemüsestreifen.

«Kohlrabi?» Roy hielt einen weißen Streifen in die Höhe.

«Vrenis Idee eines cholesterinarmen Appetizers. Greif nur zu, Roy – falls du überzeugt bist, ein Kaninchen zu sein. Ansonsten gibt es bald richtiges Essen.»

Roy legte den Kohlrabi in die Schale zurück.

«Das war also deine neue Frau?», fragte Ralph.

Gonzo sah ihn erstaunt an.

«Was?», fragte Ralph. «Ist ’ne berechtigte Frage.»

«Keine Sorge, Ralph, ihre Brüste hast du noch nicht zu Gesicht bekommen. Und ich werde dafür sorgen, dass es nicht dazu kommt», erwiderte Gonzo.

Ralph kramte in seiner Hosentasche und holte den Miniaturastronauten hervor. «Den hab ich in der Eingangshalle gefunden. Vielleicht stimmt er deine Lady wieder milder.» Er wollte ihn Gonzo geben.

«Ha, Beweismaterial!», wehrte Gonzo ab. «Behalte ihn, bitte. Du willst nicht wissen, was los ist, wenn sie mich damit festnagelt.»

Ralph betrachtete den kleinen, unschuldig wirkenden Astronauten kurz und steckte ihn dann wieder ein. «Deine Enkelin steht aufs Weltall, was?»

Gonzo blickte überrascht auf. «Ines?»

«Na ja, Astronauten als Weihnachtsschmuck. Und am Telefon erzählte sie irgendwas davon, dass du auf dem Mond warst oder so.»

«Ach ja. Das ist meine Passion. Ich liebe das Weltall. Ines hat tierische Angst davor. Ich bin vernarrt ins Universum.»

«Yeah», erinnerte sich Ralph. «Ist dir wohl von früher geblieben, was?»

«Ganz recht.»

«Pengasus und Schlag-mich-tot», stimmte Roy zu. «Was wir uns damals nicht alles mit dir ansehen mussten.»

«*Pegasus*, Roy», berichtigte Gonzo.

«Ein Hobbyastrologe?», fragte Piet.

Gonzo nickte. «Ich gehöre sogar zu den wenigen Glücklichen, die eine Reise ins All gebucht haben. Ich kann es kaum abwarten. Wird das guttun, dem ganzen Terror hier zu entkommen!»

«Aha», sagte Ralph. «Wann fliegst du denn?»

«Das ist das Problem bei der Sache, Ralph. Ich weiß es nicht. Ich sitze auf glühenden Kohlen. Bis es so weit ist, muss ich mich wohl oder übel mit meinem wunderbaren Teleskop begnügen.» Er leerte sein Glas in einem Zug und stand auf. Ihm schien schwindelig zu sein. Er taumelte. «Wenn ihr wollt, schauen wir später mal durch. Doch zuvor sollten wir was Gescheites zwischen die Kiemen bekommen.»

In Schlangenlinien torkelte er zur Tür und verfehlte sie beinahe. Als die anderen aufstanden, bemerkten auch sie, dass der *Macallan* seine ganze Wirkung entfaltete. Roy wankte wie ein unbegabter Seiltänzer. Ralph brauchte einen Moment, um sich zu erinnern, weshalb er überhaupt aufgestanden war. Und Piet suchte Halt an der Sessellehne, verfehlte sie und fing sich auf dem Beistelltisch ab. Dabei fielen die Schalen mit den Gemüsestreifen klirrend zu Boden und zerbrachen.

«O weh, entschuldigt bitte!», rief er. «Das ist mir außerordentlich unangenehm.»

«Oh, mon Dieu!», erschrak Roy und geriet noch mehr ins Taumeln.

«Grandios», befand Gonzo. «Piet, ich liebe dich!»

«Alles gut, Piet?», fragte Ralph.

«Ja, mir geht es ausgezeichnet. Aber die schönen Art-déco-Schalen ...» Er wollte die Scherben aufheben.

«Lass das», zischte Gonzo.

«Aber ...»

«Nichts aber. Sei einfach nur mein Gast.»

Piet zuckte mit den Schultern und ließ die Scherben liegen.

«Das gilt übrigens für euch alle», fügte Gonzo hinzu. «Burschen, ihr wisst gar nicht, wie glücklich ich bin, euch hierzuhaben!»

Wankend machten sie sich zum Essen auf.

FLY ME TO THE MOON

Gonzos Koch Roberto bezeichnete das Abendmahl bescheiden und mit stark italienischem Akzent als *«resti* von die Feiertage». Ralph, Roy und Piet hatten dagegen absolut nichts einzuwenden. Es gab Kaviarhäppchen, gebeizten Lachs, französische Gänseleberpastete, Truthahn mit Rotkohl und Maronen, hausgemachte Knödel, eine Platte mit feinsten Käse- und Wurstsorten, Bratäpfel, Lebkuchen-Mousse und original italienisches Tiramisu. Begleitet wurde das Ganze von einem feinen Tropfen Barolo sowie Champagner.

Sie bedienten sich beherzt. Es tat gut zu essen. Ihr *Macallan*-Rausch legte sich etwas, und ihre Köpfe wurden wieder klarer. Kerzenschein und ruhige Jazzmusik schafften ein angenehmes Ambiente. Zwischendurch seufzte Roy *«Silberbesteck»* und hauchte *«kristallene Gläser»*. Gonzo sorgte mit dekadenten Witzen und astrologischem Fachwissen für Unterhaltung.

Vreni rührte keinen Bissen an. Sie rauchte eine Zigarette nach der anderen und paffte den Rauch über den langen Tisch in Gonzos Richtung. Offensichtlich trauerte sie dem Christbaum nach.

«Vrenilein, das bringt doch gar nichts», sagte Gonzo schmatzend. «Ich sitze viel zu weit weg, als dass der Qualm mich stören könnte.»

Vreni blies ungerührt weiter Rauch in seine Richtung.

«Rauch nur, mein Dirndle, rauch. Finde ich gut. Das beweist, dass du kein Kaninchen bist», fuhr Gonzo fort. «Wenn du dich ausschließlich von dem Grünzeug ernähren würdest, hätte ich meine Zweifel.»

Vrenis Blick verdüsterte sich. «Roberto?», rief sie.

Der Koch steckte den Kopf zur Tür herein. *«Sì, signora?»*

«Ziehen Sie doch mal die Schürze aus», bat sie ihn.

«Aber gerne.» Roberto nahm die Schürze ab.

Die Augen der Männer weiteten sich.

Roberto steckte in einer knallengen Ledertracht, bestehend aus ultrakurzen Shorts, die um die Hoden besonders straff saßen. Er wirkte darin eher wie ein Gigolo als ein Chefkoch.

«Schön, nicht?», fragte Vreni amüsiert. «Die habe ich Roberto zu Weihnachten geschenkt.»

Gonzo warf seine Serviette auf den Tisch. «Geh, Roberto, darfst dich umziehen», sagte er verstimmt. «Geh, zieh dich um und lass dir von meiner Frau nicht alles gefallen, ja?»

Roberto zuckte grinsend mit den Schultern. «*Nessun problema, signore* Wiesel. Ich mag die Lederhose.» Er zog sie zwischen den Beinen etwas herunter, und sie schnalzte geräuschvoll zurück, um sich noch straffer um die Hoden zu legen.

«Na schön», sagte Gonzo. «Danke, Roberto. Und jetzt gehen Sie, verschonen Sie mich mit diesem Anblick.»

Der Koch verschwand wieder in der angrenzenden Küche.

Der Rest des Essens verlief schweigend. Die Stimmung besserte sich erst, als Gonzo seine «Burschen» zum *Digestiv* auf die Terrasse einlud. Dort betrachteten sie durch sein Teleskop den Sternenhimmel.

«Eine sternenklare Nacht», schwärmte Gonzo. «Seht ihr den Sahu? Besser bekannt unter dem Namen Orion. Mein liebstes Sternbild.» Er ließ Ralph, Roy und Piet nacheinander durch das Teleskop blicken.

«Das Astralbild des Osiris», bemerkte Piet.

«Ein Kenner», entgegnete Gonzo beeindruckt.

«Ich habe mich immer sehr für die Geschichte der Pharaonen interessiert», sagte Piet.

In dem Moment klopfte jemand von innen gegen die gläserne Schiebetür. Sie war einen Spalt geöffnet, ein weißer Vorhang wehte heraus, blähte sich im Wind und versperrte den Blick ins Haus.

Ralph, Roy und Piet sahen zu Gonzo.

«Ist es schon Viertel nach acht?», fragte er. «Entschuldigt mich bitte.» Er ging zur Tür.

Die anderen sahen ihm nach. Als er den Vorhang zur Seite schob, um ins Haus zu treten, erblickten sie ein Paar makellose blanke Beine, die in plüschigen Stilettos steckten. Der Vorhang blähte sich erneut, und für den Bruchteil einer Sekunde wurde Vreni in einem cremefarbenen seidenen Morgenmantel sichtbar.

«Sie sieht wirklich gut aus», seufzte Ralph.

«Das tut sie», bestätigte Piet.

Gonzo wechselte ein paar Worte mit ihr. Dann kehrte er zu Ralph, Roy und Piet zurück. Er teilte ihnen mit, dass die Hausangestellte Darina ihnen die Gästezimmer zeigen würde, und verabschiedete sich für den Abend: «Der *Tatort*, meine Herren, sonst ist die Hölle los.»

RIDE LIKE THE WIND

Es war erst einundzwanzig Uhr, aber seine Lider waren schwer wie Blei. Müde ließ sich Ralph auf das Gästebett fallen.

Hier würde er gut schlafen. Er hatte sein eigenes Zimmer. Heute musste er das Bett mit niemandem teilen. Die Matratze war angenehm fest. Die Bettwäsche duftete dezent nach Maiglöckchen. Mit einem Seufzer sank Ralph noch tiefer in die weichen Kissen und rollte sich in die zarte Daunendecke ein. Er wollte gerade die Nachttischlampe ausknipsen, als sein Blick auf Evergreen fiel, die gleich daneben thronte. «Shit.» Er stand auf, stapfte zu seiner Reisetasche, die in der Ecke lag und kramte den Deep-Purple-Krug hervor. Im angrenzenden Bad ließ er Wasser hineinlaufen und beträufelte Evergreen anschließend vorsichtig damit. «Weißt du, ganz gleich, was passiert, du bist meine Evy, und das wird sich niemals ändern.»

Evergreen reagierte nicht. Sie schien ihn einen Moment lang hinhalten zu wollen. Doch dann schmiegten sich ihre Blättchen sanft an seine Hand. Jetzt würde er noch besser schlafen.

«Gute Nacht, Evy», flüsterte Ralph und machte das Licht aus.

Er spürte, wie er in den Schlaf sank. Die Ereignisse des Tages huschten wirr vor seinem inneren Auge vorbei, lullten ihn ein, verschwammen und verwoben sich, mehr und immer mehr, und es klopfte an der Tür.

Er schreckte auf.

«Ralph?», hörte er jemand zischen.

Mürrisch schlug er die Bettdecke beiseite, knipste das Licht wieder an, stand auf und trottete zur Tür.

Roy stand in einem grünen Satinschlafanzug vor ihm. «Hast du gesehen? Sie haben ihre Initialen auf der Bettwäsche, in Gold!»

Ralph runzelte die Stirn. «Gute Nacht, Roy.»

Er wollte die Tür wieder schließen, aber Roy zischte: «Warte, komm mit.»

«Wohin?», fragte Ralph.

«Zu Piet.»

«Zu Piet?»

«Ja. Wir müssen uns besprechen.»

Ralph atmete geräuschvoll aus.

«Es ist wichtig», insistierte Roy.

Ralph trottete hinter Roy her, den Flur hinunter zu Piets Zimmer.

«Willkommen zu meiner Pyjama-Party», kicherte Piet, als sie eintraten.

Sie setzten sich zu ihm aufs Bett.

«Was gibt's?», fragte Ralph.

«Wie steht's mit deinen *Adieu*-Gedanken?», fragte Roy.

«*Adieu*-was ...?»

«Deine Frei...», sagte Piet.

«Du weißt schon, was ich meine», fiel Roy ihm ins Wort.

«Freitod?», fragte Ralph.

Roy atmete laut aus und nickte. «Wie sieht's damit aus, Ralph?»

Ralph räusperte sich. «Gut. Also, für mich hat sich nichts geändert. Wieso?»

«Wir sollten Gonzo aus dem Spiel lassen», sagte Roy.

«Warum?», fragte Ralph.

«Ganz einfach, weil Gonzo ...», begann Roy, wurde aber sogleich von einem Donnern und Rumsen unterbrochen, als würde jemand Möbel verrücken. Dann quietschte es, begleitet von lautem Seufzen und Stöhnen. Es schien aus einem der Nebenzimmer zu kommen.

Die drei sahen einander verdutzt an.

«Ist es das, was ich denke?», fragte Roy.

Die Frage erübrigte sich. Sie vernahmen eine schrille Frauenstimme, die lauthals *«O ja! O ja, Schmusi, Schmusi, Schmusi!»* japste.

«Vreni?», fragte Piet.

«O ja, ja, ja!»

«Bei der Riesenvilla hätten sie ihr Schlafgemach ruhig in einen anderen Flügel verlegen können», sagte Roy.

«Vielleicht wollen sie, dass wir sie hören?», mutmaßte Piet.

Sie hielten inne, um darüber nachzudenken. Dann schüttelten sie entschieden die Köpfe.

«Oh, Schmusi!! Ja, ja, ja!», hörten sie Vreni im Stakkato kreischen.

«Ist der *Tatort* schon vorbei?», fragte Ralph.

«Ich guck das nie», sagte Roy.

«Ich auch nicht», seufzte Piet.

Das Rucken und Quietschen und Stöhnen schien kein Ende zu nehmen.

«Wie alt ist Gonzo?», erkundigte sich Piet.

«Ich glaube einundsiebzig oder zweiundsiebzig», antwortete Roy.

Piet nickte beeindruckt. «Die Libido hätte ich auch gerne.»

«Das bestätigt jedenfalls, dass er nie mitmachen wird», befand Roy.

«Ich bin optimistisch», konterte Ralph. «Immerhin hat er

eine Reise ins All gebucht, um, ich zitiere, dem ganzen Terror zu entkommen. Hat er gesagt.»

«Dass er die Erde von oben sehen will, heißt doch noch lange nicht, dass er scharf drauf ist, die Radieschen von unten zu sehen!», entgegnete Roy. «Ich finde das eher lebensbejahend.»

«Und er hat behauptet, dass ihm die Party zur Beerdigung seines Vaters Spaß gemacht hat.»

«Ich bitte dich, Ralph.»

«Er mag den Totengott Osiris und lässt aus seinem Weihnachtsbaum 'nen Sarg schnitzen. Er steht dem Tod wahrscheinlich näher als wir drei zusammen.»

«Bitte hör auf, so offen darüber zu reden», flehte Roy. «Nicht, dass es etwas heraufbeschwört.»

«Du meinst, über den Tod zu reden?», fragte Ralph.

«Bitte, Ralph.»

«Ist doch nur gut, wenn es den Tod heraufbeschwört. Deswegen sind wir schließlich hier», verteidigte sich Ralph. «Außerdem warst du es doch, der unbedingt darüber reden wollte. Wenn du mich nicht geweckt hättest, würde ich jetzt tief und fest schlummern.»

Nebenan erreichte die Szene ihr großes Finale. Es klang, als würde Vreni von einem wilden Tier gerissen, vielleicht auch umgekehrt.

«Und ich müsste mir *das* nicht anhören», fügte Ralph hinzu.

Dann wurde es still.

«Ich sehe nicht, wo das Problem liegt», sagte Ralph. «Wir fragen ihn einfach morgen. Dann sind wir schlauer.»

«Versuch's gar nicht erst, Ralph, ich bitte dich. Lass uns bloß ein paar nette Tage hier verbringen und dann wieder abreisen», bat ihn Roy. «Schau dir an, was Gonzo erreicht hat. Er besitzt ALLES. Nie wird er einsteigen.»

«Gerade die, die alles haben, begehen Selbstmord.»

«Aber er wirkt überhaupt nicht suizidgefährdet!!»

Ralph betrachtete die Freunde nachdenklich. Dann wandte er sich an Piet. «Was sagst du dazu?»

Piet räusperte sich. «Nun ja, mein Freund, Gonzo ist schwer einzuschätzen», sagte er. «Ich finde Roys Bedenken berechtigt. Wenn wir ihn einweihen, kann es durchaus sein, dass er uns hochkant vor die Tür befördert. Und was tun wir dann? Wir haben keinen Pfennig mehr. Ich müsste den Pilabo verkaufen. Und das kostet nicht nur Zeit. Es ist auch riskant. Meine Familie könnte dahinterkommen. Sie könnten sich an unsere Fersen heften.» Piet machte eine Pause. Sein Blick war angsterfüllt. «Ralph, mein Freund, ich möchte auf keinen Fall in dieses schreckliche Heim zurück.»

«Mach dir mal keine Sorgen, Piet. Dazu wird es nicht kommen», versicherte ihm Ralph. «Gonzo mag seine Launen haben, aber er ist unser Freund.» Er blickte zu Roy. «Stimmt doch, oder?»

Roy nickte mürrisch.

«Ich finde, wir sollten ihn wenigstens fragen», befand Ralph. «Wir haben ohnehin keine Wahl. Wenn es zu riskant ist, dein Bild zu verkaufen, und wir trotzdem einen schönen Tod haben wollen, brauchen wir zumindest Gonzos finanzielle Unterstützung.»

«Da ist was Wahres dran», stimmte Piet zu.

«Sonst wird das ein ziemlich dreckiger Abgang. Ich meine, überlegt euch das mal. Was kann man ohne Kohle schon machen: sich erhängen, Autoabgase inhalieren, von ’nem Hochhaus …»

«Ralph, ich bitte dich!», rief Roy aus.

«Sorry, Roy.»

«Schon gut», sagte Roy. «Du hast ja recht.»

Ralph wurde stutzig. «Sag mal, Roy, hab ich was verpasst? Bist du jetzt etwa doch dabei?»

Roy brach auf der Stelle in Tränen aus. «Art-Déco-Schalen», wimmerte er, «Silberbesteck, kristallene Gläser ... Bettwäsche mit *Initialen* ...!»

Ralph und Piet sahen ihn betroffen an.

«Ich sehe diesen ganzen Reichtum», schluchzte Roy, «den Luxus, und es deprimiert mich! Es hält mir vor Augen, wie armselig mein eigenes Leben ist! Ich habe nichts erreicht, NICHTS!»

«Hier, mein Freund.» Piet zog ein Stofftaschentuch aus der Brusttasche seines Pyjamas und reichte es ihm.

Er schnäuzte sich laut, und Ralph legte den Arm um ihn.

«Alles gut, Roy Boy, alles gut», tröstete er ihn. «Du bist müde, es war ein anstrengender Tag. Du musst dich bloß ausruhen.»

Roy zog den Rotz hoch und hob das Kinn. «Nein», sagte er entschieden. «Ich will. Ich bin dabei. Außerdem ist es meine Idee gewesen.»

Ralph musterte ihn nachdenklich. «Wir sollten ein bisschen schlafen. Komm, ich bring dich in dein Zimmer, Roy.»

«Danke, schon gut.»

Ralph klopfte ihm auf die Schulter und stand gähnend auf. «Gute Nacht», sagte er und wollte zur Tür.

«Ralph?», fragte Piet. «Was tun wir, wenn Gonzo uns nicht helfen will?»

«Lasst mich nur machen», entgegnete er. «Und jetzt schlaft gut, ihr zwei.»

Er bemerkte nicht, dass ihm Piet und Roy besorgt nachsahen.

PINBALL WIZARD

Am frühen Morgen weckte ihn der Duft von frischem Kaffee und lockte ihn in die Wiesel'sche Wohnküche. Eine Glasfront gab den Blick auf den winterlichen Starnberger See frei. Gegenüber erstreckte sich eine morgendliche Berglandschaft. Ralph vermutete, die Alpen. In der Mitte des Raumes lag eine hochmoderne Kochinsel, an der man bequem zu fünft sitzen konnte.

«*Buongiorno.*» Am Herd stand Roberto und hantierte gekonnt mit mehreren Pfannen und Töpfen gleichzeitig.

«Guten Morgen», sagte Ralph.

«Möchten Sie ein Glas Orangensaft? Frisch gepresst.»

«Äh, danke, aber Kaffee wäre dufte.»

Lächelnd schenkte Roberto ihm eine Tasse frischgebrühten Kaffee ein, während er mit der anderen Hand Weißwürste aus einem Topf fischte und dann Rühreier in der Pfanne schwenkte.

Ralph setzte sich an die Kochinsel und schaute ihm beeindruckt zu. Nach einer Weile wanderte sein Blick zu der imposanten Bergkette.

«Na, Ralph, sind sie nicht schön, unsere Dolomiten?»

Er drehte sich um. Hinter ihm stand Gonzo, strahlend wie ein Apollon. Er trug Sportkleidung und hatte ein Handtuch um die Schultern gelegt.

«Der See ist auch nicht schlecht», erwiderte Ralph.

«Jaaa», sagte Gonzo gedehnt. Er setzte sich neben ihn. «Alles fit, Ralph? Gut geschlafen?» Gonzo tupfte sich das Gesicht mit dem Handtuch ab.

«Bei mir ist nicht mehr viel fit», sagte Ralph. «Aber ich hab sehr gut geschlafen, danke.»

«Du solltest Sport machen. Tät dir ganz gut! Morgendliches Workout. Ich versprech dir, Kumpel, es zahlt sich aus.» Grinsend knuffte er Ralphs Bauch. Dann wandte er sich Roberto zu: «Was ist, *capocuoco*, wo bleibt mein O-Saft?»

Augenblicklich servierte Roberto ihm ein Glas. Er stellte auch einen Korb mit ofenfrischen Croissants, Brezeln und Semmeln, einen Teller mit den dampfenden Weißwürsten und eine Platte mit Rühreiern und krossem Speck auf den Tresen.

«Schlag zu», forderte Gonzo Ralph auf.

Das ließ sich Ralph nicht zweimal sagen. Er schaufelte den Teller voll und aß mit Appetit.

Gonzo begnügte sich mit dem Orangensaft und sah Roberto beim Kochen zu. «Du hast es mir noch nicht gesagt, Ralph», sagte Gonzo unvermittelt.

Ralph schaute von seinem Teller zu ihm auf.

«Warum ihr hier seid», sagte Gonzo.

Ralph wischte sich den Mund mit einer Serviette ab. «Äh, ja, richtig.»

In dem Moment kam Vreni herein. Sie trug ein Reitkostüm und Reitstiefel und sah in Ralphs Augen einfach nur umwerfend aus. Als sie an Gonzo vorbeikam, gab der ihr einen Klaps auf den Po. Sie lächelte, schenkte sich eine Tasse Tee ein und ging wieder. Hypnotisiert sah ihr Ralph nach und stopfte dabei eine Gabel nach der anderen in den Mund.

«Das Gute an der Menopause ist, dass man unverhütet vögeln kann, ohne danach einen Balg am Hals zu haben», sagte Gonzo lässig.

Ralph verschluckte sich an einem Happen Weißwurst und musste husten.

«So. Ich hab jetzt Shiatsu-Massage», sagte Gonzo. Er leerte das Glas in einem Zug und stand auf. «Danach fahren wir aus.»

«Okay.»

An der Tür drehte er sich nochmals zu ihm: «Erzähl's mir halt später. Aber nicht vergessen.»

Ralph nickte. Dann war Gonzo fort, und die Brezel, an der Ralph kaute, fühlte sich in seinem Rachen so trocken wie Schmirgelpapier an. Bis Roy und Piet dazukamen.

«*Bonjour*, Ralph. Na, auch appetitlos?» Roy langte auf Ralphs Teller und stopfte sich ein Stück Brezel in den Mund.

«Hier, *signore*, bitte.» Roberto bot Roy einen eigenen Teller an, doch er lehnte mit einer ausladenden Geste ab.

«*Merci*, aber heute kriege ich nichts runter.»

«Herrlich, dieser See», schwärmte Piet.

Roy folgte seinem Blick und sagte: «Na ja, also *das* Display finde ich nun nicht überzeugend.»

Piet machte erstaunte Babygiraffenaugen und sagte: «Das ist aber wirklich der See.»

«Wir sollten Fotos machen», sagte Roy mit vollem Mund. Mittlerweile hatte er sich Ralphs Gabel geschnappt und fast den ganzen Teller leergeputzt. Ralph war zu erstaunt, um etwas einzuwenden. «Urlaubsfotos», fuhr Roy fort. «Und sie Antoine und Tugdual schicken.»

«Eine bezaubernde Idee», stimmte Piet zu. «Was meinst du, Ralph?»

Ralph war noch immer verblüfft über Roys sogenannte Appetitlosigkeit. «Äh, warum nicht. Hab nichts Besseres vor», sagte er.

«Wir bräuchten nur einen Fotoapparat», sagte Piet.

«Hast du meinen Koffer gesehen?», fragte Roy und schleckte sich die Finger ab. «Da ist alles drin.»

Somit verbrachten sie den Vormittag damit, sich mit Roys Polaroidkamera vor diversen exotischen Landschaften abzulichten. Roy sorgte dank des unerschöpflichen Fundus in seinem Koffer sogar für die passenden Outfits. Ralph ließ sich zu einem Hawaiihemd überreden, das jedoch so eng saß, dass die Knöpfe fast aufplatzten. Aber Roy wirkte sehr überzeugend, als er ihm versicherte, wie gut ihm das Hemd stünde. Piet trug eine khakifarbene Safariweste, und Roy wechselte je nach Klima zwischen Schapka und Panamahut. Auch Evergreen reiste mit. Ralph schmückte sie mit dem Miniaturastronauten. Sie schien die kleine Aufmerksamkeit zu mögen.

«Jetzt mit Grimassen!», rief Roy. «Wie früher, Ralph! Zeig Piet deine Grimasse!»

Ralph erinnerte sich nicht.

«Na, der Löwe!», sagte Roy kopfschüttelnd und deutete die Grimasse an.

Jetzt fiel es Ralph wieder ein. Er schob die Kiefer entgegengesetzt auseinander, riss den Mund weit auf und schielte. Dabei brüllte er wie ein Löwe. Ein schielender Löwe.

Roy und Piet lachten haltlos. Erst schielte Ralph unsicher zu ihnen hin, aber dann musste auch er kichern.

Bei den Niagarafällen begegneten sie der Hausangestellten Darina. Sie sah weniger kummervoll als am Vortag aus und ließ sich sogar dazu hinreißen, für ein Foto mit ihnen zu posieren. Anschließend teilte sie ihnen mit, dass Herr Wiesel die Herren in zehn Minuten in der Garage erwarte. Ralph brachte Evergreen aufs Zimmer, Roy ging sich frischmachen, und Piet machte sich schon mal auf den Weg. Sie holten ihn in der Eingangshalle ein.

«Das wird ein Mordsspaß, Burschen!», verkündete Gonzo

freudig, als sie die Garage betraten. Tageslicht strömte zum offenen Tor herein und prallte blitzend an den aufpolierten Luxuskarosserien ab. Die Luft knisterte verheißungsvoll, es roch nach Benzin, und diese einzigartigen Motoren schienen geradezu danach zu lechzen, zum Jaulen gebracht zu werden.

«Nun, die Herren, was darf's sein?», fragte Gonzo.

Piet wählte ohne zu zögern einen dunkelgrünen Jaguar E-Type.

«Steht dir ausgezeichnet!», rief Gonzo, als Piet darin Platz nahm.

Ralph erhielt die Schlüssel zu einem tiefschwarzen schnittigen Maserati.

«Mein neuestes Juwel: V-Acht Triebwerk, fünfhundertdreißig PS, und in nur vier Komma sieben Sekunden von null auf hundert», erwähnte Gonzo grinsend. «Ich nenne ihn den schwarzen Teufel.» Er klopfte aufs Dach. Dann wandte er sich Roy zu: «Was wünscht sich unser ... Ja, was ist denn mit dir passiert, Roy? Wahnsinn! Ja, bist du das denn überhaupt?»

Roy trug eine platinblonde Perücke und eine überdimensionale knallrote Sonnenbrille.

«*Suicide Blonde*», sagte er bloß.

Nun wurde auch Ralph stutzig, der vorher eher auf die Wagen als auf seine Freunde geschaut hatte. Seit der Fotoreportage hatte Roy nicht nur die Perücke gewechselt. Er wirkte jetzt tatsächlich appetitlos.

«Wie meinst du das?», fragte Gonzo.

«Suizidblond wie Marilyn», erklärte Roy.

«Suizidblond?»

«Ja, wie Jean Seberg.»

«Ach so, oder wie Madonna!»

«Nein, eher wie Michael Hutchence.»

«Ganz schön morbid heute, unser Roy», erkannte Gonzo. «Möchtest du den Spyder?»

«James Deans Tod war ein Unfall.»

«Dann wähl einen anderen, *Suicide Blonde*», scherzte Gonzo.

Roy verzog keine Miene. «Danke, aber mir reicht es völlig, Beifahrer zu sein.»

«Ach was! Keine falsche Bescheidenheit, such dir einen aus!»

«Ich kann nicht.»

«Natürlich kannst du.»

«Ich habe keinen Führerschein.» Die Brille hing schief in Roys todernstem Gesicht.

Gonzo sah ihn erst ungläubig an, dann schüttelte er lachend den Kopf. «Das hat noch niemanden gehindert», sagte er. «Stell dir einfach vor, du hättest den Lappen! Du bist doch Schauspieler, oder nicht?»

Roy schluckte. Mit zitternden Fingern schob er das Brillengestell auf seinem Nasenrücken hoch. «Na gut», entschied er. «Dann aber gefälligst einen, der sich farblich nicht mit meiner Brille beißt.» Er reckte stolz das Kinn in die Höhe und zeigte auf den gelben Lamborghini.

«Der Countach? Das ist mein Roy! So kenn ich dich!» Gonzo ließ die Fahrertür nach oben aufklappen, packte Roy und verfrachtete ihn hinters Steuer. Dann sprang er in den Porsche Spyder und startete den Motor. «Burschen! Auf geht's!», rief er und hupte mehrfach.

Sie fuhren los. Zunächst langsam die Allee zum Tor hinunter. Sobald sie die Pforte passiert hatten, gab Gonzo Gas. Mit quietschenden Reifen bog er in die Hauptstraße ein. Ralph und Piet taten es ihm gleich. Roy hinkte etwas hinterher, hielt sich aber wacker.

Die Fahrbahn war an einigen Stellen leicht vereist. Doch das schien Gonzo nicht zu interessieren. Stetig beschleunigte er, und Ralph zog mit.

Ralph fühlte das Adrenalin in sich aufsteigen. Der Motor röhrte wie ein hungriger Tiger. Besser als die hochwertigste Bassanlage wallte es durch seinen Körper. Er jagte der Sonne hinterher. Der wolkenlose Himmel rauschte über ihn hinweg. Weite, verschneite Felder flogen an ihm vorbei, ab und an kleine Wälder, ferne Bäume, hinter denen immer wieder der See aufblitzte.

Er fuhr dicht hinter Gonzo, der ihn aufforderte zu überholen. Als sie auf gleicher Höhe waren, bedeutete er Ralph, das Fenster runterzufahren.

«Na, hab ich zu viel versprochen?», rief er ihm lachend zu.

Ralph verneinte, den Blick immer wieder auf die Gegenspur gerichtet. Ein LKW kam ihm entgegen. Ralph wollte an Gonzo vorbeiziehen, aber der ließ es nicht zu und beschleunigte nur noch mehr. Ralph umklammerte das Lenkrad, ihm wurde heiß, der LKW näherte sich unaufhaltsam, sein Puls begann zu rasen, die Härchen stellten sich ihm am ganzen Körper auf, in letzter Sekunde scherte er hinter Gonzo ein. Als der LKW sie passiert hatte, fuhr Gonzo auf die Gegenspur und ließ sich bis zu Ralph zurückfallen. Mit funkelnden Augen grinste er ihn an.

«Was ist?», rief Ralph.

«Hier!» Gonzo warf ihm einen flachen, harten Gegenstand zu.

Beinahe wäre Ralph ins Schleudern geraten. «Bist du völlig meschugge?!»

«Kleines Geschenk für dich, Kumpel!»

Ralph betrachtete den Gegenstand auf seinem Schoß. Es

war eine Single. *Pinball Wizard* von The Who. Er schüttelte den Kopf.

«Unser Song, Ralph!», rief ihm Gonzo von der Gegenspur zu.

«*My Generation!*», schrie Ralph.

«Was?!»

«Unser Song war *My Generation*!»

«Egal! Schmeiß an!», forderte Gonzo. Er fuhr noch immer neben ihm her. Plötzlich lautes Hupen. Gonzo sah in den Rückspiegel und dann erstaunt zu Ralph. Das Hupen wurde immer aufdringlicher. Gonzo gab Gas und scherte mit quietschenden Reifen vor Ralph ein. Im gleichen Moment rauschte ein gelber Blitz an ihnen vorbei.

Ralph traute seinen Augen nicht. Roy im Lamborghini. Er hatte sie wie ein Formel-1-Fahrer überholt.

Das konnte Gonzo wohl nicht auf sich sitzenlassen und nahm sogleich die Verfolgung auf.

Ralph musste grinsen. Ohne länger zu zögern schob er die CD in den Player und drehte voll auf. Es überrollte ihn – Pete Townshends mitreißender Gitarrensound, John Entwhistles genial gesetzter Bass, Roger Daltreys starke Stimme und vor allem Keith Moons Wahnsinnsdrums – geballte Energie, wie ein Schlag ins Gesicht. Dazu der Rausch der Geschwindigkeit und vor ihm seine Freunde Gonzo und Roy, die sich ein Rennen lieferten. Ralph streckte den Kopf zum Fenster raus und schrie aus voller Kehle über die verschneiten Ebenen.

Lange hatte er sich nicht mehr so lebendig gefühlt.

LES COPAINS D'ABORD

Die Fahrt führte zum Yachthafen eines kleinen Seestädtchens. Sie parkten vor einem edlen Hotel. Zielstrebig ging Gonzo auf den Eingang zu. Ralph taumelte, noch leicht benommen von der rasanten Fahrt. Die anderen wankten mit entrücktem Lächeln neben ihm her.

Ein Portier öffnete ihnen die Tür, und sofort kam der Hotelmanager auf sie zu. «Herr Wiesel, welch eine Ehre! Schön, Sie wieder hier begrüßen zu dürfen! Hatten Sie angenehme Feiertage?», fragte er eifrig, während er neben Gonzo herlief, der zu jeder Aussage nur vornehm nickte und entschlossen Richtung Aufzug ging.

«Das Übliche?», fragte der Manager.

Gonzo nickte. «Und wir erwarten ein PB *Christmas Special*. Schicken Sie sie gleich hoch.»

«Gewiss doch.» Der Manager nickte unterwürfig. Dann schnippte er mit den Fingern. Sogleich sprang ein Empfangsjunge hinter der Rezeption hervor und folgte ihnen zum Fahrstuhl. Es gab drei Stockwerke, und der Junge fuhr sie in den obersten. Dort führte er sie einen breiten, mit dickem Teppich ausgelegten Flur entlang bis an eine große Flügeltür. *Kaiser Wilhelm Suite* verkündete ein goldenes Schild. Mit einer Verbeugung bat er sie hinein.

Gonzo zückte ein Bündel Scheine aus seiner Westentasche und gab dem Jungen ein sattes Trinkgeld. Er verbeugte sich erneut und ließ sie allein.

Es war eine geräumige Suite, bestehend aus vier Zimmern und zwei marmornen Bädern, alles in Pastelltönen und mit

Stuck an der Decke. Vor einer großen Fensterfront luden zwei Sofas dazu ein, sich zu setzen und die Aussicht auf den See zu genießen. Weiße Rosensträuße zierten die Beistelltische, Aquarellgemälde die Wände. Es hatte etwas Surreales, als wären sie im Himmel. Oder eher im Rockparadies – das Zimmer schrie geradezu danach, zerstört zu werden. Keith Moon alias *Moon the Loon* hätte hier sicher seinen Spaß gehabt. Alles viel zu pastell und sauber. Fehlten nur noch Alkohol und Ladys, um die Party zu starten. Ralph wagte es kaum, etwas anzufassen, geschweige denn sich zu setzen. Auch Gonzo blieb stehen. Roy und Piet machten es sich auf den Sofas bequem. Es klopfte an der Tür, und ein Zimmermädchen rollte einen Tisch mit einer Platte frischer Austern, einer Flasche Grappa und einer Flasche Single Malt herein. Gonzo gab auch ihr ein paar Scheine, sie lächelte und ging wieder.

«Das *Christmas Special*?», fragte Piet und zeigte auf die Austern.

«O nein, das ist das Übliche», erwiderte Gonzo, während er ihnen einschenkte. «Die *Christmas-Muschis* treffen erst in zwanzig Minuten ein.»

«Muschis?», fragte Ralph verwundert.

Gonzo winkte grinsend ab. Er reichte ihnen die Drinks. «Wie auch immer. Genug Zeit, um mir zu erzählen, was euch hierherführt», sagte er und setzte sich zu ihnen. «Greift zu, Jungs.»

Niemand sagte etwas. Niemand griff zu. Roy versteckte sich hinter seiner knallroten Sonnenbrille und fuhr sich mehrfach mit der Hand über die blonden Locken. Piet sah abwartend zu Ralph. Und Ralph presste die Lippen zusammen und starrte zur Decke, als hoffte er, dort die überzeugenden Worte zu finden. Stattdessen entdeckte er einen feinen Riss in dem prunkvollen Putz.

«Ralph?», fragte Gonzo.

Ralph sah zu ihm hin.

«Ich bin ganz Ohr», sagte Gonzo.

Ralph räusperte sich. «Also, erinnerst du dich, als wir noch jung waren?»

«Natürlich! Würde ich mich sonst an den Zirkus erinnern?», entgegnete Gonzo und schlürfte geräuschvoll eine Auster.

«Yeah, aber ich meine später, als wir Anfang zwanzig waren. Damals sagtest du, dass fünfzig scheißalt sei.» Er machte eine Pause und zündete sich eine Zigarette an. Seine Hand zitterte. Er ignorierte es. «Wir sind jetzt alle um die siebzig. Außer Piet, der ist schon achtzig.»

«Und?», fragte Gonzo.

Ralph hob die Hände, als würde das alles erklären.

«Was soll das werden, Ralph? Ein beknacktes Sudoku-Rätsel?», fragte Gonzo.

«Der Tod», sagte Roy tonlos. Sie sahen erstaunt zu ihm hin. Er trug noch immer die Sonnenbrille, hatte sich zudem eine von Ralphs Zigaretten angesteckt und paffte große Rauchwolken, als hätte er sein Leben lang nichts anderes getan. Zwischendurch hustete er allerdings unterdrückt.

«Ich muss sagen, ich werde immer neugieriger», sagte Gonzo. «Wessen Tod?»

«Unser Tod», sagte Ralph.

Gonzo sah ihn fragend an.

«'ne Party, die mit meinem …, unserem …, wir …», versuchte Ralph zu erklären.

«Ralph will dir vorschlagen, dich mit uns zu Tode zu feiern», warf Roy in den Raum.

Stille.

Alle hielten den Atem an und warteten Gonzos Reaktion ab.

Langsam trank er einen Schluck Grappa, schmeckte ihm nach, stand auf und trat ans Fenster. «Eine kollektive Suizidparty?», fragte er. «Eine Überdosis Drogen, Sex und Spaß?»

«So etwas in der Art», erwiderte Ralph.

Schweigend starrte Gonzo auf den vereisten See.

«War das nicht dieser hirnverbrannte Schwur vor zig Jahren auf diesem Spielplatz?», fragte er nach einer Weile und drehte sich zu ihnen um.

«Es war unser Schwur», bestätigte Ralph.

Gonzo musterte ihn. «Um der Eventualität, ein Pflegefall zu werden, vorzubeugen», erinnerte er sich, während er nun langsam im Raum auf und ab ging.

«Unter anderem», murmelte Ralph.

«Unter anderem?» Es klang kalt.

Ralph musste schlucken. Gonzo war direkt vor ihm stehen geblieben. Sein Gesicht wirkte hart. Lange und eindringlich sah er Ralph an. Als würde er mit seinen stechend blauen Augen direkt in dessen Seele hineinschauen.

«Du musst nicht mitmachen», sagte Ralph stockend.

Gonzo betrachtete ihn noch einen Moment. Er nahm einen weiteren Schluck Grappa. Dann lachte er schallend los. «Großartige Idee! Grandios!», verkündete er mit breitem Grinsen.

Ralph sah überrascht zu Roy und Piet hinüber. Auch sie waren verblüfft. Roy hatte endlich die Sonnenbrille abgenommen, und Piet tupfte sich die Stirn mit einem Stofftaschentuch ab. Gonzos schallendes Gelächter erfüllte den Raum.

«Du bist also dabei?», fragte Ralph.

«Na klar!», rief Gonzo. «Wann wollen wir's angehen? Jetzt sofort? Soll ich ... Ich bestell noch ein paar Pullen! Wie wollen wir's machen? Aus dem Fenster hüpfen? Oder lieber ganz extravagant à la König Ludwig?» Er tat so, als würde er ertrinken, hielt sich dabei jedoch die Nase zu.

Die anderen sahen ihn perplex an. Dann begann Roy zu kichern. «König Ludwig», sagte er mit zugekniffener Nase. Er konnte gar nicht mehr aufhören zu kichern, und bald kugelten sich auch Ralph und die anderen vor Lachen, abwechselnd «*König Ludwig!*» mit zugekniffener Nase rufend.

Dann wurde gegen die Tür gehämmert.

MÄNNER

In Ralphs Phantasie war das PB *Christmas Special* oder die «Muschis», wie Gonzo gesagt hatte, eine Gruppe Stripperinnen oder sogar Callgirls. PB musste für *Porno Bund* oder *Pussy Ballett,* vielleicht auch für *Prostituierte Bayerns* stehen. Davon war Ralph überzeugt, und es beschwingte ihn, als er ging, um die Tür zu öffnen.

Fehlanzeige. Er fand sich Nase an Brust mit einem Zweimeterschrank im beigefarbenen Tarnanzug – um die vierzig, Fliegersonnenbrille, markantes Kinn und Kaugummi kauend. Eine Sporttasche hing ihm über der Schulter. Er hätte der jüngere Bruder der dicken Erna sein können. Ralph war sich sicher: Hätte man beide Seite an Seite in eine Flügeltür gestellt, wäre das Ergebnis nahezu blickdicht gewesen.

«Bereit für 'nen schnellen Tod?», näselte er Kaugummi kauend.

«Häh?»

Der Kerl stellte das Kauen ein, kicherte röchelnd und nahm die Brille ab. «Ich bin das *Christmas Special,* Alter. Gotcha-Karl.» Er pfiff scharf und drang dann einfach in den Korridor der Suite ein. Ralph musste sich an die Wand drücken, um nicht platt gewalzt zu werden. Nun entdeckte er, dass drei weitere Typen in Tarnanzügen im Hotelflur rumlungerten. Sie sahen wie frisch geschlüpfte Küken aus. Schätzungsweise Anfang zwanzig, die Anzüge etwas zu groß, lehnten sie an der Wand oder traten von einem Fuß auf den anderen. Einer hatte lange Haare, einer Rastas und der dritte Akne.

Träge setzten sie sich in Bewegung. Geradezu schüchtern

grüßten sie, als sie sich an Ralph vorbeischoben. Was zum Teufel hatte Gonzo mit denen vor? Kopfschüttelnd ließ Ralph die Tür zufallen und folgte der Kükenmiliz ins Wohnzimmer.

Er hörte Gotcha-Karl überrascht pfeifen. «Ganz schön dicke Eier.» Sein Näseln klang nicht erfreut.

Ralph drängte sich an den Kids vorbei, nach Kokosnuss riechende Rastas streiften sein Gesicht, und er gelangte endlich auch ins Wohnzimmer.

Mit todernster Miene Kaugummi kauend, starrte Gotcha-Karl auf Gonzo, der souverän zwischen Roy und Piet auf dem Sofa saß und breit grinste.

«Mit dir spiel ich nicht mehr», näselte Gotcha-Karl knapp.

«Warum so forsch?», fragte Gonzo.

«Du weißt genau, warum.»

Gonzo sah ihn seufzend an. «Du bist ein schlechter Verlierer», konstatierte er. «Enttäuschend schlecht.»

«Ich?!», explodierte Gotcha-Karl. «Du schummelst! Er schummelt! Der da ist der schlimmste, hinterlistigste Schummler, den es gibt!» Er zeigte mit dem Finger auf Gonzo. «Der spielt einfach weiter! Obwohl ich ihn längst erledigt hatte! Mehrfach!!»

«Wovon redet er?», wollte Ralph wissen.

Gonzo winkte ab.

«Du hast meine Jungs bestochen!», schrie Gotcha-Karl. «Bestochen! Ihr habt die Anzüge getauscht!»

«Reg dich ab. Je länger das Spiel, desto mehr springt doch für dich bei raus.»

«Ach, such dir wen andern, irgendeinen Schwanzlutscher, der das mit sich machen lässt.» Gotcha-Karl pfiff seine Truppe zusammen und wollte gehen.

«Wie viel?», fragte Gonzo ungerührt.

«Das zieht bei mir nicht mehr.»

«Hundert Euro», sagte Gonzo. Er zückte sein Bündel Scheine. «Zusätzlich zum normalen Tarif.»

Gotcha-Karl zeigte ihm den Mittelfinger und ging.

«Hundert für jeden von euch», sagte Gonzo.

Die Küken blieben zögerlich stehen.

«Also ... ich würd's nehmen», murmelte der Langhaarige. Ein weiterer schriller Pfiff ertönte nun vom Korridor her und ließ ihn zusammenzucken.

«Achthundert!», rief Gonzo. «Mein letztes Angebot!»

Es war einen Moment lang still. Dann hörten sie die Tür zuknallen und Gotcha-Karl mit donnernden Schritten wieder Richtung Wohnzimmer stürmen. Ralph befürchtete das Schlimmste. Er hielt sich bereit, im Notfall einzuschreiten.

Zu seiner Überraschung gab Gotcha-Karl Gonzo die Hand.

«Und keine miesen Tricks, Arschloch», sagte Gotcha-Karl immerhin.

«Kein Problem. Solange jeder von euch vollen Einsatz zeigt. Und ich meine *jeden* von euch.» Gonzo deutete mit dem Finger auf die Küken, die bloß schüchtern nickten.

«Wovon redet ihr eigentlich?», wollte Ralph endlich wissen.

Gonzo und Gotcha-Karl sahen ihn an. «Paintball», sagten sie gleichzeitig.

«Ehrlich?», fragte Ralph. «Aber ... du warst doch auch immer gegen Vietnam?»

«Das ist ein Spiel, Ralph!», rief Gonzo. «Gott, bist du alt geworden!»

«Also», sagte nun auch Piet, «ich halte nicht viel von Krieg.»

«Und ich erst», sagte Roy.

«Ach, was! Ihr werdet es lieben!», rief Gonzo.

«In fünfzehn Minuten am Van», sagte Gotcha-Karl. Mit dem

Fuß kickte er ihnen die Sporttasche zu, pfiff nach den Küken und marschierte mit ihnen raus.

In der Sporttasche befanden sich vier Tarnanzüge und Tarnfarbe.

Lustlos streifte Ralph sich einen Anzug über. Er war ihm ein bisschen zu eng. Piet und Roy hingegen schwammen geradezu in ihren Anzügen. Nur der von Gonzo saß perfekt.

«Ich find das doof», brummte Ralph.

Gonzo trug unbeeindruckt Tarnfarbe auf. Auch Roy langte in den Farbtopf. Statt Kriegsbemalung zeichnete er sich jedoch Peace-Zeichen auf die Wangen. Ungefragt malte er Ralph ein Herz auf die Stirn. Ralph schaute in den Spiegel und wischte es weg. Es war ihm egal, ob er nun aussah, als wäre er in den Dreck gefallen. Piet machte sich ein Hitlerbärtchen und schnitt Grimassen. Nachdem sie ausgiebig gekichert hatten, wurde ein Vollbart daraus.

«Wir müssen los», sagte Gonzo.

«Tut mir leid, aber ich kann nicht mit», sagte Piet.

Gonzo sah ihn fragend an.

«Ich muss mich erst rasieren.» Wieder kicherten Piet, Roy und Ralph. Gonzo lächelte müde. Dann machten sie sich auf den Weg. Gonzo voller Energie allen voran. Ralph schlurfte gelangweilt hinterher. Eine Moon-the-Loon-Hotelsuite-Orgie wäre ihm bei weitem lieber gewesen. Er war sogar langsamer als Piet.

Sie stiegen in Gotcha-Karls Van und fuhren ein paar Kilometer weiter in einen Wald. Karl hielt an, warf sie raus, drückte ihnen Gewehre, Brustschutz und Schutzhelme in die Hand.

«Euer Basecamp.» Er deutete auf eine blaue Schleife an einem Baum. «Beim Startschuss geht's los. Wer den Schokoweihnachtsmann in sein Camp bringt, hat gewonnen. Wer getroffen wird, ist raus.» Er reichte ihnen einen Lageplan und ein Foto des betreffenden Weihnachtsmannes. Dann sah er Gonzo scharf an. «Bau ja keinen Scheiß, Alter.»

Mit quietschenden Reifen rauschte der Van davon.

Ralph stand mit Roy, Piet und Gonzo im Wald. «Shit.»

Alles war weiß. Eine dicke Schicht Schnee bedeckte den Boden und die Äste der Bäume. Vereinzelte Vögel zwitscherten.

«Schokoweihnachtsmann?», fragte Roy. «Wie wollen wir den hier nur finden?»

«Vergiss den Schokomann», sagte Gonzo. «Wir machen die Tröten alle. Darum geht's.»

Piet probierte seinen Helm auf. Er hing schief, Piet erinnerte an eine lädierte Version der Daft Punks. «Muss das wirklich sein?», fiepte er durch das Plastikvisier hindurch.

Gonzo nickte mit ernster Miene und setzte sich ebenfalls einen Helm auf.

Schrill ertönte der Startschuss durch den Wald. Vögel flatterten aufgescheucht fort, Schnee fiel von den Baumkronen.

Gonzo ging sofort in Deckung und scannte das Gelände.

«*Mon Dieu*, hat es schon angefangen?», fragte Roy. Er stand da wie auf einer Cocktailparty und hielt den Helm, als wäre er eine Handtasche. Piet röchelte durch das Visier hindurch wie Darth Vader.

«Worauf wartet ihr?!», rief Gonzo. «Auf in den Kampf, Männer!»

Wackelig ließ sich Piet auf einem gefällten Baumstamm nieder.

«Mumpitz. Der Helm wird meine Frisur ruinieren», sagte Roy und setzte sich dazu.

«Na los! Angriff!», schrie Gonzo.

Ralph überlegte angestrengt, wie sich wenigstens Roy und Piet dem Blödsinn entziehen könnten. «Moment», sagte er, «wir brauchen ’ne Strategie.»

Neugierig sah Gonzo ihn an.

«Wir machen zwei Gruppen. Piet und Roy, ihr sucht den Weihnachtsmann. Gonzo und ich lenken die anderen ab.»

«Guter Plan», befand Gonzo und ging sofort wieder in Deckung.

Ralph zwinkerte Piet und Roy zu. Sie lächelten dankbar angesichts der Gelegenheit, sich zu verziehen.

Ralph und Gonzo tasteten sich durch das Gelände vor. Der Schnee knirschte unter ihren Sohlen, Äste knackten. Gonzo ging ein Stück vor Ralph. Plötzlich breitete er einen Arm vor Ralphs Oberkörper aus, legte den Zeigefinger an die Lippen und nickte nach rechts. Ein paar Meter weiter lugte Gotcha-Karls breites Kreuz hinter einem Baum hervor. Ralph setzte sein Gewehr an und wollte feuern, aber Gonzo zischte: «Zu früh. Den krallen wir uns erst zum Schluss.»

Ganz leise schlichen sie um ihn herum. Plötzlich hörten sie einen Schuss und grellgelbe Farbe platschte haarscharf an Ralph vorbei gegen eine Fichte.

«Shit!» Sofort stürmten er und Gonzo los. Hinter sich hörten sie Karl fluchen und schreien. Er war ihnen dicht auf den Fersen. Äste schlugen Ralph ins Gesicht, Gelb zischte an ihm vorbei, Schnee fiel ihm in den Kragen und schmolz in seinem Nacken. Dann war Karl weg. Wie vom Erdboden verschluckt. Ralph folgte Gonzo noch ein Stück durch das Dickicht, aber er war außer Puste, sein Rücken schmerzte, und die Nase lief ihm. Ächzend ließ er sich gegen eine Eiche sinken. «Ich kann nicht mehr», keuchte er.

«Spinnst du?!», sagte Gonzo. «Du kannst mich jetzt nicht hängenlassen, Ralph!» Er machte kehrt und trat zu ihm an die Eiche. «Wo ist dein Helm?»

Ralph zuckte nur mit den Schultern, zerrte seine Zigaretten aus der enganliegenden Brusttasche und steckte sich eine an. «Und dazu hätte ich gern ein Bier», brummte er.

«Das ist ein echtes Problem, Alter, ein echtes Problem», sagte Gonzo streng.

«Bald nicht mehr», entgegnete Ralph gleichgültig.

Gonzo sah sich um. Er war absolut konzentriert, horchte auf jedes Geräusch. Schließlich entspannte sich seine Körperhaltung, und er hockte sich zu Ralph. «Ach, was soll's», sagte er. «Wir haben uns ein Päuschen verdient.»

Er zog einen Flachmann aus seinem Anzug und reichte ihn Ralph, der einen kräftigen Schluck nahm. Sofort wärmte ihn der Alkohol. Auch Gonzo trank einen Schluck.

«Gute Initiative, übrigens», sagte Gonzo. Ralph sah ihn fragend an. «Die Suizidparty», erklärte Gonzo. «War doch deine Idee, oder nicht?»

«Damals war's Roys ...»

«Ich spreche von jetzt», unterbrach ihn Gonzo.

Ralph nickte. «Schon.»

«Liebeskummer?»

Ralph schüttelte verwundert den Kopf. Gonzo lachte.

«War 'n Scherz, Kumpel! Ich weiß doch, dass so etwas nie dein Problem war.» Er trank noch einen Schluck und reichte Ralph die Flasche erneut. «Aber wer hätte geglaubt, dass dich überhaupt irgendetwas erschüttern könnte?»

Im nächsten Moment sprang er auf. In der Nähe hatte ein Ast geknackt. Eine Hand einsatzbereit am Gewehr, suchte Gonzo das Gelände mit Blicken ab. Fehlalarm. Sie schienen ganz allein zu sein. Weit und breit nicht die Spur von anderen Spielern.

«Die Ratten machen sich rar», knurrte Gonzo und hockte sich wieder hin. Er nahm Ralph den Flachmann ab und klopfte ihm aufs Knie. «Du armes, deprimiertes Schwein.» Er trank einen kräftigen Schluck. «Mir geht's genauso, Kumpel.»

«Rentner sein ist beschissen», sagte Ralph.

«Du sagst es. Was fängt man an mit all der freien Zeit?»

Ralph zuckte mit den Schultern.

«Wir haben es verlernt», fuhr Gonzo fort. «Ich sag dir, die Arbeit ist schuld. Arbeit ist wahres Gift. Erst verschwenden wir die beste Zeit unseres Lebens daran. Und anschließend wissen wir nicht mehr, wie wir ohne leben sollen. Wie eine Droge nach dem Entzug. Immer hat man das Gefühl, dass etwas fehlt. Dass eine Leere da ist. Arbeit ist eine Droge, die uns am Leben hindert.»

«Roadiesein war keine Arbeit für mich.»

«Darum habe ich dich immer beneidet. Du hast nur Dinge getan, die dir Spaß gemacht haben.» Er sah Ralph an. «Das fehlt dir, was?»

Ralph nickte. Er spürte, wie ihn Gonzo musterte. Wieder mit diesem kalten, durchbohrenden Blick. «Was ist?», fragte er.

«Nichts.»

Aber Gonzo hörte nicht auf zu starren. Kurzerhand warf ihm Ralph eine Handvoll Schnee ins Gesicht.

Schnee spuckend und kichernd blickte Gonzo endlich weg. Anerkennend prostete er Ralph zu, trank einen weiteren Schluck aus dem Flachmann und sagte: «Schnee. Weißt du, woran mich das immer erinnert?»

«An Winter?», fragte Ralph.

Gonzo schüttelte grinsend den Kopf. «Daran, dass du meinen Schwanz gerettet hast.»

«Deinen Schwanz?»

«Beim Rodeln!», sagte er. Im nächsten Moment horchte er auf. Wieder Geräusche aus dem Dickicht.

Nur wenige Meter entfernt erblickten sie das langhaarige Küken. Er hatte sich einen Tannenkranz aufgesetzt. Grüßend schlenderte er an ihnen vorbei, als wäre er auf einem Sonntagsspaziergang. Verwundert blickte Ralph zu Gonzo, der verärgert die Zähne zusammenbiss.

«Ratte!», schrie Gonzo. «Du Ratte!» Er schoss ihn ab. Der Langhaarige hielt einen Moment an und beobachtete, wie sich blaue Farbe über seinem Anzug verteilte.

«Super!», rief er Gonzo grinsend zu. «Geiler Schuss, Alter! Danke!» Er machte eine Verbeugung, drehte sich um und verschwand.

«AHHHGRR.» Sichtlich gereizt ließ sich Gonzo wieder in den Schnee sinken. Auch Ralph war verwundert über die leichte Beute, aber ihm sollte es recht sein. Umso eher kamen sie wieder ins Warme.

«Rodeln?», fragte er nun. «Du meinst, als wir früher Rodeln waren?»

«Genau!», sagte Gonzo, noch immer verärgert. «Da war das Leben noch aufregend! Da gab es noch den Kick!» Er seufzte. «Weißt du noch», fuhr er fort, «die steile Abfahrt, die direkt auf den vereisten Fluss führte?»

Ralph erinnerte sich sehr gut. «Die beste Abfahrt. Richtig schnell.» Ein rasant steiler Weg, direkt auf das Ufer zu.

«Wie fliegen», schwärmte Gonzo. Jedes Mal hatte es sich so angefühlt, ehe sie auf dem vereisten Fluss gelandet und mehrere Meter darübergeschlittert waren.

«Die Passanten haben geschrien, weil sie Schiss hatten. Glaubten, dass das Eis einbrechen könnte», erinnerte sich Ralph.

«Nervtötend», sagte Gonzo. «Dazu Roys Geflenne.»

«Du hast ihn mit verbundenen Augen runtergeschickt.»

«Er hat es nicht anders gewollt.»

«Ein Glück, dass ihm nichts passiert ist. Aber dann bist du wirklich eingebrochen.»

«Halb», berichtigte Gonzo. «Nur bis zum Oberkörper.»

«Um ein Haar wärst du aber ganz untergegangen. Hat nicht viel gefehlt.»

«Scheißströmung.»

«Und kein Schwein hat sich gerührt.» Noch heute war Ralph darüber fassungslos.

«Damals wie heute, Kumpel, waren wir auf uns gestellt.»

«Wir waren erst zehn.»

Gonzo nahm einen weiteren Schluck aus dem Flachmann und reichte ihn erneut Ralph. «Fakt ist: Ohne dich hätte ich meinen Schwanz verloren.»

Ralph wollte abwinken. In dem Moment knackte es laut im Gestrüpp, richtig laut.

Ein Schuss ertönte.

«AHH!» Gelbe Farbe verteilte sich über Gonzos Brust.

«GOTCHAAA! Game over, Pussy!» Gotcha-Karls kampflustige Fratze glotzte sie durch das Gestrüpp hindurch an, und er feuerte sogleich eine Farbkugel auf Ralph ab, die aber danebenging.

«Du miese Ratte!» Gonzo sprang auf, mit dem Gewehr auf Gotcha-Karl zielend. Er schoss, aber Karl hüpfte zur Seite. Weg war er. Einfach verschwunden. «Zeig dich, du Ratte!», plärrte Gonzo.

Ein paar Meter vor ihnen raschelte es. Ralph entdeckte Gotcha-Karl, der erfolglos versuchte, seinen imposanten Körper hinter einer Birke zu verstecken. Zwischendurch steckte er den Kopf hervor und rief: «GOTCHA, du Pussy! Raus! Du bist raus!»

Ralph sah zu Gonzo, der keine Anstalten machte, das Spiel aufzugeben. Stattdessen schoss er mehrfach auf die Birke und bedeutete Ralph, ihm zu folgen.

«Pussy?!», plärrte Gonzo. «Wollen doch mal sehen, wer hier die Pussy ist, DU PUSSY!!» Wieder feuerte er Farbe ab.

«Gonzo ...», setzte Ralph an, aber es war sinnlos. Wild um sich schießend, drang Gonzo weiter ins Dickicht vor. Ralph kam es vor, als würde sein Freund sogar absichtlich danebenzielen.

«Zurück! Arschloch!», keifte Gotcha-Karl immer mal wieder, aber erfolglos.

Weitere Schüsse wurden abgefeuert. Bäume wurden blau. Das änderte sich auch nicht, als Karl Gonzo ein weiteres Mal traf. Fluchend ergriff Gotcha-Karl schließlich die Flucht. Gonzo begann, hinterherzurennen. Ralph hatte Mühe, mitzuhalten. Äste und Tannenzweige musste er zur Seite schieben, Schnee und Schweiß mischten sich in seinem Anzug, seine Wangen glühten.

Hinter einem halbwegs dicken Baumstamm ging Gotcha-Karl in Deckung, was natürlich ein Witz war. Haarscharf zischte ein Schuss an Ralph vorbei. Er zögerte nicht lange, zielte auf den gut sichtbaren Brustkorb von Karl und drückte ab.

«Nein!», schrie Gonzo im selben Moment und warf sich auf Ralph.

Doch es war zu spät. Blaue Farbe verteilte sich auf Gotcha-Karls Overall. Er begann zu weinen.

«HÄH??», fragte Ralph.

«Jetzt ist das Spiel gelaufen», sagte Gonzo resigniert und ließ sich in den Schnee sacken.

«Du hast doch auch geschossen.»

«Daneben!», sagte Gonzo. «Ich habe danebengeschossen. Absichtlich.»

«Was ist hier los?», fragte Ralph. «Was ist das für ein Spiel??»

Gonzo antwortete nicht. Er blickte vor sich auf den Boden. Von den Ästen über ihm tropfte tauender Schnee auf seinen Helm.

«Ich dachte, es geht ums Gewinnen, oder nicht?», fragte Ralph. «Außerdem laufen ja noch die zwei anderen Typen rum.»

Gonzo setzte den Helm ab und warf ihn zur Seite. «Die machen doch nicht mit», sagte er tonlos.

«Was?»

«Karl ist der Einzige, der es ernst nimmt. Den anderen kann ich noch so viel Geld anbieten. Die tun nur so, als würden sie spielen.» Er sah zu Ralph auf. «Ach, Ralph. Die sehen bloß unsere Falten und kriegen sofort Mitleid. Ich wünschte, sie würden nur ein Mal richtig spielen! Nur ein Mal!» Gereizt stand Gonzo auf und klopfte sich den Schnee von der Hose. «Wie in der Disco», wetterte er, während er wieder losstapfte. «Geht man mal aus, wird man dermaßen schief angesehen, zum Kotzen.»

Den Helm und das Gewehr ließ er zurück und auch Gotcha-Karl, der ein paar Meter weiter noch immer heulte.

Kopfschüttelnd trottete Ralph hinter Gonzo her.

Tatsächlich fanden sie Roy und Piet gemütlich mit den drei Küken in ihrem Basecamp auf dem gefällten Baumstamm sitzend, plaudernd und den Schokoweihnachtsmann naschend.

«Auch ein Stück?», bot Roy ihnen an, als sie dazukamen.

Gonzo lehnte mit niedergeschlagener Miene ab, während Ralph ordentlich zulangte. «Ist doch egal, ob sie Mitleid haben», sagte er schmatzend zu Gonzo und setzte sich neben ihn. «Ist doch egal, was andere denken.»

Gonzo blickte murrend zu Boden.

«Schau dir Roy an», sagte Ralph.

Gonzo sah rüber. Roy hatte sich die blaue Schleife des Camps um die Perücke gebunden – wie Rockys Schweißband, nur aus Seide. Gonzo musste nun doch lächeln und nickte.

Irgendwann fuhr Gotcha-Karl wortlos im Van vor, und sie stiegen ein. Er redete nicht mehr mit ihnen, und auch pfeifen hörten sie ihn nicht mehr. Nicht einmal, als er sie vor dem Hotel absetzte und Gonzos Scheine einsteckte.

Sie kehrten in die Suite zurück, duschten und zogen sich um.

Danach fanden sie sich wieder im Wohnzimmer ein.

«Ich hätte einfach ein paar Edelprostituierte bestellen sollen», sagte Gonzo, der als Letzter dazukam. «Bei denen merkt man wenigstens nicht, wenn sie nur so tun.»

«Wäre auf alle Fälle heißer gewesen», stimmte Ralph zu.

Gonzo setzte seine Lesebrille auf und zückte sein Smartphone. «Wird sofort notiert. Habt ihr irgendwelche Vorlieben?» Er tippte in sein Telefon.

«Was machst du da?», fragte Roy.

«Eine Liste. Für unsere ultimative Suizidparty.» Er sah vom Telefon auf. «Oder wollt ihr euch etwa nicht mehr umbringen?»

Ralph sah nachdenklich zu Roy und Piet. «Doch, klar», sagte er schließlich. «Die Frage ist eher, ob du wirklich mitmachen willst.»

«Daran zweifelst du noch?», entgegnete Gonzo und nahm die Brille ab. «Soll ich mich gleich hier vom Balkon stürzen, um dir zu beweisen, wie sehr mich mein irdisches Dasein anödet?»

Ralph dachte an Gonzos Enttäuschung, beim Paintball nicht ernst genommen zu werden. Er dachte an den Totengott Osiris und an den Tannenbaumsarg. «Okay», sagte er. «Ich glaube dir.»

Die anderen nickten.

«Ja, ihr auch?», fragte Gonzo.

«Ja», sagte Roy.

«Durchaus», sagte Piet.

«Na schön, die Herren, dann lasst uns gefälligst planen, wie wir gemeinsam sterben wollen.» Er hielt inne. «Aber lasst uns vorab etwas beim Zimmerservice bestellen. Ich weiß nicht, wie's euch geht, ich habe einen Mordshunger. Und solange ich Mordshunger habe, kann ich nicht gescheit nachdenken.»

DER TOD, DAS MUSS EIN WIENER SEIN

Der Zimmerservice brachte ihnen «Shrimpcocktails und Holzfällersteaks, blutig».

Sie berieten bis in den frühen Abend hinein. Gonzo notierte alle Details in seinem Smartphone. Das kulinarische Menü für den großen Abgang stand relativ schnell fest. Die Wahl des Ortes war etwas schwieriger.

«Vreni», sagte Gonzo ernst. «Meine Herren, wir können es nicht bei mir tun. Nie würden wir Vreni loswerden. Und mitmachen darf sie auf keinen Fall. Selbst in der Hölle würde sie mich nicht in Frieden lassen.»

«Kein Problem», erwiderte Ralph. «Lass uns irgendwo hinfahren.»

«O ja», stimmte Piet zu. «Es gibt genug grandiose Orte zum Sterben.»

«Ich habe eine Ferienvilla in der Toscana», bot Gonzo an.

«Herrlich», jubelte Roy.

Auch Ralph und Piet gefiel die Aussicht auf einen Tod in Italien.

«Gebongt», sagte Ralph. «Jetzt müssen wir nur an die richtigen Drogen kommen.»

«Ja, kennst du denn niemanden?», fragte Gonzo. «Als Exroadie hast du doch bestimmt gute Kontakte.»

Ralph schüttelte den Kopf. «Nur den Grasdealer in der Heimat. Aber damit kommen wir nicht weit. Und die Typen, die damals harten Stoff vertickt haben, gibt's nicht mehr. Ist 'n kurzlebiges Geschäft.»

«Ich kenne nur diesen korrupten Arzt, der mir nach meinem Schlaganfall Rohypnol verabreicht hat. Doch wenn ich den kontaktiere, liefert er mich sicher an meine Kinder aus», sagte Piet.

«Ärzten ist nie zu trauen», fand auch Gonzo.

«Es wäre sowieso zu riskant, Drogen über die Grenze zu schmuggeln. Wir sollten jemanden in Italien auftreiben», schlug Roy vor.

«Hast du uns mal angeguckt?», brummte Ralph belustigt.

«Du kannst dir getrost fünf Kilo Koks unter deine Perücke frisieren, ohne dass ein Polizist Lunte riecht. Wer würde vermuten, dass alte Knaben wie wir Drogen dabeihaben?», sagte Gonzo. «Aber falls du Kontakte zur italienischen Drogenmafia hast, Roy, dann bitte her damit.»

Roy rollte mit den Augen.

Sie überlegten weiter. Bald glühten ihnen die Köpfe. In Gedanken bereisten sie die halbe Welt. Kein Ort schien das gewünschte Profil zu haben. Ob Sydney oder Sankt Petersburg, immer blieb der Drogenerwerb das eigentliche Dilemma. Sie waren schon drauf und dran, Piets korrupten Arzt zu kontaktieren und das Ganze doch am Starnberger See durchzuziehen, als Gonzo vom Sofa aufsprang.

«Wien!», rief er aus.

«O ja, ich liebe Wien!», freute sich Roy.

«Würde thematisch passen», bekundete Piet. «Wien hat eine sehr hohe Suizidrate.»

«Da trifft es sich doch hervorragend, dass ich dort ein Haus besitze», sagte Gonzo. «Wien, die Morbide, Wien, die Verruchte ... Ganz ehrlich meine Herren, wo sollte es sich besser sterben lassen als in Wien?»

«O ja, bitte! Wien!», rief Roy erneut. «Außerdem ist da die Burg!»

«Die Burg?», fragte Ralph.

«Das Wiener Burgtheater», sagte Roy, als wäre das völlig klar.

«Was hat das mit unserem Plan zu tun?», fragte Ralph.

«Nichts», sagte Roy. «Herrje, Ralph, eine Abschiedsparty zu organisieren, heißt doch nicht, dass wir vorher nicht noch mal ins Theater dürfen.»

«Ob Wien oder Leningrad», seufzte Piet, «es ändert nichts an unserem Dilemma, was das nötige Gift angeht.»

«Hatte ich das noch nicht erwähnt?», fragte Gonzo. «Ich kenne dort jemanden. Er nennt sich *der Shooter*.»

EVERYBODY'S TALKIN'

«Ihr fahrt's nach Wean ohne mi?!»

Vreni war nicht erfreut, als Gonzo ihr am Abend mitteilte, dass er für ein paar Tage fortwollte. Ralph und Roy saßen mit Piet in dessen Zimmer und lauschten.

Gonzo tat ihnen leid.

«Geh Dirndle, wir Burschen müssen doch auch mal unter uns sein!», verteidigte er sich.

«Ausgerechnet an Silvester?!», fragte Vreni fassungslos.

«Ich weiß gar nicht, was du hast. Wir sehen uns doch sowieso das ganze Jahr!»

«Außerdem ist es mein Haus!!»

«Geh. Kein Gezeder jetzt.»

Eine Tür wurde zugedonnert. Dann war es still. Es wurde nicht klar, ob Gonzo oder Vreni das Zimmer verlassen hatte. Aber an diesem Abend wurde bei den Wiesels definitiv kein *Tatort* geguckt.

Ebenso war es nicht verwunderlich, dass Vreni nicht anwesend war, als sie am frühen Morgen aufbrechen wollten. Ralph, Roy und Piet standen in der Morgendämmerung fröstelnd mit ihrem Gepäck vor der Haustür und warteten auf Gonzo. Erstaunt blickten sie zu dem Wagen, den er für ihre Spritztour gewählt hatte. Vor ihnen parkte der klapprige Käfer Cabrio.

«Vielleicht hat er ihn nur vorgefahren, um einen anderen Wagen rausfahren zu können», hoffte Roy.

Hauskoch Roberto machte die Hoffnung zunichte. Grinsend lud er das Gepäck der Männer in den Käfer ein. Er wollte Roy auch ein Päckchen abnehmen, das dieser in der Hand hielt.

«Oh», sagte Roy, «das kommt nicht mit. Würden Sie das bitte für uns abschicken?»

Roberto nahm es an sich. «*Sì, signore.*»

«Unsere Fotos für Antoine und Tugdual?», riet Piet.

Verwundert betrachtete Ralph das relativ große Päckchen. «Hast du etwa gleich die ganze Kamera dazugepackt?»

«Haha», entgegnete Roy trocken. «Obwohl, hätte ich mal tun sollen. Aber nein, ich hab Antoine nur auch meinen roten Kimono vermacht.» Roy seufzte. «Anscheinend brauche ich den ja bald nicht mehr.» Dramatisch blickte er über die schneeverwehten Tannen hinweg in die Ferne. Piet klopfte ihm aufmunternd auf die Schulter und zwinkerte Ralph zu, der einfach nur den Kopf schüttelte.

«Ist es nicht ein Traum von einem Auto?», strahlte Gonzo, der nun dazukam. «Mein Studentenwagen! Ralph, erinnerst du dich?»

Ralph drehte sich zu ihm um und nickte.

«Na, hoffentlich kommen wir damit auch in Wien an», sagte Roy.

«Hast du's eilig mit dem Sterben?», fragte Gonzo.

Sie fuhren los. Die Sitze rochen noch immer wie damals. Aber das Handschuhfach war leer. Roberto winkte ihnen fröhlich von der Haustür aus zu. Der Käfer holperte im Schritttempo durch den Schnee. In einem Fenster der zweiten Etage ging das Licht an.

«Mein Herz!», schrak Piet zusammen.

«*Oh, là, là*», rutschte es Roy heraus.

«Wow», konstatierte Ralph. Im Fenster stand Vreni, splitternackt, und reckte ihnen stolz ihre entblößten Brüste entgegen.

Gonzo sah stumm hoch, während er den Käfer durch den Schnee manövrierte.

«Bist du sicher, dass du das aufgeben willst?», fragte Ralph.

«Na, Ralph, jetzt siehst du sie doch noch», entgegnete Gonzo. «Ihre Brüste.» Er warf einen letzten Blick hinauf. «Wie ist ihr Gesichtsausdruck? Böse? Sie ist so weit weg.»

Ralph kniff die Augen zusammen und versuchte, etwas zu erkennen, vor allem aber, sich zu konzentrieren.

«Äh …, ja, eher böse», bestätigte er.

«Die soll sich mal nicht so haben. Was die alles erben wird, wenn ich nicht mehr bin!», ärgerte sich Gonzo. «Frauen.»

Schweigsam tuckerten sie auf der verschneiten Allee zum Tor hinaus, der Party entgegen.

UNPLUGGED

SUGARMAN

Der Shooter hieß nicht Shooter, weil er sich tagein, tagaus chemische Substanzen intravenös injiziert hätte. Er nannte sich auch nicht so, weil er Junkies, die mit der Bezahlung in Verzug waren, gnadenlos umgenietet hätte. Er war hauptberuflich Fotograf, schoss Bilder, nahm Momente ins Visier, zielte auf Situationen, hielt Augenblicke fest.

«Wien ist eine Hure, die dir Liebe verspricht und dir Tripper schenkt.» Viel mehr hatte er nicht zu sagen.

Sie saßen mit ihm um einen kleinen Kaffeehaustisch gedrängt, schlürften Melange und Kaffeetscherl. Um sie herum war es voll, laut und stickig an diesem späten Vormittag des einunddreißigsten Dezember.

Der Shooter redete nicht. Er handelte. Immer wieder griff er nach einem seiner Fotoapparate, die allzeit bereit um seinen Hals hingen, und schoss um sich. Es wirkte beinahe wahllos, aber er blickte jedes Mal sehr ernst drein. Niemand wagte zu bezweifeln, dass er wusste, was er tat.

Sobald er eine Kamera in die Hand nahm, warf sich Roy in Pose. Jedes Mal hoffte er wohl, das begehrte Objekt zu sein. Doch der Shooter zielte jedes Mal genau daneben, auf einen Moment, der ohne Roy war.

«Wie läuft das Geschäft?», fragte Gonzo.

Der Shooter zuckte mit den Schultern. Er trug ein ausgeleiertes langärmeliges T-Shirt, dessen zerschlissenen Ärmelbund er nun unauffällig zu verdecken versuchte.

«Woher kennt ihr euch, wenn ich fragen darf?», erkundigte sich Piet.

Gonzo und der Shooter sahen einander an.

«Lange Geschichte», sagte Gonzo.

Der Shooter sagte nichts.

Piet lächelte höflich und beschloss, sich lieber mit Ralph und Roy zu unterhalten, die gerade in eine Diskussion vertieft waren.

«Glaub mir doch einfach!», sagte Roy.

«Nie im Leben», brummte Ralph. «Hier ist nicht mal Platz für 'nen Scheinwerfer.»

«*Before Sunrise* wurde aber hier gefilmt.»

«Vorhin hast du *Sunset* gesagt.»

«Hier wurde ein Film gedreht?», fragte Piet.

Während sie diskutierten, wandte sich Gonzo an den Shooter.

«Ich bin an ein paar Bildern interessiert», eröffnete er ihm.

Der Shooter blickte nur flüchtig von der Kamera auf, die er gerade in den Händen hielt. «Farbe oder Schwarzweiß?», murmelte er, ganz auf Monitor und manuelle Einstellungen konzentriert.

«Schwarzweiß, Farbe», sagte Gonzo und beugte sich näher zum Shooter. «Vor allem aber *Sepia*», raunte er. «Kannst du mir damit dienen?»

«Sepia?» Der Shooter ließ die Kamera sinken und sah Gonzo mit sehr ernster Miene an. «Für wen?»

«Seit wann spielt das eine Rolle?»

Der Shooter rieb sich den Nacken, dort, wo die Gurte seiner Kameras einschnitten. Er nahm jeden der Männer genau ins Visier. Sein Blick blieb an Piet hängen. «Wie alt ist er?»

«Er ist achtzig», entgegnete Piet.

«Ich weiß nicht», sagte der Shooter und wollte sich wieder seinen Kameras widmen.

«Wir sind sehr interessiert an deinen Fotos», insistierte Gonzo. Er blickte auf den zerschlissenen Ärmelbund des Shooters. «Wir sind bereit, jeden Preis zu zahlen.»

Der Shooter sah Gonzo abwägend an.

«Was denn für Fotos?», wollte nun Roy wissen.

Ralph fasste ihn an der Schulter und bedeutete ihm mit einer Kopfbewegung, sich nicht einzumischen. Beleidigt schlürfte Roy einen Schluck Melange, besonders laut.

Der Shooter blickte noch immer grübelnd zu Gonzo.

«Leicht verdientes Geld», sagte Gonzo.

Nachdenklich sah der Shooter auf seine Kameras runter, packte eine und drehte am Objektiv.

«Wie lange kennen wir zwei uns? Zwanzig Jahre?», fragte Gonzo. «Vertrau mir.»

«Ich will keinen Ärger», sagte der Shooter knapp.

«Das sagst *du* zu *mir*? Interessant. Weißt du, ich habe beinahe Lust, *unfassbar* zu sagen.»

Der Shooter kratzte sich am Kopf. Plötzlich wurde er auf ein neues Motiv aufmerksam. Blitzschnell hob er die Kamera, blickte durchs Objektiv und knipste konzentriert, genau ein Mal. Dann setzte er die Kamera wieder ab, prüfte das Bild im Monitor und sagte: «Ich habe viele Neujahrsbestellungen. Vielleicht bleibt was über. Hochwertige Sepia- und Schwarzweißaufnahmen.» Er legte die Kamera weg. «Gehen wir zu mir, die Kontaktabzüge durchsehen.»

«Das klingt doch hervorragend», befand Gonzo grinsend.

Fünf Minuten später verließen sie das lärmende Kaffeehaus und stapften durch die kleinen Gassen des ersten Bezirks, über salzbestreutes Kopfsteinpflaster und unter kitschigen Weihnachtslichtern hindurch. Schon nach kurzer Zeit erreichten sie ein kleines Ladenlokal mit einem altmodischen Schaufenster. Die Auslage war verstaubt und leer, und eine heruntergezogene Jalousie verwehrte den Einblick in den Laden.

Der Shooter zückte einen Schlüssel und öffnete. Neugierig folgten sie ihm hinein. Sobald sie eingetreten waren, sperrte er doppelt ab.

«Sie wohnen hier?», fragte Roy.

Der Shooter warf ihm einen düsteren Blick zu.

Es war ein dunkler, tiefer Raum mit hohen Decken und einem ganz eigenen Geruch – eine intensive Mischung aus Chemikalien und Räucherstäbchen. Eine einzelne rote Glühbirne flackerte im hinteren Teil des Zimmers. An einer Leine waren mit Wäscheklammern große Fotos befestigt, die im Licht blutrot glänzten. Auf einer Ablage standen drei mit Flüssigkeit gefüllte Becken.

«Noch immer auf die alte Art. Nett», sagte Gonzo und betrachtete die Bilder – Straßenaufnahmen, fremde Gesichter, gestohlene Momente.

«Heutzutage ist nur dem Alten zu trauen», erwiderte der Shooter tonlos. Er legte die Kameras und seinen Rucksack auf einer Kommode ab, hob Kleidungsstücke von einem Sofa und schmiss sie in die Ecke.

Während die anderen Platz nahmen, ging Ralph weiter durchs Zimmer. Mehrfach atmete er tief ein. Er folgte der Ahnung eines Duftes, der sich kaum wahrnehmbar zwischen der beißenden Essigsäure und dem schweren Sandelholz-Patchouli verbarg. Seine Nase führte ihn zum Ende des Zimmers, wo ein alter, manuell betriebener Aufzug war. Er hatte keine Tür und wirkte defekt. «Der führt direkt ins *Purple*-Paradies, was?», fragte er.

Der Shooter hielt inne und sah ihn scharf an.

«Was erwartest du?», sagte Gonzo gelassen. «Ralph war

jahrelang Roadie. Bei The Who und Led Zeppelin, um nur zwei Bands zu nennen. Ihm kannst du nichts vormachen.»

Ralph warf Gonzo einen verwirrten Blick zu. Er mochte für einige Rocklegenden gearbeitet haben. Nie war er jedoch für Led Zeppelin unterwegs gewesen. Gonzo zwinkerte nur lässig.

«Ich mag Gras», brummte Ralph verlegen.

«Ich mag Led Zeppelin», entgegnete der Shooter.

Er signalisierte Ralph, ihm in den Aufzug zu folgen. Kopfschüttelnd sah Ralph zu Gonzo, der ihm grinsend den Daumen entgegenstreckte. Drinnen griff der Shooter nach einem dicken Tau, das an einem Seilzug befestigt war. Ruckend setzte sich der Fahrstuhl in Bewegung.

«Leck mich.» Eine Etage tiefer landete Ralph im prophezeiten Marihuana-Paradies. Von blendend gelbem Licht bestrahlt, regten sich an die hundert Pflanzen im Wind zahlreicher surrender Ventilatoren.

«Purple.» Der Shooter deutete auf eine Ecke mit etwa einem Viertel der Pflanzen. «Hast 'nen übel feinen *Frnak.*»

Fasziniert betrachtete Ralph die Pflanzen. Sie standen kurz vor der Ernte. Harzige Blütenköpfe, die intensiv nach Lavendel rochen. Er spazierte umher und sah sich auch die anderen Sorten an.

«White Widow?» Er zeigte auf eine Pflanze mit nahezu weißen Köpfen. Der Shooter nickte. Ralph atmete erneut tief ein und ging zur gegenüberliegenden Seite des Ganges. *«Orange Bud»*, erkannte er. Wieder nickte der Shooter. «Die hier kenne ich nicht.» Ralph beugte sich zu einer weiteren Sorte, die neben den *Orange Bud* wuchs.

«Amnesia», sagte der Shooter.

Ralph grinste. «Schade, dass die noch nicht reif sind.»

«Hab noch was von der letzten Ernte da.»

«Da wird man ja allein vom Einatmen high», vernahmen sie plötzlich die Stimme von Roy, der mit Gonzo und Piet aus dem Aufzug gestolpert kam. Der Shooter war offensichtlich alles andere als erfreut.

«Für Sightseeing gibt's den Stephansdom», knurrte er.

«Komm schon, dem Alten kannst du vertrauen», erwiderte Gonzo grinsend.

«Das war's», sagte der Shooter tonlos. «Raus mit euch.»

«Nicht zu voreilig, Junge», entgegnete Gonzo. «Lass uns in Ruhe unter vier Augen sprechen. Oder muss ich dich vor meinen Freunden daran erinnern, was du mir schuldest?»

Ralph fuhr mit Roy und Piet wieder hoch. Das war schwieriger als hinunter. Alle drei mussten sich mit ganzer Kraft ins Seil hängen. Oben angekommen, sackten sie schwer atmend aufs Sofa und warteten schweigend. Nach einer Weile hatten sie sich erholt, aber Gonzo war noch immer nicht zurück.

«Wie lautet die Notrufnummer in Wien?», erkundigte sich Piet.

Niemand antwortete.

Ralph machte sich nicht wirklich Sorgen. Dort unten war so viel Gras. Die gröbste Handgreiflichkeit in einem derartigen Umfeld wäre, dass sich die beiden Blümchen ins Haar flochten. Nach etwa zehn Minuten ruckte der Aufzug und beförderte Gonzo und den Shooter hoch. Zwar trugen sie keine Blumenkränzchen, waren aber beide sichtlich zufrieden.

Mit einem Schlüssel öffnete der Shooter eine Kommode. Er holte drei Plastiksäckchen hervor, die er ihnen auf den Glastisch warf. «Farbe, Schwarzweiß oder Sepia, was wollt's ihr kosten?», fragte er und setzte sich an den Tisch.

Roy musste beim Anblick der Beutel schlucken. Piet lächelte interessiert. Gonzo setzte seine Brille auf, um die Säckchen genauer zu betrachten.

«Darf ich?», fragte er.

Der Shooter nickte.

Gonzo öffnete ein Säckchen mit weißem Pulver, tauchte den Finger ein und rieb ihn sich übers Zahnfleisch. «Vom Feinsten», urteilte er sogleich.

Daraufhin schüttete der Shooter etwas von dem Pulver auf den Tisch und begann, es mit einer abgenutzten Hundert-Schilling-Telefonkarte in fünf feine Linien zu zerteilen.

«Das ist ein Scherz», sagte Gonzo.

«Ich will keinen Ärger», raunte der Shooter.

«Dann mach sie größer», zischte Gonzo.

Der Shooter sah ihn an, als wollte er ihn kaltmachen. Doch dann gab er mehr Pulver dazu. «Hat wer ’nen Schein?», fragte er anschließend.

Gonzo zog ein paar Zwanziger aus der Tasche und reichte ihnen je einen. «Nicht dass ich mir was weghole.»

Die Pulverlinien schossen durch die Zwanziger direkt in ihre Blutbahnen. Sprachzentrumsanregendgaumenbetäubendharmonieverheißendtrinkfestigkeitgarantierendtaktlosigkeitprovozierendrhythmusstörungenverursachend.

Es blieb bei einer Line. Mehr wollte der Shooter nicht rausrücken.

«Sind wir dir etwa zu alt zum Koksen?», blaffte Gonzo.

Der Shooter sagte nichts. Er spendierte eine Runde Ottakringer.

«Zeit für Farbe», befand Ralph. Er nahm einen Beutel, der mit Gras gefüllt war. Der Shooter schob ihm eine Blechbüchse mit den nötigen Utensilien zu, und im Handumdrehen baute er einen Joint. Als er den ersten Zug nahm, weiteten sich seine

Augen, er konnte förmlich spüren, wie ihm Äderchen platzten, Rot ins Weiße schoss.

«Harter Tobak», hustete er mit zugekniffenen Lidern und ließ den Joint rumgehen. Auch die anderen bekamen schläfrig rote Augen, versanken tief in die Polster, wurden Teil des Sofas.

Benebelt blieb Ralphs Blick an Gonzos Strickjacke hängen. Keine Flusen. Er konnte nicht aufhören, daraufzustarren.

«Warum flust du nicht?», fragte er.

Gonzo sah ihn verwundert an. «Bitte?»

Abschätzig starrte Ralph auf den feinen, flusenfreien Kaschmir. Wie bei diesen neuen, jungen Rockstars – da fluste auch nix mehr, nicht mal der Sound.

Danach verschwamm alles.

«Ich muss jetzt los», sagte der Shooter immer wieder. Er legte Led Zeppelin auf. Große Mengen an Ottakringer Leergut eroberten den Glastisch. Alle hüpften auf dem Sofa und spielten Luftgitarre. Piet übergab sich in eines der Fotobecken. Gonzo urinierte in ein anderes. Der Shooter trug eine fliederfarbene Paillettenweste. Seine Lippen formten tonlos den Satz: «Ich muss jetzt los.» Ralph war überzeugt, dass er schwebte, und die Mehrheit der Anwesenden glaubte ihm. Er knotete sich am Tau des Aufzugs fest und schrie: «Ich will hier nie mehr fort!»

Alle fielen sich in die Arme und wünschten einander ein wunderbares neues Jahr. Immer wieder sang Gonzos Telefon «Keine neuen Nachrichten», und sie steppten im Rhythmus der Melodie auf die Straße hinaus. Geblendet vom Tageslicht, fielen sie in das nächstbeste Taxi. Gonzo urinierte in eine Flasche Ottakringer. Piet übergab sich in eine andere. Der Fahrer schmiss sie am Graben raus. Sie torkelten über die Klassikmeile des Wiener Silvesterpfads. Auf unerklärliche Weise landeten sie am Wurstelprater und verbrachten den Rest des Tages in diversen Spielhallen, aßen sich durch den Praterimbiss und das Knusperhäuschen, fuhren Turbo Scooter, Riesenrad und Liliputbahn. Kurzzeitig befanden sie sich in diesem Striplokal, kichernd und glucksend sahen sie den Tänzerinnen zu, Roy, für neue Rollenprofile immer offen, studierte verblüfft ihre Verrenkungen an der Stange, machte die Bewegungen im Sitzen nach, Ralph sah ihm zu und kippte vor Lachen fast vom Stuhl, Gonzo verteilte Scheine, aber Roy stürzte sich heulend auf ihn: «Das ist Zwangsprostitution!», während Piet Schluckauf bekam, als er feststellte, dass alle Tänzerinnen unten herum komplett rasiert waren. «Ist das eine neue Mode?» – Ralph kippte endgültig lachend vom Stuhl. Gegen acht kehrten sie in ihre Wiener Behausung zurück, orderten Pizza und schauten fern. Als um Punkt Mitternacht der Strauss'sche Donauwalzer das neue Jahr einläutete, schnarchten sie komatös und ineinanderverschlungen auf dem großen Sofa.

Am anderen Ende der Stadt, in der nunmehr stillen Wohnung des Shooters, zwischen Unmengen an Bier, lag noch immer der Beutel Sepia auf dem Glastisch. Unberührt, beinahe unschuldig.

HELLO

Ununterbrochen erklang *Also sprach Zarathustra*, immer wieder donnerte der *Sonnenaufgang* durchs Zimmer, und es schien nur Ralph zu stören. Die anderen schnarchten oder hatten mit ihrem Kater zu kämpfen.

Ralph robbte vom Sofa und über den Teppichboden. In seinem Schädel wummerte es. Speiübel war ihm. Strauss spielte gnadenlos weiter, und Ralph hoffte, ihm würde der Kopf nicht zerplatzen. Er schaffte es bis zu der Bücherwand, wo ... endlich ... das Handy auf dem Boden lag, das die nervtötenden Töne entsendete. Gonzos Handy. Auf dem Display stand *Dirndle*, im Hintergrund ein Foto von Vreni. Ralph verstand nicht, wie das Gerät auszuschalten war. Mit den Pranken suchte er nach einem Knopf, vergeblich. Irgendwann bemerkte er, dass der Ton gedämpft wurde, wenn er den Daumen gegen den unteren Teil des Telefons hielt. Mit der freien Hand zog er ein paar Bücher aus dem Regal und begrub das Telefon darunter. Es war eine gebundene Ausgabe von Goethes Faust, die das Klingeln vollständig zum Verstummen brachte.

Ruhe.

Seufzend ließ sich Ralph auf den Rücken sinken. Wieder überrollte ihn eine Welle der Übelkeit. Er rappelte sich auf und trottete ins Bad.

Es war ein gemütliches, kleines Haus mit einer überschaubaren Anzahl an Räumen. Ralph war in diesem Moment überaus dankbar, dass die Wege von einem Zimmer ins nächste kurz waren. Er trank gleich zwei Zahnputzgläser Leitungswasser.

Mehr Erfrischung war nötig. Warum nicht mal die Massagedusche testen? Er streifte die Kleider ab und stellte sich unter die Sumatra-Brause. Jaulend bereute er die Duschinitiative – hinterlistig wurde er aus allen erdenklichen Richtungen mit kaltem Wasser beschossen. Aber dann fand er den Wärmeregler und entspannte sich. Wäre ihm nicht immer wieder übel geworden, hätte er im Stehen einschlafen können. Es nützte auch nichts, sich mit Gonzos Supernobel-Moschusduschgel und Roys Bio-Babyshampoo zu waschen (das Roy aus unerklärlichen, vermutlich nostalgischen Gründen seiner Glatze zum Trotz weiterhin benutzte) – der Kater blieb. Ralph brauchte frische Luft. Er ließ das Duschen sein, streifte sich frische Kleider über und wollte raus.

Aus dem Wohnzimmer vernahm er Stöhnen und fiebriges Gefasel. Seine Freunde erinnerten ihn an Zombies, und der Geruch, der im Raum lag, ebenso.

«Aspirin …!», ächzte Gonzo, als Ralph die Stiefel anzog, «Falls … du … findest …»

Ralph nickte und trat in die jungfräuliche Morgenluft des ersten Jänner hinaus. Die Straße wirkte verschlafen und still. Kein Wind regte sich. Hübsche Häuschen und verschneite Gärten reihten sich aneinander. Die tiefstehende Wintersonne brach durch die Wolken, alles wurde farbig, und der Schnee glitzerte diamanten.

Ralph atmete tief ein. Mit jedem Atemzug fühlte er sich besser.

An alles Mögliche und nichts Bestimmtes denkend, stapfte er die menschenleere Straße entlang, Schnee knirschte unter seinen Stiefeln, als er auf eine Blondine aufmerksam wurde. Trotz winterlicher Temperaturen stand sie im Bademantel in einem Garten. Die Lider geschlossen, das Gesicht gen Himmel, schien sie die wärmenden Sonnenstrahlen zu genießen.

Ralph verlangsamte das Tempo.

Sie musste etwa in seinem Alter sein, vielleicht ein paar Jahre jünger. Kinnlange Locken umschmiegten ihr lieblich rundes Gesicht, Lachfältchen verliehen ihr ein fröhliches Aussehen.

Sie bemerkte offenbar seinen Blick und öffnete die Augen. «Möchtest du mein Haus kaufen?», fragte sie.

«Sorry», sagte Ralph und wollte schnell weiter.

«Nein, wirklich», erwiderte sie amüsiert. «Es steht zum Verkauf.» Sie kam an die Gartentür.

«Oh», sagte Ralph und trat näher.

Sie sah so fröhlich aus mit ihren funkelnden Augen, ihren Lachgrübchen und den vielen glücklichen Falten. Von der Sonne geblendet, kniff sie die Augen zusammen und wirkte noch charmanter.

«Ich soll hier einziehen?», fragte Ralph. «Mit dir?»

Sie lachte. «Kaufen sollst du es, damit ich fortkann.»

Hinter ihr stand ein VW-Bus in der Einfahrt.

«Der Wohnwagen wäre mir lieber», entgegnete Ralph.

«Schade nur, dass er nicht mehr fährt», sagte sie. «Und solange ich das Haus nicht verkauft bekomme, kann ich mir die Reparatur nicht leisten.»

Ralph konnte den Blick nicht abwenden. Dieses Lächeln, diese Grübchen.

«Edda.» Sie hielt ihm die Hand hin.

Ralph merkte, wie er rot anlief. «Ralph.»

«Magst auf 'nen Tee reinkommen?», fragte Edda.

Sein Puls pochte laut. Ihm war heiß. Er sah zu dem Haus am Ende der Straße hinüber, in dem seine Freunde mit dem Kater kämpften. Vor seinem inneren Auge poppten Aspirintabletten und Sepiabeutelchen auf.

«Oder auf 'n Kaffeetscherl?», fragte Edda.

Ralph holte tief Luft. «Nein, danke», hörte er sich antworten. Er rang sich ein Lächeln ab. Diese Grübchen, diese Augen. Schnell wandte er sich ab und ging weiter.

Verwundert sah ihm Edda nach.

BLACK HOLE SUN

«Heute kann ich nicht ans Sterben denken.» Kreidebleich humpelte Gonzo ins Wohnzimmer und fiel der Länge nach aufs Sofa. Auf dem Weg ins Bad war er über Ralphs Büchersarkophag gestürzt, hatte sich den großen Zeh verstaucht und anschließend mehrere Telefonate über sich ergehen lassen müssen, mit Vreni, seinem Sohn und auch Enkelin Ines.

Piet hatte sich in eines der Gästezimmer zurückgezogen, und Roy verbrachte bislang die meiste Zeit des Tages über der Kloschüssel. Ralph warf Gonzo eine Großpackung Aspirin zu und setzte sich zu ihm.

Abgesehen von Aspirin schlucken, Wasser trinken und Chips essen machten sie an dem Tag dann tatsächlich nicht sonderlich viel.

«Vielleicht sind wir schon tot», jammerte Roy immer wieder.

«Das nächste Mal will ich gefälligst draufgehen, ehe ich das nochmals durchmachen muss», raunte Gonzo.

Zwar fehlte ihnen die Kraft für einen Ausflug zur Live-Übertragung des Neujahrskonzerts der Wiener Philharmoniker auf dem Rathausplatz. Dafür schafften sie es am frühen Abend immerhin in eine nahe gelegene Videothek, um sich Filme zum Thema Heroin auszuleihen.

«Zur Inspiration. Wir müssen doch schließlich wissen, wie so etwas funktioniert», merkte Gonzo an. «Oder kennt sich wer von euch mit Spritzen aus?»

«Nun ja, meine Marlene hatte Diabetes», sagte Piet mit

Schluckauf, am Comedyregal P–T Halt suchend. «Aber das ist wohl nicht dasselbe?»

Ralph musste grinsen. «Nee, Piet, ist es nicht.»

«Hast du es denn schon getan?», fragte Piet.

«Nö.»

«Ich auch nicht», sagte Roy.

Beinahe wäre Ralph in die Abteilung Autorenfilme K–O gestürzt. Wohl noch nicht ganz ausgenüchtert, hatte Roy sich mit seinem gesamten Gewicht gegen seine Schulter fallen lassen. Er aß Chips aus einer Tüte, die nun penetrant an Ralphs rechtem Ohr raschelte.

«Ich habe nur mal Marihuana probiert», sagte Roy schmatzend und wankend.

«Probiert???», staunte Ralph. «Du warst damals dauerbreit.»

«Als hättest du für den Weltfrieden gekifft», stimmte Gonzo zu. «Und Gott weiß, damals gab's 'ne Menge Krieg.»

«Tja, hat wohl nicht viel gebracht.» Unbeeindruckt warf Roy einen Chip in die Luft, wollte ihn mit dem Mund auffangen und geriet schon wieder ins Taumeln. Ralph wankte unwillkürlich mit, der Chip segelte zu Boden. «Ich habe seit vierzig Jahren nicht mehr gekifft», sagte Roy nur.

«Und du, Gonzo?», fragte Piet. «Du musst dich doch auskennen. Schließlich kennst du den Shooter.»

«Mit dem Spritzen?» Gonzo verneinte. «Ich bin Geschäftsmann, Piet, kein Rockstar.»

Piet machte Babygiraffenaugen.

«Ich will nicht leugnen, mir einiges durch die Nase gezogen zu haben. Aber Heroin gehörte definitiv nicht dazu, wenn du verstehst, was ich meine?»

Piets Augen weiteten sich noch mehr.

«Wenn's dich beruhigt, ich hab schon öfter zugesehen», sagte Ralph.

Das beruhigte Piet ganz und gar nicht. «Auweia», fiepte er und krallte sich an einer DVD von *Superbad* fest. «Das ist gefährlich.»

«Was soll schon schiefgehen?», fragte Ralph. «Wir können höchstens dabei draufgehen, und das wollen wir ja.»

«Oder als jämmerliches Gemüse enden», stammelte Piet. «In einem sterilen Krankenhaus.»

Ralph zog die Brauen zusammen. Daran hatte er nicht gedacht. Daran wollte er nicht denken. Gonzo ging es ähnlich. «Meine Herren», sagte er, «wir haben ernsthaften Studierbedarf.»

Den größten Teil des nächsten Tages verbrachten sie damit, sich die Drogenfilme anzusehen, die sie ausgeliehen hatten. «Aufgepasst, Burschen, jetzt kommt's!», rief Gonzo kurz vor jeder Szene, in der Heroin konsumiert wurde. Dann drückte er auf Pause, und sie analysierten die verwendeten Utensilien.

Ganz oben auf der Liste stand *Requiem For A Dream*. Da konnte man besonders gut beobachten, wie professionell gefixt wurde. Ebenso bei *The Panic In Needle Park*, in dem ein blutjunger Al Pacino einen äußerst überzeugenden Heroinjunkie zum Besten gab.

Eigentlich schauten nur Ralph und Gonzo. Piet hatte sich zwar beim ersten Film noch eifrig Notizen gemacht. Dann war er jedoch eingenickt. Und Roy hatte Schwierigkeiten, überhaupt auf den Bildschirm zu blicken. Allein bei den Worten *Spritze* oder *Heroin* zuckte er jedes Mal zusammen und vergrub den Kopf in den Sofapolstern.

«Damals wollte jeder aussehen wie Al Pacino», sagte Gonzo.

«Die Ladys waren rattenscharf drauf», bestätigte Ralph.

«Ich hatte mir den Blick antrainiert», sagte Gonzo.

«Ehrlich?», grinste Ralph. «Mach mal.»

Gonzo nahm die Brille ab, senkte den Blick etwas und fixierte einen Punkt. Langsam wanderte sein Blick zu Ralph, der augenblicklich losprustete. Gonzo starrte wie ein Welpe, der jeden Moment bereit war, zum Maschinengewehr zu greifen, um Frauen, Kinder und Spaghetti Bolognese vor mafiösen Bösewichten zu beschützen.

«Das hat funktioniert?», kicherte Ralph.

«Irgendwie schon.» Gonzo kicherte mit. «Bestimmt hatten die Mitleid mit mir, aber egal – was zählte, war das Ergebnis!»

Ralph schüttelte fassungslos den Kopf. «Mann, Gonzo.»

«Wo sind sie bloß hin, meine Studentenjahre? Und Rennis Titten!», stöhnte Gonzo. «Und Monikas und Nicoles und ...»

Sie verloren sich in Schwärmereien über die siebziger Jahre, sodass sie ganz vergaßen, bei den Drogenszenen genau hinzusehen. Ralph langweilte das ewige Pausedrücken und Analysieren sowieso.

«Ist doch egal, lass weitergucken», forderte er, als Gonzo den Film ein weiteres Mal anhielt.

«Möchtest du dich denn nicht weiterbilden?», fragte Gonzo.

Ralph pustete Luft aus. «Ich hab so was zig Mal in echt gesehen, Gonzo.»

«Warum hast du das nicht gleich gesagt?»

«Hab ich doch. Ich dachte, ihr braucht die Filme, um euch sicherer zu fühlen.» Ralph zuckte mit den Schultern. «Außerdem finde ich die unterhaltsam.»

«Unterhaltsam?», fragte Gonzo.

«Ja.»

«Du findest es unterhaltsam, dass Al Pacino ganz ausgemergelt dahinsiecht?»

«Hey, habe *ich* mir etwa den Al-Pacino-Blick antrainiert?»

Gonzo sah Ralph eindringlich an: «Vorhin, in *Requiem*, die Mutter des Junkies, fandest du die auch unterhaltsam?»

Die tablettenabhängige alte Lady, die tagein, tagaus vor der Glotze hockte und nur wegen der Hoffnung auf den großen Auftritt in einer TV-Show noch lebte. Tabletten, um für diesen Auftritt in das rote Kleid ihrer Jugend zu passen. Tabletten, um sich nicht mehr einsam zu fühlen. Ralph hatte sich in gewisser Weise darin wiedererkannt. Es war tatsächlich nicht unterhaltsam gewesen.

«Dass die sich nicht sofort 'ne Überdosis gibt, ist mir 'n Rätsel», sagte er.

«Sie könnte doch auch einfach rausgehen, was unternehmen», entgegnete Gonzo.

«Ist der Film vorbei?», meldete sich nun Roy vom anderen Ende des Sofas. Sein Gesicht war ganz rot und von den Polstern zerknautscht.

«Sie ist einsam und wird es bleiben», sagte Ralph. «Daran ändert auch Rausgehen nichts.»

«Wer ist einsam?», fragte Roy.

«Sie hat einen Sohn», sagte Gonzo.

«Von wem redet ihr?», fragte Roy.

Ralph sah Gonzo in die Augen. «Zweifel sind nicht gut.»

«Ich habe keine Zweifel. Du?», erwiderte Gonzo.

«Ich habe keinen Sohn.» Ralph stand auf und ging aufs Klo. Als er zurückkam, ließ Gonzo den Film weiterlaufen und drückte nicht mehr auf Pause.

FOREVER YOUNG

Rauchend stand Ralph in der noblen Einkaufsstraße des Kohlmarkts und ließ den Blick schweifen. Edle Schilder prangten über den Eingangstüren. Ermenegildo Zegna, Burberry, Salvatore Ferragamo. Namen, die ihm wenig sagten.

Ralph wartete auf seine Freunde, die sich bei *Alois Exklusive Herrenmode* neu einkleideten. Nobel sterben, schien ihre neue Devise zu sein. Zumindest waren alle Feuer und Flamme gewesen, als Gonzo vorschlug, neue Anzüge zu kaufen – alle bis auf Ralph. Er wollte bestenfalls in einem seiner Tour-Shirts von Pink Floyd oder The Who sterben. Aber eigentlich war ihm auch das egal.

Mit großen Tüten beladen, kamen Gonzo, Roy und Piet endlich aus dem Nobelherrenausstatter raus. Ralph schnippte seine Zigarette weg, und sie flanierten die Fußgängerzone hinunter. Im Gehen präsentierten sie Ralph stolz ihre frisch erworbene Luxusbeute. Roy blieb immer mal an einem schicken Schaufenster hängen, und Ralph musste ihn jedes Mal zurückpfeifen, aber dann steuerten sie zielstrebig eine Apotheke an. *Zum Goldenen Hirschen* prangte über der Tür, und innen sah es eher nach Museum als nach Apotheke aus. Passend zum historischen Ambiente sahen die vielen Leute, die sich hier drängten, weniger nach Kunden und mehr nach neugierigen Besuchern aus. Ralph bahnte den Weg, und sie kämpften sich mit ihren großen Einkaufstüten zur Theke vor.

«Die Herren, was darf's sein?», fragte die Apothekerin sie.

Sie zögerten, und noch ehe er sich's versah, wurde Ralph von Gonzo an die Theke gedrückt.

«Du bist der Experte», zischte Gonzo ihm leise zu.

«Nun, was möchten Sie?», fragte die Apothekerin erneut.

Ralph überlegte. Sein Herz begann zu rasen, und ihm wollten einfach nicht die richtigen Worte einfallen.

«Sir? What would you like?», versuchte es die Dame nun.

Ralph entspannte sich etwas. Ihm gefiel die Idee, einen Touristen zu spielen. Vielleicht würde das die Sache leichter machen.

«Sürinsches», sagte er breit grinsend. *Syringes*, Spritzen.

Der Apothekerin wich schlagartig jegliches Lächeln aus dem Gesicht. *«Please …?»*, fügte Ralph hinzu.

«Yes! Please! Four Syringes, please, Ma'am!», fiel nun Gonzo bekräftigend ein.

Der Ausdruck der Apothekerin wechselte von emotionslos zu brüskiert. «Spriiitzen!», blaffte sie. «Die Herren möchten vier Spritzen! Ja?!»

«Äh … *yes?*», fragte Ralph kleinlaut.

«Welche Sorte?!»

Ralph überlegte angestrengt, aber hier hörten seine Fachkenntnisse in englischem Medizinvokabular auf. Er blickte zu Gonzo und den anderen, doch auch sie schienen nicht weiterzuwissen. *«Don't know»*, sagte er schließlich.

Die Apothekerin stemmte ihre Arme auf die Theke und sah Ralph eindringlich in die Augen. «Geh, jetzt hören's auf mit dem Theater! I bin doch net deppert!», sagte sie schnaubend. «Warum versuchen Sie's net einfach in Ihrer Muttersprache?»

Ralph kippte die Kinnlade runter.

Gonzo, Roy und Piet sahen betreten zu Boden.

«Äh … klar …», stammelte Ralph. «Also, zum intravenösen Spritzen … zweiteilig, zehn Milliliter, mit geschliffenen Kanülen, wenn möglich.»

«Intravenös, ja?» Die Apothekerin verzog keine Miene. Ohne mit der Wimper zu zucken, drückte sie sich von der Theke weg und verschwand im Nebenraum.

«Don't know, don't know!», meckerte sie dabei immer wieder.

Ralph wurde leichenblass. «Shit, sie wird die Bullen rufen», sagte er tonlos.

«Wir sind geliefert», wimmerte Piet.

«Ach was!», zischte Gonzo. «Doch nicht wegen der paar Spritzen!»

«Lasst uns die Fliege machen, noch ist Zeit», flehte Piet.

«Zu spät.» Roy erstarrte.

Die Apothekerin war zurück und knallte je vier Spritzen und Kanülen auf die Theke. «Sonst noch was?!»

Erleichtert atmeten sie auf. Sie kauften noch Ascorbinsäure dazu und verließen dann schleunigst den Laden.

«Und THANK YOU, gell?! GOOD BYE!!», blaffte sie ihnen nach.

Ralph, Gonzo, Roy und Piet waren sich einig, dass sie erst mal einen Drink brauchten.

In einem nahe gelegenen Beisl bestellten sie vier Obstler, eine Flasche Grünen Veltliner, dazu Frittatensuppe und Eitrige.

Die Schnäpse taten gut. «Die hätten wir mal kippen sollen, *bevor* wir in diese SM-Apotheke sind!», krächzte Gonzo.

Die anderen nickten.

Eine Kellnerin brachte ihnen das Essen.

«Vorzüglich», lobte Piet die Pfannkuchensuppe.

«Eitrige? Lecker», bewertete Ralph die Wurst, aus der Käse triefte.

Gonzo wischte sich mit einer Serviette das Fett vom Mund

und bestellte eine weitere Runde Obstler. «Teamsitzung, Burschen. Zeit, die wirklich wichtigen Dinge zu besprechen.»

Ralph sah amüsiert zu Roy und Piet. «Du redest wie auf so 'nem Businessmeeting», schmatzte er. Mit der Gabel fischte er sich Gonzos übrig gelassenes Stück Eitrige von dessen Teller.

«Nenn es, wie du willst», sagte Gonzo, setzte seine Brille auf, nahm sein Smartphone zur Hand und begann vorzulesen: «Essen einkaufen; Getränke kalt stellen und Drogen abholen; Spritzbesteck besorgen – erledigt; Anzüge aussuchen, anpassen lassen und kaufen – erledigt; Edelmuschis ...?» Er blickte kurz über den Rand seiner Brille, dann las er weiter: «Drogenfilme ausleihen und anschauen – erledigt. Und *last but not least*: unseren letzten Wünschen nachgehen. Habe ich was vergessen?»

Mit einem feinen Lächeln blickte er in die Runde.

«Filter», sagte Ralph. «Etwas, das zum Filter taugt. Watte oder so.»

«Watte, wird notiert!» Gonzo tippte in sein Telefon.

«Und was meinst du mit letzten Wünschen?», fragte Ralph.

«Ja, das habe ich auch nicht verstanden», sagte Roy.

Gonzo legte das Telefon beiseite. «Was gibt's da nicht zu verstehen? Ein letzter Wunsch. Eine Sache, die wir noch tun oder erleben wollen, bevor es vorbei ist. Ich wette, jeder von euch hat so einen Wunsch.»

«Wenn ich noch was erleben wollen würde, wäre ich nicht hier», entgegnete Ralph trocken.

«Ach, komm!», winkte Gonzo ab. «Ich zum Beispiel möchte unbedingt ein letztes Mal in die Urania und ins Planetarium. Kleinigkeiten! Von mir aus kann dein letzter Wunsch auch einfach eine Zigarette sein, Ralph.»

«Außer ein letztes Mal vögeln fällt mir nichts ein.»

«Was immer du wünschst, Ralph.»

«Also, ich finde das nett», meldete sich Piet zu Wort. «Ich würde gerne zu den Lipi…»

«Die Burg!», rief Roy aus. «Die Burg! Ich wollte schon immer am Burgtheater spielen.»

Es wurde still.

«Roy, du hast keinen Vertrag an diesem Theater», sagte Gonzo.

«Danke, das ist mir bewusst.»

«Und wie stellst du dir das vor?», fragte Piet.

«Natürlich während einer Vorstellung!», rief Roy. «Was nützt alles Schauspielen der Welt, wenn man kein Publikum hat?»

«Du willst 'ne Vorstellung stürmen?», fragte Ralph.

«Ja.»

Ralph sah erstaunt zu den anderen.

«Gut», sagte Gonzo. Zögerlich tippte er *Burgtheater stürmen* in sein Handy.

Es blieb still.

«Weißt du denn schon, was du spielen wirst?», fragte Piet irgendwann.

«Le Misanthrope», sagte Roy, ohne zu zögern. *«Der Menschenfeind*, Molière.»

IT'S A GOOD DAY

Der restliche Tag verlief wie eine Fahrt auf einem der bunten Karussells im Prater. Sie spazierten ein wenig durch den Hofgarten, schauten auf einen Schwarzen und Marillenknödel im Palmengarten vorbei und kehrten zum Abendessen in einem Nobelheurigen ein. Bei vollmundigem Blauem Zweigelt, Wiener Schnitzel mit Erdäpfelsalat und Tafelspitz mit Apfelkren wurden Pläne für den Ablauf des großen Abgangs geschmiedet: «Hört mal, Burschen, das *Tutti Frutti* lassen wir lieber sein», sagte Gonzo etwa.

Sie waren sich einig, auf Damenbesuch zu verzichten. Schließlich wollten sie niemanden mit ihren Leichen traumatisieren.

Als der Kaiserschmarrn zum Dessert serviert wurde, waren sie dabei, die hart erworbenen Spritzen verstohlen unter dem Tisch zu begutachten. Es wurden ein paar Witze über den fachmännischen Gebrauch der Injektionsnadeln gerissen, und Gonzo gab erneut seinen Al-Pacino-Blick zum Besten. Er wischte sich dafür Puderzucker vom Kaiserschmarrn unter die Nase, flatterte mit den Augenlidern und zog die Mundwinkel runter wie ein unzufriedener Mafiaboss – dieses Mal mimte er Al bei einer Überdosis.

Der Kellner kam an den Tisch und fragte, ob es dem Herrn gutginge, und der Shooter meldete sich auf Gonzos Handy: *«Die Abzüge sind bereit.»*

Sie verscheuchten den Kellner, indem sie eine Runde Marillenschnaps bestellten, und Gonzo verabredete sich mit dem Shooter für den nächsten Tag. Er würde die Ware gleich nach seinem Besuch im Planetarium abholen. Als Ralph anbot, mitzukommen, winkte Gonzo ab: «Geh du mal vögeln.»

Ausgelaugt von ihrem Streifzug durch Wien, fuhren sie schon bald zum Haus zurück und legten sich schlafen.

Nach Atem ringend und schweißgebadet fuhr Ralph mitten in der Nacht im Bett hoch. Er knipste das Licht an. Der Wecker auf dem Nachttisch zeigte drei Uhr an.

Ralph setzte sich auf und versuchte, seinen Atem unter Kontrolle zu bringen. Er musste einen Albtraum gehabt haben. Nur erinnerte er sich an nichts. Mit dem T-Shirt trocknete er sich das feuchte Gesicht. Dann fiel sein Blick auf Evergreen. Ihre Blätter wirkten schlaff, mehrere waren gelb.

«Ach, Evy.» Er hob den Topf in seinen Schoß und streichelte ihre müden Blättchen. Für einen Moment blitzten Eddas Grübchen vor ihm auf. Er musste schmunzeln. Das war mal eine Frau. Hatte solche Grübchen und wollte außerdem im Wohnwagen verreisen. War das möglich?

Evergreen schien sich für das Thema zu interessieren. Mit einem Mal wirkte jedes Blättchen gespannt. Verwundert betrachtete Ralph sie.

«Keine Chance, Evy.» Er stellte sie auf den Nachttisch zurück. «Keine Chance.» Mürrisch wippte Evergreen hin und her. «Reg dich ab, du Dickschädel.»

Evergreen flatterte mit den Blättern, aber Ralph knipste einfach das Licht aus. Lange wälzte er sich hin und her. Bis er irgendwann endlich vor Erschöpfung einschlief.

Am nächsten Morgen wachte er früh auf. Die anderen waren ebenfalls schon auf den Beinen.

«Kommt her!», rief Roy von der Terrasse.

Gemeinsam bewunderten sie den Sonnenaufgang über Wien.

Ein vorletzter Tag auf Erden.

Ralph goss den Kaffee neben seine Tasse und wollte sein Feuerzeug mit einer Zigarette anzünden. Außerdem hatte er Durchfall. Auch Piet schien es nicht sonderlich gutzugehen. Er beschloss, die Lipizzaner sein zu lassen und sich den Tag über lieber etwas auszuruhen, um am Abend wieder fit zu sein und Roy bei der Stürmung des Burgtheaters beiwohnen zu können. Roy war in absoluter Höchstform. Unentwegt probte er seinen Monolog, probierte Perücken und Kleidungskombinationen für den großen Auftritt aus. Gonzo schien das wahnsinnig auf die Nerven zu gehen. Zumal Roy ihn mehrfach bat, ihm den Text zu soufflieren. «Soufflieren», sagte Gonzo irgendwann abschätzig, «was bedeutet das überhaupt?»

«Na, zuflüstern!», sagte Roy. «Vom französischen *souffler*: blasen, hauchen, *zuflüstern* eben.»

«Geh, Roy, such dir wen anders zum Blasen», sagte Gonzo und gab ihm den Text zurück.

Roy sah empört zu Ralph, der müde lächelnd den Kopf schüttelte: «Was gibst du ihm auch eine solche Vorlage, Roy?»

Roy wollte nun Ralph den Text in die Hand drücken. Doch in dem Moment warf ihm Gonzo seine Lederjacke zu. «Komm, Ralph, wir müssen einkaufen.» Dankbar folgte Ralph ihm zur Tür hinaus.

«Aber …!», hörte er Roy noch rufen.

«Meine Güte», sagte Gonzo draußen, «das hatte ich an Furzküken ganz vergessen. Ich glaube, ich ertrage ihn nur aus sicherer Entfernung: auf einer Bühne. Oder besser noch, einem Bildschirm. Da kann man ihn wenigstens wegzappen. Alles gut, Ralph?»

«Hm? Ja.» Ralph versuchte zu lächeln, aber es gelang ihm nicht wirklich.

Schweigend stiegen sie in den Käfer und fuhren los, um die Einkäufe für das Festmahl zu erledigen.

«Na, freust du dich denn gar nicht?», fragte Gonzo, als sie die Regalzeilen eines Feinkostladens entlangschlenderten.

«Freuen?» Ralph sah ihn mit zusammengezogenen Brauen an. «Ist vielleicht nicht das richtige Wort.»

«Wie auch immer», sagte Gonzo, «morgen ist alles vorbei.» Ralph nickte, stemmte sich auf den Einkaufswagen und ließ sich vorwärtsrollen.

«Weißt du noch, als wir jung waren und im Tante-Emma-Laden geklaut haben?», fragte Gonzo einen Gang weiter.

«Äh, ja.»

«Jetzt können wir es wieder tun.» Kurzerhand riss Gonzo eine Packung Edelgrissini auf und stopfte sich einen in den Mund.

«Spinnst du?!» Alarmiert stellte sich Ralph vor ihn und sah sich im Gang um.

«Was denn?», sagte Gonzo, der schon die nächste Stange im Mund hatte, kaute und schmatzte. «Interessiert doch kein Schwein. Wer würde glauben, dass alte Säcke wie wir etwas stehlen würden?» Er verzog das Gesicht, warf die Packung in eine Ecke und griff sich aus dem Regal gegenüber eine Flasche Almdudler. «Ganz schön trocken, das Zeug.» Er trank einen Schluck und stellte die Flasche zurück. Dann erblickte er ein Döschen Kaviar, öffnete es und langte mit dem Finger hinein. Fassungslos sah Ralph zu. Immer wieder blickte er sich um, hoffend, dass sie niemand erwischte.

«Sei nicht so spießig», krächzte Gonzo. «Probier lieber mal. Ist jetzt nicht erstklassig, aber okay.» Er bot ihm von dem Kaviar an. Ralph zögerte. Sein Puls raste, ihm war heiß.

«Was soll's.» Er langte ebenfalls mit dem Finger in die Dose.

Der Geschmack von Fisch, Salz und Meer explodierte in seinem Mund. Er musste grinsen. Gonzo grinste zurück.

Sie streiften durch weitere Gänge, probierten sich durch Aufstriche und Cracker, Kekse und Würstchen, Sekte und Selters. Bis jemand nach ihnen pfiff.

«Herrschaften?!», fragte ein Kerl vom Ende eines Ganges. Er kam auf sie zu. Der Ladendetektiv?

Weder Ralph noch Gonzo wollten darüber nähere Informationen. Vorsichtshalber rollten sie ihm ihren Einkaufswagen entgegen und stürmten Richtung Ausgang. Keuchend schafften sie es in den Käfer und rasten davon. Nach einer Weile sahen sie einander an und kriegten einen solchen Lachanfall, dass Gonzo rechts ranfahren musste.

Sie erledigten die Einkäufe in einem anderen Feinkostladen und dieses Mal wie brave Rentner. Dann trennten sich ihre Wege: Gonzo besuchte die Urania, das Planetarium und den Shooter. Und Ralph ging vögeln.

FIRE

Das Gartentor stand sperrangelweit offen, und im VW-Bus war Licht.

Ralph wollte vögeln, ein letztes Mal so richtig pimpern, poppen, rammeln, eine Nummer schieben, Verkehr haben, bumsen, bis es krachte, mit allem Drum und Dran. Sicher würde sie es auch wollen, und ganz bestimmt ebenso inbrünstig. Sie war ja schon letztes Mal ganz scharf drauf gewesen, ihn dazubehalten. Die Sache war so gut wie gebongt.

Er klopfte an die Wagentür. Sein Puls begann zu rasen. Einen Packen Bier in den Armen, trat er von einem Bein auf das andere.

Die Tür öffnete sich. «Hat sich's der Herr doch anders überlegt?» Edda strahlte ihn an. Sie trug eine Leopardenbluse und eine schwarze Hose. Um ihre Wespentaille hatte sie einen Gürtel geschnürt, was ihre hübschen Kurven nur mehr betonte. Sie musste lachen, natürlich mit Grübchen. «*Stiegl?* Ist's nicht a bissl früh für Bier?»

«Ich kann gerne noch mal los», entgegnete Ralph verlegen. «Und gucken, ob ich was anderes ...»

«Nein, nein, schon gut!», unterbrach sie ihn. «Komm rein.»

Drinnen war es gemütlich eingerichtet, aber ziemlich eng und heiß, subtropisch heiß. Edda stand ganz dicht vor ihm. Die Luft knisterte. Waren sie noch in Wien? Oder lag da draußen der wilde Amazonas? Ralph meinte fast den Urwald zu hören, singende exotische Vögel und fauchende Raubtiere. Edda duftete. Wonach sie genau duftete, konnte er nicht sagen, aber er entschied sich, es unter *Mondblume* zu speichern.

Die faszinierende Blume, über die er die Doku gesehen hatte. Keine Frage, so gut konnte nur die Mondblume riechen.

«Setz dich», sagte Edda und zeigte auf das Bett, das ihr auch als Sofa diente und mit vielen bunten Kissen geschmückt war. Ihre Hände berührten sich leicht, als er sich an ihr vorbeischob. Elektrisiert hockte sich Ralph hin. Im nächsten Moment fuhr er auf und legte all die schönen Kissen beiseite, um sie mit seinem Gesäß nicht platt zu drücken.

«Was tust denn da?», fragte Edda amüsiert.

«Ich? Äh ... nichts.»

«Lass nur, die sind doch dazu da, dass man's bequem hat.»

Zögerlich hockte sich Ralph wieder hin. Edda zwinkerte ihm zu. Sie stand an der kleinen Küchenzeile und setzte Teewasser auf.

«Ich hab noch Kuchen da, selbstgebacken.» Sie schnitt ein paar Stücke Marmorkuchen auf und servierte sie auf einem blumenverzierten Porzellanteller.

«Danke», sagte Ralph. «Ich hab nicht wirklich Hunger.»

Edda zuckte mit den Schultern, nahm einen großen Bissen und setzte sich neben ihn. Es wurde noch subtropischer, der Urwald tobte, Ralph wusste nicht, wohin mit seinen Händen, seiner Wampe, seinem massigen Körper. Vielleicht sollte er besser da draußen am wilden Amazonas nachsehen, ob es nicht irgendwelche Alligatoren zu erledigen gab? Edda nahm ein paar Kissen und polsterte behutsam damit seinen unteren Rücken, ganz zart. «Gut so?»

Den Rücken gegen die Kissen gepresst, sah Ralph sie mit offenem Mund an. «Danke», stammelte er. Wie lange war es her, dass jemand etwas so Liebevolles für ihn getan hatte? Wie lange war es her, dass jemand daran interessiert war, dass er sich gut fühlte? Hatte das überhaupt jemals irgendwen interessiert? Edda aß noch einen Bissen Kuchen, wischte sich die Krümel von den Mundwinkeln und sah ihn mit großen, lächelnden Augen an. Ralph schaute sich um. An einem Schränkchen klebte ein Foto: Edda mit zwei jungen Leuten; vermutlich ihre Kinder. Daneben hing ein kleiner Kalender, in dem Geburtstage und Termine eingetragen waren. Auf der Küchenablage lagen ein Fläschchen Nagellack, eine Nagelfeile und ein Magazin. Auf dem kleinen Küchentisch stand eine Vase mit frischen Blumen. «Wieso wohnst du nicht im Haus?», fragte er.

«Ist doch nett hier», entgegnete sie immer noch lächelnd. «Gemütlich.» Dann erlosch das Lächeln auf ihrem Gesicht. Sie fuhr sich durch die Locken und atmete laut aus. «Ich ertrag's nicht mehr, das Haus. Seit mein Mann verstorben ist, halte ich's dort drin nicht mehr aus. Nur zum Baden geht's.» Sie stützte ihr Kinn in die Hände und blickte ihn an.

Es gab sie also wirklich, die Alligatoren. Nur hier, auf ihrem Floß, war Edda vor ihnen sicher. «Ich kann dir das Haus nicht abkaufen», sagte Ralph, «aber vielleicht kann ich ja den Bus reparieren.»

Zum Glück lächelte sie wieder.

«Hat man dir schon mal gesagt, dass du Marilyn Monroe ähnlich siehst?», fragte Ralph.

Sie rollte mit den Augen. «Wie die mit sechzig ausgeschaut hätt, wissema ja leider nicht. Aber ich nehm's als Kompliment.»

Der Teekessel pfiff. Hastig stand sie auf, um den Tee aufzugießen.

«Weißt du denn, was kaputt ist?», fragte er.

«Er will nicht anspringen. Mehr weiß ich nicht.»

Ralph sah zur Lampe hoch: «Wo kommt der Strom her?»

«Von draußen, die Steckdose an der Garage.» Sie reichte ihm eine Tasse Tee und setzte sich wieder neben ihn: «Nun, erzähl du doch mal. Was verschlägt dich nach Wien?»

Ralph starrte in seinen Tee. Er räusperte sich. «Äh, meine Freunde», sagte er schließlich. «Einer von ihnen hat ein Ferienhaus gleich hier in der Straße.»

«Ferienhaus. Nicht schlecht!», sagte Edda. «Dann macht ihr hier Silvesterurlaub, ja?»

«Kann man so sagen.»

«Meine Freunde haben für so was koane Zeit. Siehst, das fehlt mir: Früher hatten die Leute noch Zeit. Da ist man zum Tee vorbeigekommen und am Wochenende in den Prater oder zum Heurigen. Heuer telefonieren's alle nur noch, oder dieses Skype, ist das fad! Da sollte man sich lieber gleich mit der Schnur erhängen! I bin doch erst sechzig, unternehmungslustig bin ich, da will ich doch noch was erleben.»

«Ich bin da», sagte Ralph. «Wir trinken Tee.»

«Ja, du! Du bist mein Engerl, mein Bus-Reparateurs-Engerl!»

Sie unterhielten sich über alles und nichts, wobei eigentlich nur Edda redete. Sie erzählte von ihrer Tochter, die irgendwas mit Marktforschung in Wien arbeitete, und von ihrem Sohn, der als Ingenieur in «Kina» tätig war. Selten kamen sie zu Besuch, und Enkelkinder gab es wohl bisher auch keine. «Mir soll's nur recht sein, schließlich wüll i verreisen. Und zum Stricken, so Baby-Hauben und so Zeugs, da hab i koa Geduld füar.»

Nach dem Tee wagten sie sich auf den wilden Amazonas hinaus. Edda ging ins Haus hinüber, um den Werkzeugkasten ihres verstorbenen Mannes zu holen, und Ralph sah sich den Motor an. Er hatte nicht viel Ahnung, aber es stellte sich heraus, dass man für dieses Problem auch nicht viel Ahnung haben musste: Die Batterie war leer. Sie brauchten nur Eddas Kleinwagen anzuzapfen, und der Bus brummte wieder fahrtüchtig.

«Wie unangenehm», sagte Edda hinterher. «Dadurch, dass der Bus an die externe Stromzufuhr angeschlossen war, ist mir die Idee gar nicht gekommen.»

Sie saßen wieder im Wohnwagen und tranken nun das Bier, das Ralph mitgebracht hatte.

«Tja, jetzt kann die Weltreise losgehen», sagte er.

«O ja! Da kannst drauf wetten.»

Die Sonne war schon untergegangen. Es war später Nachmittag. Ralph trank aus und stand auf. «Ich muss los.»

«Schon?», fragte Edda und blickte auf die vier *Stiegl*, die noch übrig waren.

«Meine Freunde erwarten mich.» Er trat an die Tür.

«Hach, was hätt ich gern deine Freunde!»

Ralph zog leicht die Brauen hoch.

«Mach's gut, mein Engerl, pfiat di», sagte sie. «Bussi, baba.»

Ralph lächelte und wollte zur Tür hinaus. Auf der ersten Stufe drehte er sich dann aber um: «Wann geht die Reise eigentlich los?»

Edda zuckte mit den Schultern. «So bald wie möglich.» Sie blickte konzentriert in die Luft und bewegte lautlos die Lippen, als würde sie in Gedanken eine Liste abhaken. «Übermorgen», folgerte sie überrascht. Sie nickte mit großen Augen. Dann breitete sich ein Lächeln über ihr ganzes Gesicht: «Ist das nicht herrlich?»

Am liebsten hätte Ralph sie auf der Stelle geküsst.

«Na, fragst mich denn gar nicht, ob ich dich besuchen komme?», fragte Edda.

«Mich besuchen ...?»

«Ja, da, wo du wohnst! Denn nicht mal das hast mir gesagt.»

Ralph wurde flau im Magen. «Oh. Ja ...» Er wandte sich ab, stapfte davon, zum Gartentor hinaus, auf die dunkle Straße.

«Übermorgen!», hörte er Edda rufen. «Schau ruhig vorbei! Dann kannst mir wenigstens zum Abschied winken!»

Er schaffte es gerade mal zwei Häuser weiter. Dort übergab er sich am Straßenrand in eine Mülltonne.

SABOTAGE

«Gut gebumst?», empfing ihn Gonzo mit den Eintrittskarten vor dem Burgtheater.

Ralph antwortete nichts. Er war leichenblass.

«Danke, in der Urania war es auch ganz superb», entgegnete Gonzo.

«Ich muss gestern was Falsches gegessen haben», murmelte Ralph.

«Schau an. Ralph bekommt Schiss vor der Unterwelt.»

«Blödsinn.»

«Ich habe etwas Riechsalz dabei.» Piet war auch da. Er reichte ihm ein braunes Fläschchen.

«Danke.» Ralph nahm es in seine Pranke, schraubte den winzigen Verschluss auf und hielt es sich unter die Nase.

«Ich wusste gar nicht, dass es so etwas heute noch zu kaufen gibt», staunte Gonzo.

«Ach, das ist so ein altes Fläschchen ...»

Nach nur einem Atemzug traten Ralph die Augen aus den Höhlen. Er pfiff durch die Nase, hustete und prustete wie eine Dampflok. «Das Zeug erweckt ja Tote zum Leben!», röchelte er.

Gonzo sah skeptisch zu, während Piet die Ruhe selbst war und milde lächelte.

Ralph hustete, spuckte und wankte noch ein wenig, stützte sich an Gonzo ab, und dann hörte es plötzlich auf. «Irre.» Verblüfft blickte er zu Piet. «Es hat funktioniert.»

Piet nickte. «Mir geht es übrigens auch wieder ganz wunderbar», gab er mit strahlendem Lächeln bekannt. «Aber ich muss gestehen, ein wenig aufgeregt bin ich schon.» Hinter vorgehaltener Hand flüsterte er: «Hoffentlich lynchen sie den guten Roy nicht auf der Bühne.»

«Sollten sie's versuchen, kriegen sie's mit mir zu tun», sagte Gonzo beiläufig. Er starrte mal wieder auf sein Smartphone, klickte und wischte über den Bildschirm und grummelte dabei.

«Wie lief's eigentlich mit dem Shooter?», fragte Ralph.

«Bestens», erwiderte Gonzo und ließ das Handy in seiner Westentasche verschwinden. «Ich habe alles bekommen, die Überdosis ist uns gewiss», sagte er mit funkelnden Augen.

«Ein Grund mehr zu feiern», witzelte Piet.

In dem Moment fuhr ein Taxi vor, und Roy entstieg ihm wie ein großer Schauspielstar, der zu seiner Premiere eintrifft. Ralph, Piet und Gonzo applaudierten, als er auf sie zuschritt, und Piet bat um ein Autogramm. Roys Gesichtsausdruck wechselte von souverän zu panisch.

«Psst!», zischte er. «Nicht so auffällig, sonst lassen die uns gar nicht erst rein!»

«Mach dich locker, Roy», krächzte Gonzo. «Die freuen sich doch über prominenten Besuch!» Gonzo, Ralph und Piet lachten.

«Sehr witzig», sagte Roy in ihr Gelächter hinein. «Hast du die Karten?»

Gonzo reichte ihm eine Eintrittskarte. «Waren die letzten Plätze. Für den beknackten *Prinzen von Homburg*! Wer schaut sich das heutzutage eigentlich noch an?» Sie sahen sich um. Eine riesige Menschentraube sammelte sich vor dem Theater. «Wie dem auch sei», fuhr Gonzo fort, «wir sitzen leider nicht nebeneinander. Aber vielleicht ist das besser so – falls sie dich festnehmen, Roy. Dann weiß niemand, dass wir zusammen hier sind.»

«Wo hast du nur dieses unglaubliche Talent her, Leute zu beruhigen?», entgegnete Roy.

«Ach Roy, ich bin Realist. Hört her, Burschen, sollte Roy oder sonst wer von uns heute Abend festgenommen werden: keine Panik. Im Schlafzimmer, unter meinem Kopfkissen, liegen die Telefonnummer meines Anwalts und ein Blankoscheck, für eine eventuelle Kaution. Ist das klar?»

Ralph sah ihn ungläubig an. «Wusste nicht, dass wir in Nordkorea sind», brummte er belustigt.

«Man kann nie wissen», entgegnete Gonzo, und Piet nickte.

«Grandios, ich werde von Sekunde zu Sekunde zuversichtlicher», sagte Roy. «Vielleicht sollten wir lieber einen trinken gehen, was meint ihr? Wien hat so viel mehr zu bieten als Theater ...»

«Die Karten haben mich ein Vermögen gekostet! Für ein Stück, das mir bereits zu Schulzeiten verhasst war!», rief Gonzo aus. «Wir zählen auf dich, Furzküken. Lass uns nicht an Langeweile krepieren.»

«Furzküken?», empörte sich Roy. «Also, dass ich mir das noch immer anhören ...»

«Du wirst bestimmt großartig sein», versicherte Piet.

«Bring die Meute zum Toben», fügte Ralph hinzu.

«Na schön. Wie ihr meint», erwiderte Roy kleinlaut.

Schrill läutete die Klingel des Theaters den Einlass ein.

«Dann wollen wir mal, was?», fragte Roy. Er holte tief Luft und wollte das Haus betreten.

«Warte!», hielt ihn Gonzo auf. «Kannst du mir noch sagen, wann du ungefähr vorhast, die Bühne zu stürmen? Dann stelle ich mir den Wecker.»

«Sehr witzig.»

«Nein, im Ernst, ich wollte euch noch etwas mitgeben»,

sagte Gonzo. Aus einer Papiertüte holte er vier Operngläser hervor und verteilte sie.

«Schön. Dann kann es ja endlich losgehen», seufzte Roy und betrat nun wirklich das Theater.

Ralph, Gonzo und Piet folgten ihm, freudig und aufgeregt.

BEAT IT

Schweigend schritten sie durch das prunkvolle Foyer, über den spiegelglatten Marmorboden, vorbei an Wohlparfümierten und elegant Gekleideten. Sie gaben ihre Mäntel an der Garderobe ab und gingen zur Toilette. Fast hätte Ralph Piet nochmals um etwas Riechsalz gebeten. Sein Herz raste, als wäre er es, der die Bühne entern sollte.

Die Sirene heulte zum zweiten Mal, und das Foyer leerte sich. So schnell es ging, eilten sie an die Türen zu ihren jeweiligen Sitzreihen.

Ralph fand seinen Platz ganz hinten rechts im Parkett. Er hatte Mühe, sich durch die enge Sitzreihe zu kämpfen und erntete böse Blicke. Als er endlich sein rotes Sesselchen gefunden hatte und darin saß, fühlte er sich etwa so, wie sich ein Korken in einer Flasche fühlen musste.

Mit dem Opernglas hielt er Ausschau nach den anderen. Roy saß ganz vorne, gleich in der ersten Reihe. Nur drei Reihen hinter ihm nahm gerade Gonzo Platz. Und Piet winkte Ralph mit vorgehaltenem Theaterglas von einem Balkon links im ersten Rang zu.

Der Saal verdunkelte sich, und die Gespräche im Publikum wurden zu Gemurmel, bis sie schließlich ganz verstummten.

Das Stück begann.

Vor Aufregung wollte Ralph am liebsten hin und her rutschen, was jedoch auf dem engen Sitz unmöglich war. Seine Nachbarn sahen dem Schauspiel gebannt zu, hingen den Schauspielern geradezu an den Lippen und atmeten synchron mit ihnen. Dabei passierte eigentlich recht wenig. Es wurde vor allem gesprochen. Der Prinz hatte anscheinend einen Befehl des Kurfürsten missachtet, aber er hatte eine große Schlacht gewonnen. Trotz dieses Sieges sollte er nun für seinen Ungehorsam mit dem Tod büßen – wegen einer Lappalie! Ralph verstand die Aufregung nicht. Und darüber sollte jetzt auch noch über eine Stunde debattiert werden? Die Leute da oben schienen den Sinn für das Wesentliche verloren zu haben. Ralph begann zu grübeln. Vielleicht war das, was als das Wesentliche galt, gar nicht wichtig? Und vielleicht war das, was als unwesentlich erachtet wurde, in Wirklichkeit das Essenzielle? Er spürte, wie seine Lider schwer wurden, die Figuren vor ihm verschwammen zusehends. Plötzlich schreckte er hoch.

Ein Raunen ging durch den gesamten Saal, zog sich bis in die obersten Ränge hinauf. Ralph riss das Opernglas an die Augen. Roy hatte die Bühne erklommen. Er stand zwischen dem jungen Prinzen und dem alten Kurfürsten, eine bunte Gestalt, die so gar nicht in das minimalistische Dekor passte. Die Zeit schien stillzustehen. Keiner der umstehenden Schauspieler rührte sich, vielmehr schienen alle den Atem anzuhalten. Roys Gestalt leuchtete geradezu auf der düsteren Bühne. Ralph musste schmunzeln. Sein Freund Roy, die Rampensau.

In einer großen Geste riss er sich nun die Perücke vom Kopf. Wieder ging ein Raunen durch das Publikum. Sogleich begann Roy seinen Monolog.

«FOULEVOULEFALALLALA ......»

Ralph verstand kein Wort, aber es war ergreifend. Auch ein Großteil des Publikums schien in den Bann gezogen.

Leider kam Roy nicht weit. Nach den ersten paar Sätzen enterten mehrere kräftig gebaute Bühnenarbeiter die Bühne. Zunächst forderten sie ihn verbal auf, zu gehen, dann wurden sie handgreiflich. Sie hoben ihn einfach hoch, um ihn von der Bühne zu tragen. Mit allen Kräften zappelte Roy französisch quasselnd dagegen an. Zeitgleich drangen Schreie aus dem Publikum. Eine adrette Dame mit hochgetürmtem Sauerkrautdutt rief: «Geh, seien'S nicht so grob! Lassen'S den Herrn zu End sprechen!»

Andere schrien: «BuUhh!»

Chaos brach aus. Ralph überlegte gar nicht erst. Ehe er sich's versah, hatte er sich durch Sitzreihe und Gang bis auf die Bühne vorgekämpft. Dort entdeckte er auch Gonzo. Ein Bühnentechniker hatte ihn am Kragen gepackt, und Gonzo versuchte, ihn mit seinen Fäusten fortzuschlagen. Ralph stürzte sich auf die anderen Arbeiter, um Roy zu befreien.

«Spiel weiter, Roy!», ermutigte er ihn, während er einen der Angreifer in den Schwitzkasten nahm und den anderen mit dem Fuß wegzutreten versuchte. Mittlerweile mischten sich auch die Schauspieler in das Gerangel ein. Ralph spürte eine Faust gegen sein Ohr platschen, lautes Surren – der Kurfürst hatte ihm eine verpasst. Sofort ließ er die Männer los, warf sich auf den Kurfürsten und verpasste ihm einen Kinnhaken, der sogleich erwidert wurde. Der Schlag hatte es in sich. Ralph kippte zur Seite. Sein Mund füllte sich mit metallischem Geschmack, sein Blick verschwamm. Ein weiterer Schlag traf ihn.

Aus der Ferne hörte er Roys Stimme «LAFALALLALL-LAAaaa...». Sie wurde dünner, klang immer ferner, begleitet von Beifall, Jubel- und Buh-Rufen. Dann wurde alles schwarz.

KILLING IN THE NAME

Ralph erwachte auf dem Rücksitz eines Fahrzeugs, und es war nicht Gonzos Käfer.

Zwar erleichterte es ihn etwas, dass er zwischen Gonzo und Roy saß. Weniger beruhigend fand er jedoch die Handschellen an seinen Handgelenken sowie den Umstand, geradewegs auf ein Gitter zu starren, das den Rückraum von den Vordersitzen trennte.

«Willkommen in Nordkorea», wisperte ihm Gonzo von links zu.

«Wie geht's dir, Ralph?», fragte ihn Roy von rechts.

«Haltet die Goschen dahinten!», blaffte der Kerl, der auf dem Beifahrersitz saß. Er ließ ein gelbes Instrument in seiner Hand zischen. Am vorderen Ende blitzte es bläulich – eine Elektroschockwaffe. Er kugelte sich vor Lachen.

«Mach mal halblang, Rudi», ermahnte ihn der Mann, der hinterm Steuer saß.

«Wieso?», entgegnete Rudi. «Ist doch lustig! Wie in den Krimis, Hansi, wie in den Krimis!»

Ralph fasste sich an den Kiefer. Er schmerzte.

«Alles in Ordnung?», fragte ihn Roy.

«Ja, warum?»

«Warum?», fragte Roy entsetzt. «Ich hab's ja gesagt, sie hätten dir eine Ambulanz rufen sollen!»

«Die Gosch!», pöbelte Rudi.

«Ambulanz?», fragte Ralph.

«Ich fass es nicht», zischte Roy. «Wie heißt du?»

Ralph sah ihn unverwandt an. «Warum fragst du mich das?»

«Sag mir einfach deinen Namen.»

«Wozu?»

«Schnauze auf den billigen Plätzen!», rief Rudi. Wieder ließ er den Elektroschocker zischen.

«Na schön, wie viel ist das?», fragte Roy nun. Er hielt drei Finger in die Höhe.

«Ach, komm, hör auf damit», brummte Ralph.

«SCHNAUZE!», schrie Rudi. Er drehte sich zu ihnen um. «Passt mal gut auf: Der hier ist *good cop*.» Er deutete auf seinen Kollegen Hansi.

«Rudi ...», mahnte Hansi.

«Wer bin ich dann wohl?», fuhr Rudi ungerührt fort. «Na?»

Ralph, Gonzo und Roy sagten nichts.

Rudi ließ den Elektroschocker in der Luft blitzen. «*Bad cop!*» Er bleckte die Zähne. «Wenn ich also *Goschen* oder *Schnauze* sage, dann haltet ihr gefälligst die Goschen! *Capisce*?»

Er drehte sich wieder weg.

Roy, völlig unbeeindruckt von der Darbietung, fragte: «Ralph? Wie viele Finger sind das?»

«Ich bin okay, Roy.»

Sie fuhren durch die nächtlichen Straßen Wiens. Das Polizeiauto raste, als wären sie Schwerverbrecher, die schleunigst hinter Schloss und Riegel mussten.

Ralph blickte auf die Handschellen. «Dass die uns wegen so was gleich festnehmen ...» Er schüttelte den Kopf.

«Falls du mit *so was* eine Schlägerei meinst, bei der ein preisgekröntes Stück an einem der renommiertesten Theater des deutschsprachigen Raumes unterbrochen wird und zwei der Hauptdarsteller gebrochene, blutige Nasen davontragen, dann lautet die Antwort: JA, das könnte durchaus der Grund für unsere Verhaftung sein», erwiderte Roy.

«Gebrochene Nasen?», fragte Ralph.

«SCHNAUZE!!!» Der kleine blaue Blitz durchschnitt die Luft.

Ralph seufzte. Roy rollte mit den Augen.

«Keine Sorge», sagte Gonzo. «Piet weiß Bescheid. In spätestens einer Stunde sind wir wieder draußen.» Er blickte zum Fenster hinaus, zu den vorbeiziehenden Altbaufassaden. «Wer in Zeiten eines Edward Snowden lebt, muss mit absurden Festnahmen rechnen.»

«AAHHHAH!», jaulte Roy in dem Moment. Der Wagen machte eine Vollbremsung.

«RUDI!», schrie Hansi.

«Roy!», riefen Ralph und Gonzo.

Roy zuckte am ganzen Körper. Dann bewegte er sich nicht mehr.

«Ich hab doch gesagt: *bad cop.*» Rudi grinste sie breit an.

In den Händen hielt er triumphierend die Elektroschockwaffe.

Dann zischte und blitzte es zwei Mal – auch Gonzo und Ralph machten mit dem Taser Bekanntschaft.

«Jetzt darfst die Ambulanz rufen, Hansi», hörte Ralph Rudi von ganz fern blubbern.

VIA CON ME

Immerhin mussten sie die Nacht nicht in einer Zelle verbringen.

«Es ist mir egal, was die Herren getan haben! Sie gehören augenblicklich unter stationäre ärztliche Beobachtung!», hatte sich die Notärztin durchgesetzt.

Sie wurden auch nicht mehr von Rudi und Hansi verhört. Zwei andere und weitaus freundlichere Polizisten statteten ihnen am frühen Morgen im Krankenhaus einen Besuch ab.

«Entschuldigen Sie noch das Malheur unserer Kollegen», sagte einer der Beamten am Ende.

Er erntete sogleich einen Seitenblick seines Partners, und Gonzo keifte: «Malheur? Das äußerst unangebrachte und lebensbedrohliche Malheur, meinen Sie?! Sie geben es also zu, ja?»

Der erste Beamte nickte unsicher.

«Na, dieses Malheur wird Ihre Kollegen den Job kosten!!», plärrte Gonzo.

«Gonzo ...», fiepte Roy.

«Selbstverständlich werden wir die Angelegenheit genauestens untersuchen, ehe wir hier voreilige Schlüsse ziehen», gab der zweite Polizist diplomatisch zurück.

«Ja, untersuchen Sie ruhig. Meiner Meinung nach gehört der gesamte Polizeiapparat gründlich untersucht!!»

«Gonzo, bitte ...», flehte Roy.

Der zweite Polizist räusperte sich. «Besten Dank und schönen Tag, die Herren. Sie werden in jedem Fall mit einem ordentlichen Bußgeld und einer Klage des Burgtheaters rechnen müssen.» Mit diesen Worten verließen er und sein Kollege das Krankenzimmer.

«Und Ihr Polizeipräsidium wird mit einer Klage und einer Bußgeldforderung *meinerseits* rechnen dürfen!», rief ihnen Gonzo nach.

Gegen Mittag wurden die drei endlich aus dem Spital entlassen.

«Meine Freunde! Mir fällt ein Stein vom Herzen!», empfing Piet sie in der Eingangshalle des Krankenhauses. «Alle Polizeistationen Wiens habe ich abgeklappert, niemand wollte mir Auskunft geben.»

«Und mein Anwalt?», fragte Gonzo.

«Nun ja», entgegnete Piet. «Er hat nicht viel helfen können. Er ist im Urlaub, in der Dominikanischen Republik.»

«Phantastisch», knurrte Gonzo.

Sie bewegten sich Richtung Ausgang.

«Vielleicht sollten wir ...», begann Piet.

«Ich verstehe nicht recht», sagte Roy. «Wie hast du uns denn gefunden?»

«Übers Fernsehen», antwortete Piet.

Er nickte zum Ausgang. Gonzo, Ralph und Roy trauten ihren Augen nicht. Dort warteten einige Fotografen mit riesigen Objektiven und auch ein paar Reporter mit Kameraleuten. Ein regelrechter Presserummel. So kannte Ralph das nur von seinen Tourneen mit den Stones oder The Who.

«Wir sollten lieber einen Hinterausgang nehmen», schlug Gonzo vor. Sie drehten um.

Nur Roy blieb wie angewurzelt stehen und starrte auf die wartende Presse.

«Roy?», rief Ralph.

Er reagierte nicht.

«Roy!»

«Was …? Ja, ich komme.»

Er kehrte den Reportern den Rücken zu und folgte seinen Freunden.

BLITZKRIEG BOP

Zurück in der Ottakringer Villa liefen die Partyvorbereitungen auf Hochtouren. Auf dem Menü des letzten Abendmahls stand ein von Gonzo zubereitetes Vitello tonnato, begleitet von einem Feldsalat mit Walnüssen. Als Hauptspeise ein Steinpilzrisotto nach dem Rezept von Piets verstorbener Frau. «Meine Marlene», schwärmte Piet, «hat immer ganz exotisch gekocht.» Sie hatten auch reichlich französischen Käse und Tiroler Wurst besorgt. Und als Dessert warteten im Kühlschrank original Sachertorte aus dem Hotel Sacher und Tiramisu, das sie tags zuvor in einem italienischen Feinkostladen gekauft hatten. Zu jedem Gang würde es passenden Wein geben, natürlich nur die besten Tropfen.

Während Piet und Roy schon am Zubereiten waren, kümmerten sich Ralph und Gonzo um die Dekoration.

«Mir steht der Sinn so gar nicht nach Suizid, ich habe viel eher Mordgedanken!», ächzte Gonzo, und hielt sich die Hände an die Stirn.

Ralph musterte ihn forschend.

«Ja, ja, schon gut, alter Roadie. Man wird ja wohl noch jammern dürfen.» Gonzo schenkte sich einen doppelten Grappa ein.

«Hilf mir lieber mal», bat ihn Ralph, der vergeblich versuchte, eine Girlande an der Decke entlangzudrapieren.

«Hast du das ausgesucht?», fragte Gonzo.

«Ja, warum?»

«Wenn du die Girlande heute gekauft hättest, *nachdem* unsere Gehirne mit Elektroschocks zu Brei verarbeitet wurden, würde ich es verstehen.»

Ralph zuckte mit den Schultern. «Ich find's schön.»

Gonzo warf eine Schmerztablette ein, stürzte sie mit einem großen Schluck Grappa runter und sagte dann: «Gib her, das Ding.»

Er stieg auf den Couchtisch, und sie befestigten die Girlande an der Deckenlampe.

«Himmel, Ralph!», rief Gonzo aus, als er die bunten Partyhütchen entdeckte, die Ralph aus einer Einkaufstüte zog. «So kurz vor dem Abgang fährst du alle Rentnerklischees auf, was?»

Ralph zuckte nur mit den Schultern.

Sie pusteten auch Luftschlangen aus, dekorierten den Esstisch mit Tröten und Kerzen und suchten nach einer geeigneten Stelle für Piets *Casso Pilabo*.

«Muss das sein?», fragte Gonzo.

Ralph nickte. «Piet will es so.»

Anschließend begaben sie sich in die Küche, um mit den anderen zu kochen. Dort ging es drunter und drüber. Piet und Roy waren dabei, die Hauptspeise zuzubereiten. Nur war Roy überhaupt nicht bei der Sache. Das Fiasko erreichte seinen Höhepunkt, als er mit Schwung eine Handvoll Zucker über die Steinpilze warf und den Reis mit nicht weniger als dreißig Zentilitern Olivenöl ablöschte.

«Das war die Mengenangabe für den Weißwein, Roy», seufzte Piet. Schweren Herzens ließ er Reis und Pilze in den Müll wandern.

«Na, Roy, wie wär's, wenn wir zwei noch mal einkaufen fahren?», zog Gonzo ihn schließlich aus der Küche ab.

Piet lächelte dankbar.

«Dicke Erngnagnagna», sagte er, als die beiden fort waren. Ralph sah ihn verwundert an. «Piet?»

«Ich gehe ein Nickerchen machen», entgegnete er bloß und stakste wie eine Aufziehpuppe aus der Küche.

Ralph blieb alleine zurück.

Er warf einen Blick in das Rezept für das Vitello tonnato. Kompliziert.

Lieber schnitt er die Wurst und den Käse auf.

Eine halbe Stunde verstrich.

Es war ganz still im Haus.

Ralph ging ins Wohnzimmer. Auf dem Sofatisch entdeckte er jede Menge Säckchen voller Gras, Pillen und Pulver. Vermutlich hatte Gonzo sie dort deponiert, bevor er einkaufen gefahren war. Ralph betrachtete die verschiedenen Pulversäckchen. Eines war ganz weiß. Das musste das Koks sein. Das andere war zwar auch weiß, hatte jedoch einen bräunlichen Stich. Sie würden später gut aufpassen müssen, die Beutel nicht zu verwechseln. Obwohl. War doch egal. Hauptsache tot. Plötzlich musste er aufstoßen, ihm wurde heiß und kalt, sein Magen rumorte, er stürmte ins Bad und übergab sich.

Es war nicht viel in seinem Magen, vor allem spuckte er Galle. Langsam richtete er sich wieder auf, trat ans Waschbecken und wollte sich den Mund ausspülen. Plötzlich hielt er inne. Er wiederholte die Bewegung: Er beugte sich über die Kloschüssel und richtete sich wieder auf. Er tat es nochmals, beugte sich tief runter und weit vor und richtete sich dann wieder auf. Erstaunt fasste er sich an die Lenden. Kaum Schmerzen. Er wiederholte die Bewegung ein letztes Mal.

«Hm.»

Er sah in den Spiegel über dem Waschbecken. Kalter Schweiß lag ihm auf der Stirn, verklebte seinen Haaransatz.

Und was war er blass. In seinem Bauch rumorte es noch, aber die Übelkeit war vergangen. Er spülte sich den Mund aus, wusch sich das Gesicht, atmete drei Mal tief durch und kehrte ins Wohnzimmer zurück. Auf dem Weg wagte er einen Blick in Piets Zimmer. Er schlief.

Gonzo und Roy waren auch nicht zurück.

Es war so still.

Er setzte sich an den Esstisch und betrachtete die Dekoration. Der *Casso Pilabo* hing schief. Er stand auf, hängte das Bild gerade und setzte sich.

Kaum hatte er Platz genommen, verrutschte die Zeichnung wieder.

So still.

Ralph setzte ein Partyhütchen auf und blies in eine Tröte.

MOON RIVER

Als Gonzo und Roy mit den frischen Zutaten für das Risotto zurückkehrten, notierte ihnen Piet das Rezept und erklärte die wichtigsten Punkte. Roy wirkte zwar nicht mehr zerstreut, sondern ganz im Gegenteil frisch und konzentriert, dennoch schwor er, weder Pilze noch Reis anzurühren und die Zutaten höchstens vorzulesen. Die Verantwortung für das Risotto lag ganz bei Gonzo und Ralph.

Während sie kochten, legte sich Piet wieder hin. Erst als sich die anderen bereits duschten und für den Abend fein machten, erwachte er allmählich. Aus der Schublade des Nachttisches holte er einen Briefumschlag hervor. Er betrachtete ihn kurz, ehe er ihn gut sichtbar auf das Kopfkissen neben sich legte. Die Kissen waren weich, so weich, er hätte auf der Stelle wieder einschlafen können.

Er griff in seine Westentasche und holte ein Foto hervor. Sanft strich er mit den Fingern darüber. Es war ein altes Schwarzweißfoto von Marlene. Sie lächelte, und er lächelte zurück. Plötzlich entglitt ihm das Foto und segelte sachte zu Boden.

Sein Arm war erschlafft, er spürte ihn nicht mehr, von der Schulter bis in die Fingerspitzen: betäubt. Er wusste, was es bedeutete, er hatte es erwartet. Trotzdem begann sein Puls zu rasen, und ihm wurde mulmig. Er versuchte, ruhig zu bleiben und abzuwarten. Nie wieder wollte er in ein Heim. Nach einer Weile kribbelte es, er konnte seine Finger allmählich wieder bewegen, das Gefühl kehrte zurück. Er versuchte das Foto aufzuheben.

Beim dritten Anlauf klappte es. Er steckte es in die Westentasche zurück.

Es klopfte an der Tür.

……

So musste ein Kostümverleih aussehen, nachdem eine Bombe darin hochgegangen war. In Roys Zimmer lagen überall Kleidungsstücke und Perücken und auch die eine oder andere Tageszeitung.

Inmitten dieses Schlachtfelds saß Roy im Schneidersitz auf dem Bett. Seine Lider waren geschlossen, und bei jedem Ausatmen machte er bizarre Geräusche.

«SSsss…WWwww…FFfff…»

Er öffnete die Augen, fixierte einen Punkt und beschoss ihn mit imaginären Dartpfeilen. Jeder Wurf wurde von einem Laut begleitet.

«MmmO!…MmmU!…MmmA!…»

Als er alle Vokale durch hatte, hörte er auf. Er blickte an seinem neuen petrolfarbenen Anzug hinab, befühlte den feinen Stoff, entfernte einen Fussel. Dann setzte er sich an die Bettkante. Mit einer Hand tat er so, als würde er seinen Gürtel abziehen und seinen Arm damit abbinden. Er nahm das Ende des imaginären Gürtels zwischen die Zähne. Dann griff er neben sich, tat so, als nähme er eine Spritze zur Hand. Er schnipste mit dem Zeigefinger dagegen, um Luftbläschen zu entfernen, dann stach er in den abgebundenen Arm. Kaum hatte er abgedrückt, ließ er sich nach hinten auf die Bettdecke fallen.

Einen Moment lang blieb er so liegen und starrte einfach nur zur Decke.

……

Im Bademantel betrat Gonzo sein Zimmer. Eine Melodie pfeifend, nahm er den neuen Anzug, ein Hemd und Boxershorts aus dem Schrank und zog sich an. Mit dem Bademantel rubbelte er sich das flaumige Haar trocken. Noch immer pfeifend, griff er zu seinem Smartphone, das auf der Kommode lag, und wischte mit den Fingern darüber. «Keine neuen Nachrichten», verkündete die Stimme. Seufzend legte er das Handy wieder weg. Neben dem Bett stand die Tüte mit den Spritzen und Kanülen aus der Apotheke. Er nahm sie und verließ das Zimmer.

……

Ralph duschte nicht. Wozu? Dafür trug er etwas von seinem Echt Kölnisch Wasser auf, zog ein altes The-Who-Shirt an, strich sich mit den Fingern die Haare zurück und begutachtete sich im Spiegel. Pete, Roger, John und Keith gaben ihr Okay.

Ralph nahm Evergreen vom Nachttisch und zog los. Als er an Piets Tür vorbeikam, klopfte er an: «Essen ist fertig!»

Piet steckte den Kopf zur Tür heraus und folgte ihm, sehr langsam. Gonzo und Roy traten ebenfalls aus ihren Zimmern.

Im Wohnzimmer erwartete sie eine festlich gedeckte Tafel bei Kerzenschein. Die Vorspeise stand bereit, ebenso der Wein. Zur Feier des Tages hatten sie ein Kaminfeuer entfacht. Auf dem Sofatisch weiter hinten im Raum stapelten sich die Säckchen mit Gras, Pillen und Pulver. Gonzo legte die Spritzen dazu. Ralph stellte Evergreen daneben und legte eine Schallplatte auf.

«Es kann losgehen.»

THE END

Niemand redete. Niemand trötete, und keiner setzte ein Partyhütchen auf. Im Hintergrund sang Billie Holiday *Why Was I Born*. Roy spielte abwesend mit einer Gabel. Besteck klapperte gegen Teller. Piet blickte hypnotisiert auf den *Casso Pilabo*, der im flackernden Kerzenschein nicht nur hässlich, sondern zudem gespenstisch wirkte. Ralph ließ einen Schluck Valpolicella im Mund gurgeln. Auch er hatte bisher keinen Bissen angerührt. Nur Gonzo aß mit Appetit Vitello tonnato und Feldsalat.

«Was ist, Jungs?», fragte er. «Ist euch der Appetit vergangen?»

Draußen schneite es.

«Ist butterzart, das Kalbfleisch», sagte er schmatzend. «Butterzart.»

«Ach?» Piet erwachte aus seinen Gedanken. «Doch, doch, ich hebe mir den Appetit für die Hauptspeise auf.»

«Wenn ihr nichts dagegen habt, gehe ich jetzt, das Risotto aufwärmen», sagte Roy. Er stand auf und verschwand in der Küche.

Ralph stürzte seinen Wein runter, und Billie sang weiter gegen die Stille an. Ein Glas Wein und zwei leidvolle Lieder später kehrte Roy mit dem dampfenden Steinpilzrisotto zurück. Der Duft breitete sich im Zimmer aus, doch Ralphs Appetit wurde dadurch nicht angeregt. Piet ließ sich zu einer kleinen Portion hinreißen, Roy nahm eine Kelle und Gonzo gleich doppelt so viel. Er öffnete eine Flasche Weißburgunder. Der Korken ploppte, als wäre es Champagner, so still war es.

«Wir scheinen ja den richtigen Abend zum Sterben gewählt zu haben», sagte Gonzo. «Anscheinend hat niemand mehr etwas zu sagen.»

Die anderen sahen ihn bloß an.

«Doch», sagte Ralph nach einer Weile. Mehr sagte er jedoch nicht. Lieber probierte er den Weißburgunder.

«Mein Freund.» Piet lächelte ihn an.

Billie sang *Let's Call The Whole Thing Off*. Roy seufzte laut.

«Wie stellt ihr euch eigentlich eure Beerdigungen vor?», fragte Gonzo.

«Um Gottes willen!», rief Roy aus.

Gonzo lud sich eine weitere Portion Risotto auf den Teller.

«Seit wann isst du so viel?», fragte Ralph verwundert.

Gonzo zuckte grinsend mit den Schultern. «Ist ein heikles Thema, Beerdigung, nicht?»

«Dass du dich umbringen willst, glaube ich erst, wenn du die Nadel im Arm hast», brummte Ralph.

«Ich kann's kaum abwarten», gab Gonzo zurück und führte einen großen Löffel Risotto zum Mund.

«Molière in der Sprache des Molière, großartig. Du warst wirklich großartig», schwärmte nun Piet.

«Wie?», fragte Roy. «Ach, danke.» Verlegen fuhr er sich durchs Kunsthaar.

«Oha! Konversation», stellte Gonzo erstaunt fest.

«Weißt du was, Gonzo, warum erzählst *du* uns nicht, wie du dir *deine* Beerdigung vorstellst?», forderte Ralph ihn auf.

«Meine Beerdigung?», fragte Gonzo. Er wischte sich den Mund mit einer Serviette ab. «Am liebsten würde ich einbalsamiert werden, wie im alten Ägypten, aber das geht ja leider nicht. Von daher werde ich mit dem Krematorium vorliebnehmen müssen.»

«Herrlich», kommentierte Roy sarkastisch.

«Interessant», sagte Piet. «Mir hingegen gefällt das Feuer nicht. Außerdem möchte ich neben meiner Marlene bestattet werden, und sie ruht nun mal unter der Erde.»

«Schön. Könnten wir dann ...?», fragte Roy.

«Das ist in der Tat ein Argument», befand Gonzo. «Aber siehst du, Piet: Genau einer solchen Situation muss ich entgehen. Vreni soll gar nicht erst in Versuchung geraten, sich neben mir niederzulassen.»

«Wie wär's mit einem Themenwechsel?», versuchte Roy es nun, mit einer Serviette in die Runde wedelnd. Niemand ging darauf ein.

«Apropos Beerdigung», sagte Gonzo. «Wir haben ganz vergessen, einen Abschiedsbrief zu verfassen.» Er holte Papier und Stift. «Was schreiben wir?»

Ralph sah konsterniert zu Piet und Roy.

«Das ist sehr persönlich», sagte Piet. «Vielleicht sollte jeder seinen eigenen Brief schreiben. Ich für meinen Teil habe bereits ...»

«Persönlich!», blaffte Gonzo. «Wir ziehen gemeinsam in den Tod, was kann persönlicher sein?»

«Das sagst du nur, weil du nicht weißt, was du schreiben sollst», sagte Roy. «Vermutlich weißt du nicht einmal, wem du schreiben möchtest.»

«Danke, aber das weiß ich sehr wohl, Roy. Nun denn, wie ihr wollt, dann eben jeder für sich.» Er verteilte das Papier und holte noch ein paar Stifte.

Brütend saßen sie vor ihren weißen Blättern. Ab und an warfen sie einander verstohlene Blicke zu, erleichtert, dass keiner bisher etwas geschrieben hatte. Nur Roy schien inspiriert. Im Nu hatte er drei Seiten voll. Piet legte das Blatt bald weg und trank lieber seinen Weißburgunder. Ralph atmete schwer und fixierte das Blatt vor sich, als wäre es ein kompliziertes 3-D-Puzzle. Sollte er Edda schreiben? Ach was. Eine flüchtige Begegnung auf dem Fluss ohne Wiederkehr. Wie absurd, auch nur eine Sekunde geglaubt zu haben, dass er ihr Robert Mitchum sein könnte.

Gonzo kritzelte mehrfach Satzanfänge, nur um das Blatt sogleich zu zerknüllen und ein neues zu nehmen. Während er schrieb, las er laut vor: «Adieu Vreni. Bitte folge mir nicht.» Er verwarf diese Version. «Du wirst mir, Klammer auf, nicht, Klammer zu, fehlen.» Er zerriss das Blatt, nahm ein neues. «*Tatort* kann auch alleine schön sein.» Er knüllte es zu einem Papierball und warf es in den Kamin. «Ich gebe auf», ächzte er schließlich. «Das ist keine Suizidparty mehr, das ist Papiermord.» Zu seinen Füßen lagen an die zehn zerknüllte Blätter. Neugierig sah er über den Tisch. «Piet, du schreibst nicht?»

«Ich habe schon.»

«Darf ich sehen?», fragte Gonzo. «Vielleicht inspiriert mich das.»

Piet machte große Augen, seine Lippen begannen zu zittern.

«Also bitte, Gonzo!», schritt Roy ein.

«Darf ich denn deinen sehen, Roy?»

«Nein!»

«Und du, Ralph? Was geschrieben?»

«Hm? Nö. An wen? Ihr geht ja alle mit mir.»

«Wie kannst du das sagen?», empörte sich Roy. «Bestimmt gibt es noch viele andere Menschen, die dich mögen.»

«Jede Wette, dass bei meiner Beerdigung niemand aufkreuzt.»

«Wunderbar, sind wir wieder bei dem Thema ...», stöhnte Roy.

«Abgesehen von Evy fällt mir niemand ein. Und sie ist eine Pflanze.» Er blickte zu ihr. Ihre Blätter hingen herab. Viele davon waren gelblich. «Ach, was soll's», sagte er und sah in sein Glas. «Vermutlich geht sie sowieso mit uns ein.» Er stürzte den Weißburgunder in einem Zug hinunter.

«Mein Freund, lieber einsam bestattet werden als in Anwesenheit meiner Familie», versicherte Piet. «Sie werden mit großem Tamtam aufziehen und künstliche Tränen vergießen, um zu verbergen, dass sie es nur auf das Erbe abgesehen haben.» Er machte eine Pause, um etwas Wein zu trinken. «Aber», fuhr er fort, «solange ich neben meiner Marlene ruhe, ist mir das gleich. Und sowieso: Sie haben mir vielleicht Geschäftsunfähigkeit unterstellen können, nicht jedoch *Testier*unfähigkeit.» Er grinste verschmitzt. «Was werden die Augen machen, wenn sie erfahren, dass mein gesamtes Vermögen an die armen Kinder in Syrien geht.»

Ralph musste grinsen.

«Großzügig», befand Gonzo.

«Die armen Kinder in Syrien», staunte Roy.

Piet nickte.

«Verblüffend. Verglichen mit deinen Kindern erscheinen mir meine geradezu wie Engel», sagte Gonzo. «Sie haben ... andere Macken. Trotzdem hoffe ich sehr, dass sie zu meiner Beerdigung kommen. Aber ich verbitte mir, dass sie streiten. Glücklich sollen sie sein. Meinetwegen, weil sie mich endlich los sind, vor allem aber, weil ihnen die Beerdigung Gelegenheit geben soll, das Leben wieder wertzuschätzen.» Er räusperte sich. «Ich meine damit, die einfachen Dinge, die Kleinigkeiten des Lebens zu schätzen. Darin sind sie nämlich absolute Nieten.»

«Du Märtyrer», kommentierte Roy trocken.

«Na und? So wünsche ich's mir. Ist schließlich meine Beerdigung», entgegnete Gonzo ungerührt. «Wie wird's denn bei dir aussehen?»

«Wie wär's mit Dessert?», fragte Roy.

«Finde dich damit ab, Roy, wir kommen alle aus einer Muschi und landen alle in einem Sarg», sagte Gonzo.

«Ja, Roy, verzeih meine Neugier. Ich habe mich gefragt, ob bei dir Künstler anwesend sein werden», sagte Piet. «Künstlerbestattungen verbinde ich mit einer gewissen Romantik: Gedichtrezitationen, leidenschaftliche Vorträge und selbstkomponierte Musikstücke ... Aber vielleicht liege ich falsch?»

Roy blickte nervös auf die Tischdecke. «Na schön», seufzte er schließlich. «Aber nur weil du's bist, Piet: Hier kommt meine morbide Vision.»

Überrascht sah Ralph zu Piet und Gonzo.

«Oha! Jetzt wird's spannend!», sagte Gonzo.

Roy strafte ihn mit einem bösen Blick. Dann schloss er die Augen. «Vielleicht werden bei meiner Beerdigung Antoine und Tugdual da sein. Ich wünsche es mir. Es wäre eine kleine Trauerfeier. Sie würden einen Tango tanzen, hoch oben über Paris, am *Sacré-Cœur*, und dabei im Takt meine Asche in den Wind streuen ... O ja, das wäre tatsächlich schön.»

Er öffnete die Augen und schüttelte die Vision ab.

«Im Takt?», fragte Ralph.

«Ja. Warum nicht?»

«Klar. Warum nicht.» Ralph konnte sich nicht zurückhalten, er prustete los, und Gonzo und Piet fielen mit ein.

«Genug. Können wir jetzt bitte über etwas anderes reden?», forderte Roy. «Der Abend ist schon deprimierend genug.»

Ralph, Gonzo und Piet kugelten sich vor Lachen.

«Sachertorte ...?»

«Hör mir auf mit der Sachertorte!», kicherte Gonzo. «Ach, Roy … Hol lieber mal den Champagner! Was meint ihr, Burschen? Zeit für Champagner?»

«O ja, Champagner!» Roy sprang auf und lief in die Küche. «Den können wir wohl alle gut vertragen!»

Kurze Zeit später kehrte er zurück, ein Tablett mit vier randvoll gefüllten Gläsern balancierend. «Champagner!» Er verteilte die Gläser.

Gonzo ließ sogleich einen Löffel gegen das Glas klingen.

«Ich möchte einen Toast aussprechen.» Er stand auf und hob seinen Champagnerkelch. Die anderen taten es ihm gleich. «Möge unser Tod ebenso wunderbar werden wie die gemeinsame Zeit mit euch. Prost!»

Sie stießen an und tranken.

Es wurde still. Betreten schweigend standen sie alle um den Tisch.

«Danke …», sagte Ralph schließlich. Seine Stimme war heiser. «… dass ihr hier seid. Ohne euch …, danke.» Er nickte ihnen zu und leerte sein Glas in einem Zug.

Piet fasste ihn an der Schulter.

«Ach, Ralph», seufzte Roy.

«Kommt, kommt her, Burschen!» Gonzo breitete die Arme aus. Sie kamen alle um Ralph zusammen und umarmten sich. Ein Rugbyteam vor dem letzten Spiel. Eine Band vor ihrem großen Auftritt. Echte Freunde.

«Macht's gut», sagte Gonzo.

«Es war mir eine Ehre», sagte Piet.

«Ich werde euch vermissen», schluchzte Roy.

MAMA TOLD ME (NOT TO COME)

Noch bevor er jegliche halluzinogene Substanz angerührt hatte, war Ralph so benommen, dass er doppelt sah, immer mal wieder. Sicher spielte der Alkohol keine unerhebliche Rolle. Wenn er die Augen zukniff, wurde es besser. Er nahm einen tiefen Zug von dem Joint, den er soeben entzündet hatte. Das würde sicher helfen.

Das Abendessen war beendet, sie hatten offiziell voneinander Abschied genommen und saßen nun um den Sofatisch herum. Die Partyhütchen hatten sie aufgesetzt. Ab und an blies jemand in eine Tröte. Drei Plastikbeutel waren bereits geöffnet, die eine oder andere Pille geschluckt. Nur das Heroin lag noch unangerührt auf dem Tisch.

«Ich habe panische Angst vor Spritzen.»

«Erzähl uns was Neues, Furzküken», schnarrte Gonzo und zog sich weißes Pulver durch die Nase.

Roy rollte die Augen. Er hielt ein Beutelchen blauer Pillen in der Hand und warf sie ein wie Smarties.

«Was ist das?», wollte Ralph wissen.

«Hm?», fragte Roy. «Ach, das. Keine Ahnung. Hier.» Schmatzend reichte er ihm den Beutel.

Ralph nahm eine und reichte Piet den Beutel weiter.

«Oh, danke vielmals.» Er schluckte ebenfalls eine Pille. Gonzo griff sich die letzte. Ralph nickte ihnen zu, ließ sich ins Sofa zurücksinken und wartete ab.

Nichts veränderte sich. Keine Wahnvorstellungen, kein Herzrasen, niemand erlitt einen epileptischen Anfall. Ralph sah nicht mal mehr doppelt.

«Ich spüre nichts», sagte er nach einer Weile.

«Gratuliere», sagte Gonzo. «Wenn du nichts mehr spürst, bist du tot.» Er grinste schief und ließ mit mehreren Händen mehrere Feuerzeuge anspringen. Ralph gaffte ihn verwundert an. Ihm wurde davon schwindelig, und er blickte wieder weg.

«Ralph?», fragte Gonzo. «Wie viel Ascorbinsäure gehört da rein?» Er hielt ihm Teelöffel mit weißbräunlichem Pulver vor die Nase. Vermutlich war es nur ein Löffel. Ralph sah drei.

«Gib her.» Ralph versuchte danach zu greifen. «Shit.» Der Löffel entglitt ihm, Pulver verteilte sich über den Teppichboden.

Gonzo zauberte ein Pulversäckchen hervor.

«Mach du das lieber. Mir ist schwindelig», sagte Ralph.

«Schwindelig?», grinste Gonzo. «Dann spürst du also doch etwas?»

«Nö.» Es war weg. Er sah wieder klar und deutlich. «Gib her.» Ralph häufte etwas Pulver auf den Teelöffel, gab Wasser und Ascorbinsäurepulver hinzu und erhitzte es mit einem Feuerzeug.

«Ui, ist ja wie Zinngießen», sagte Roy. Wie auch Gonzo und Piet hielt er ein Teelicht unter seinen Löffel und folgte Ralph Schritt für Schritt.

Das Pulver begann sich aufzulösen, kleine Bläschen bildeten sich an der Oberfläche, der Rand des Löffels verfärbte sich bräunlich, und Ralph verbrannte sich den Finger am Feuerzeug. Wieder verschüttete er alles. «Verdammt!» Schwungvoll stand er auf. Sogleich sackten ihm die Beine weg, und er fand sich auf dem Teppichboden wieder. Seine Freunde beugten sich über ihn. Sie trugen Tiermasken und Partyhütchen.

«Giraffe ... Phönix ... Her... Hermelin.» Begeistert tastete Ralph nach ihren Gesichtern.

Gonzo hielt ihm einen Riesenlöffel mit blubbernder Flüssigkeit hin und fragte: «Willst du als Erster?»

Alles drehte sich wie auf einem Karussell. Ralph wollte nach dem Löffel greifen, aber Gonzo rauschte damit einfach an ihm vorbei, wieder und wieder. Als er ihn endlich zu fassen bekam, schrie Gonzo: «Verklumpt! Verklumpt!»

Ralph wurde stutzig und ließ Gonzos Kragen los. Aufgedunsen fühlte er sich, seine Lider waren schwer, alles um ihn herum war dumpf, verformt wie durch ein Weitwinkelobjektiv. Er steckte unter einer Glocke, und die Worte mussten einen weiten Weg zurücklegen und hallten wider, sobald sie ihn erreichten.

«Verklumpt?», fragte er und musste breit grinsen. Seine Mundwinkel zogen sich bis zu den Ohren hinauf. Es spannte und brachte ihn zum Kichern. Die Mundwinkel blieben erstarrt. Er konnte nicht aufhören zu kichern. «Verklumpt ...»

«Aaaalle!», hörte er Roy von weit her rufen, «AaaAalle geeeEmeiiInsaaaaAmmm.»

Ralph spürte, wie jemand ihm etwas Weiches unter den Kopf legte und am Ärmel seines Shirts fummelte. Wieder musste er kichern. Etwas wurde ihm um den Oberarm geschnallt, ein Gürtel? Er ließ es geschehen. Durch die halbgeöffneten Lider sah er Piet auf dem Sofa hüpfen. Er hüpfte so hoch, bis er schließlich in der Luft hängen blieb und schwebte.

«Raaalphhh?», fragte jemand, aber es klang so fern.

Piet schwebte.

«RAAAlph!»

Piet konnte fliegen.

«RALPH!!!»

Ralph ließ den Kopf zur Seite rollen. Gonzo hielt ihm eine Spritze vors Gesicht.

«Alle gemeinsam, ja?» Er flüsterte, klang wie ein sprudelnder Quell.

Ralph nickte dumpf und ergriff die Spritze. Neben sich nahm er Gonzo und Roy wahr, mit hochgekrempelten Hemdsärmeln und Gürtelschnallen im Mund. Ralph musste lächeln deswegen, aber seine Lider waren schwer, so schwer, und er sollte doch etwas tun ... etwas *gemeinsam* tun ...

«Wo ist Piet eigentlich?», lallte er.

«Vor dir. Auf drei.» Das musste Gonzo sein.

«Gemeinsam», freute sich Ralph.

«Eins ..., zwei ..., DREI!»

BLISTER IN THE SUN

Es knisterte und zischte, zischte und knisterte, heiß, unerträglich heiß. Ralph riss die Augen auf und sprang sofort hoch. Feuer. Das ganze Haus stand in Flammen. Er war mittendrin, umgeben von Feuer. Stichflammen schossen empor, das Feuer lechzte nach ihm, Höllenhitze und rußiger Rauch brannten ihm in Lungen und Augen. Ein Meer von Flammen, mehr konnte er nicht sehen. Husten musste er. Eilig zog er an seinem Shirt, wollte es sich vor die Nase halten. Es hing in Fetzen an ihm herab, es löste sich auf. Empört versuchten sich die Bandmitglieder aus dem The-Who-Aufdruck zu retten, flohen fluchend und schimpfend. Pete Townshend zeigte Ralph den Mittelfinger und sprang mit den anderen ab. Noch in der Luft, schnappten die Flammen zischend nach ihm und seinen Kollegen. Sich windend und schreiend sprangen sie sofort auf Ralphs Kugelbauch zurück, krallten sich an seinen Brusthaaren fest, klopften die Flammen an ihren Hemdchen aus und verfluchten Ralph. Das Feuer kam immer näher, lechzte nach Ralph und The Who, die nun platt an seinem Bauch klebten. Der Radius verringerte sich zusehends. Ralph versuchte, das Feuer mit den Armen fortzuschlagen. The Who schimpften. Es half sowieso nichts. Unaufhörlich schritt das Feuer voran, berührte Ralph fast, verbrannte ihm die Armhärchen, die Haut. Schwer atmend, die Lungen voller Ruß, ging er in die Knie. Es war vorbei.

In dem Moment vernahm er ein Knurren, laut und durchdringend. Seine Augen tränten so sehr. Verschwommen nahm er eine Silhouette inmitten der Flammen wahr …

«Casso!», erkannte Ralph.

Casso. Er war da. Er war lebendig. *Casso Pilabo.* Blutrote Augen und schwarzes Fell. Er bellte und knurrte und wedelte mit dem Schwanz.

«Casso …!», sagte Ralph mit letzter Kraft.

Knurrend warf sich der Hund auf ihn. Von der Wucht des Aufpralls wurde Ralph nach hinten geworfen und stürzte. Leere, kein Boden, verschwunden, vom Feuer gefressen. Sie fielen und fielen und fielen. Casso krallte sich an ihn und knurrte. The Who krallten sich an ihn und fluchten. Das Flammeninferno entfernte sich, war bald nur noch ein ferner Feuerball inmitten von schwerelosem Schwarz. Casso zerrte und riss an The Who. Pete, Roger, John und Keith zerrten und rissen an Ralphs Brusthaar.

Casso zerfetzte sie in tausend Stücke.

«The Who …! The Who …!», jammerte Ralph. Die blutigen Fetzen, die rot gesprenkelten Ärmchen und Beinchen und Gedärmchen begleiteten ihn in seinem freien Fall wie ein Miniaturmeteoritenregen. Ralph wollte Casso abschütteln, der aber wand sich und biss ihn in den Rücken. Ralph wurde bewusstlos.

Er erwachte in einer Schneewüste. Um ihn herum weiße Dünen, so hoch wie Berge. Und Stille, absolute Stille.

Aus der Ferne näherte sich ihm eine Gestalt auf Skiern, schoss einen Hügel herab, steuerte geradewegs auf ihn zu. Die Gestalt hatte einen Hermelinkopf, und statt eines Skianzugs trug sie ein Astronautenkostüm.

«Gonzo!»

Er hielt nicht an. Er rauschte geradewegs an ihm vorbei.

«Mein Freund, dürfte ich dich um Hilfe bitten?»

Ralph blickte neben sich. «Piet!» Er stand keine zehn Meter

von Ralph entfernt und winkte lächelnd. Ralph stapfte durch den Schnee auf ihn zu.

«Piet ...!» Je näher er kam, desto tiefer versank Piet im Schnee. Ralph begann zu laufen, doch der Schnee erschwerte ihm das Vorankommen. Bald war nur noch Piets Kopf zu sehen. Ralph kämpfte sich durch den Schnee, jeder Schritt eine Qual. Piet lächelte. Und als Ralph den Punkt erreichte, wo Piet gestanden hatte, war er fort. Panisch begann er im Schnee zu wühlen. Piet blieb verschwunden. Der Schnee war überhaupt nicht kalt und schmolz auch nicht an seinen Händen. Er fühlte sich wie Mehl an, betäubte seine Finger und seinen Gaumen, seine Nasenflügel und seine Ohren. Piet war fort.

Erschöpft, schreiend und weinend sackte Ralph zu Boden. Der Himmel war strahlend blau. Und niemand hörte ihn. Aus der Luft näherte sich ein Punkt mit Musik, kam näher und immer näher – eine riesige Montgolfiere.

«Romantischer Schwachsinn!», rief ihm Roy vom Korb aus zu und rauschte in engem Bogen an ihm vorbei, begleitet von einer bekannten Melodie. Die feuerrote Perücke, die Roy trug, wehte im Fahrtwind. Er schlug mit der Montgolfiere einen Bogen und nahm erneut Kurs auf ihn. «Einen Scheiß wirst du tun, Ralph, einen Scheiß!» Er lachte. Während er sich Ralph im Heißluftballon näherte, kurbelte er an seinen Haaren, sie wurden länger und immer länger. «Einen Scheiß wirst du tun, Ralph, einen Scheiß!»

Er warf ihm die Haare als Tau zu. Ralph ergriff sie und hisste sich zu ihm in den Korb der Montgolfiere.

Musik empfing ihn. Der Ballon wurde von einem Schallplattenspieler betrieben. Die Nadel streifte über das Vinyl und setzte die Noten zu *My Generation* frei, die in den Ballon hochtanzten, ihn erfüllten und in der Höhe hielten.

Mit einem flinken Handgriff riss Roy die Platte vom Teller und warf sie fort. Ralph sah bestürzt zu ihm hin. Der Ballon begann sogleich zu erschlaffen, schiefe Töne ausspuckend. Rasant verlor er an Höhe.

«Den Rest kannst nur du entscheiden», sagte Roy und sprang aus dem Korb. Sein Federnhemd entpuppte sich als Flügelpaar, und er segelte mit wehender Perücke durch die Lüfte hinweg. Der Heißluftballon aber näherte sich rasant dem Boden, stürzte einer düsteren Landschaft entgegen, übersät von zerbrochenen Schallplatten, Gebeinen und Totenköpfen.

Etwas surrte zu Ralphs Füßen. Evergreen. Er hob das Pflänzchen auf. Ihre saftig grünen Blätter flatterten surrend wie ein Kolibri. Ihr Topf hatte die Form eines Helms. Ralph blickte ein letztes Mal nach unten zu den unaufhaltsam näher kommenden Totenköpfen und Vinylleichen. Dann setzte er sich den Helm auf und sprang.

Er stürzte und stürzte. Evergreens Blättchen flatterten und flatterten. Abrupt hörte es auf.

Sachte glitten sie durch die Lüfte, gewannen wieder an Höhe, und Ralph atmete auf.

Eine große Wolke, rund wie ein Vollmond, mit geschwungenen Lippen und fröhlichen Augen, blies sie aufwärts. Lächelnd zwinkerte sie ihnen zu.

Diese Grübchen.

YOU'VE GOT A FRIEND

So ein Schädel. Ein brummender Vorschlaghammer. So ein Kiefer. Geschwollen. So eine Blase. Nicht auszuhalten. Raus.

Ralph riss die Augen auf und stürzte ins Bad. Erleichterung. Aber diese Kopfschmerzen. Und sein Kiefer. Taub.

Er hielt inne, betastete sich und sah sich um.

Verwirrt verließ er das Bad, taumelte in den Flur und folgte Geräuschen, die auf Leben hindeuteten.

Sie kamen aus der Küche.

«Kaffee?» Gonzo hielt eine Espressokanne in der Hand und schenkte eine Tasse ein.

Ralph fiel aus allen Wolken. «Was ist passiert?»

«Du erinnerst dich an nichts.»

«Ich erinnere mich, dass wir uns umbringen wollten!»

«Richtig. Aber sonst erinnerst du dich an nichts.»

«Nein.»

«Völlig normal. Das hat Rohypnol so an sich.»

«Was …?»

«Rohypnol. Auch gemeinhin als Ruffies bekannt. Eigentlich ein Schlafmittel, wird aber oft als Vergewaltigungsdroge missbraucht. Hat der Champagner gemundet?»

«Was?!»

«Keine Panik, Ralph. Wir haben dich nicht vergewaltigt.»

«Du hast mich reingelegt! Uns alle! Du hast uns reingelegt!» Ralph wollte auf ihn losgehen, aber sein Schädel brummte zu sehr, und er musste auf halber Strecke am Kühlschrank Halt suchen.

Draußen wütete ein Schneesturm. Der Wind wirbelte Schnee gegen die Fensterscheibe, und es war nichts als Weiß zu sehen.

Gonzo warf ein Aspirin in ein Glas, gab Wasser dazu und reichte es ihm. «Fangen wir mal ganz von vorne an, Ralph. Erklär mir doch mal, warum du dich umbringen möchtest.»

«Wo sind die anderen? Wo sind Piet und Roy?»

«Schau dich an, Ralph», fuhr Gonzo ungerührt fort. «Du bist kerngesund – abgesehen von dem Kater, aber wir wissen ja, woher er kommt. Du bist topfit für dein Alter. Jahre davon entfernt, ein Pflegefall zu werden. Also erzähl mir nicht, dass diese Sorge der Grund für deinen Suizidwunsch ist.»

«Du …!» Er drückte sich vom Kühlschrank weg und warf sich auf Gonzo. Sie fielen auf den harten Kachelboden.

«Schlag zu, Ralph, lass deine Aggressionen ab», sagte Gonzo seelenruhig. Ralph stieß wütend Luft aus und ließ Gonzos Kragen los.

«Wo sind die anderen …?!» Tränen sammelten sich in seinen Augen. «Wo sind sie …?!»

«Warum weinst du?»

Ralph blickte Gonzo hasserfüllt an und versetzte ihm kurzerhand mit der Faust einen Schlag ins Gesicht. Dann setzte er sich auf.

Gonzo lag auf dem Rücken, den Kopf an der Spülmaschine. Schmerzvoll verzog er das Gesicht und prüfte mit den Fingern seine Zähne, zog einen Zahn heraus und warf ihn in die Ecke.

«Wird wohl bald Zeit für die Dritten, was?», ächzte er und setzte sich ebenfalls auf.

«Warum hast du das getan?», fragte Ralph tonlos.

«Warum?», blaffte Gonzo. «Aus demselben Grund, weshalb ich auch jetzt nicht zurückschlage: Ich bin dein Freund, du

Hornochse!» Gonzo griff sich an das schmerzende Gebiss und spuckte Blut auf den Boden.

«Sorry», murmelte Ralph.

Gonzo winkte ab. «Ich habe Kinder, Ralph, eine Enkelin. Mag sein, dass meine Frau, milde ausgedrückt, etwas extravagant ist – trotzdem liebe ich sie. In gewisser Weise. Nun ja, das muss ich vielleicht noch mal überdenken ... Wie dem auch sei: Ich habe eine Weltraumfahrt gebucht, Ralph, denkst du, so etwas ließe ich mir entgehen?!»

«Na und?! Nur weil du dich nicht umbringen willst, musstest du mich nicht daran hindern!» Ralph stand auf und lief ins Wohnzimmer. Er erstarrte. Der Sofatisch blitzte so jungfräulich und nackt, als stände er in der Auslage eines Möbelhauses. «Wo sind die Drogen?!»

«Verbrannt.» Scheinheilig lächelnd stellte Gonzo seine Kaffeetasse genau in die Mitte des leeren Tisches.

Ralph sah entrüstet zum Kamin. Nichts als kalte, graue Asche.

«AARGH ...!» Er stürzte sich erneut auf Gonzo, packte ihn am Kragen.

«Die Pillen waren ohnehin nur Placebos», merkte Gonzo vorsichtig an.

Ralph stieß ihn von sich weg und ließ sich aufs Sofa sacken. Lethargisch starrte er ins Leere.

«Um das Koks war's schade», gab Gonzo zu.

Ralph reagierte nicht.

Gonzo setzte sich neben ihn. «Warum willst du dich umbringen?»

«Das kannst du nicht verstehen.»

«Ich kann es versuchen.»

«Ich bin einsam», brummte Ralph heiser.

«Ach ja? Ich erzähl dir mal etwas, du Saftsack: Du bist faul! Stinkfaul, Ralph! Wenn du nicht so faul wärst, dann wärst du auch nicht einsam. Schluss mit dem Selbstmitleid! Seit du deinen fetten Arsch aus deiner Wohnung bewegt hast, warst du da auch nur einen Moment einsam?»

Ralph rührte sich nicht.

«Warst du auch nur einen Moment einsam?!»

Langsam schüttelte Ralph den Kopf. «Perfekt ... Es hätte perfekt sein können. Du ... du hast alles kaputt gemacht.»

Er begann bitterlich zu weinen. Tränen strömten über seine Wangen, Rotz und Wasser sammelten sich in seinem Bart. Nie hatte er so geweint. Es erschütterte seinen ganzen mächtigen Körper.

«Herrje.» Gonzo beugte sich zu ihm. Er nahm den großen, massigen Ralph in die Arme. «Es tut mir NICHT leid. Was ich bereue, ist, dass wir uns aus den Augen verloren hatten. Wie konnte das passieren? Von der Minute an, als ihr bei mir aufgekreuzt seid, habe ich das bereut. Die Zeit verfliegt nur so, zerrinnt vor unseren Augen, und all das Versäumte ist nicht zurückzuholen.» Er klopfte Ralph auf die Schulter. «Mag sein, dass meine Motive egoistisch sind», fuhr er fort. «Aber verrate mir doch bitte, mit wem, wenn nicht mit dir, sollte ich im Alter Gebisstausch spielen? Rollstuhlwettrennen? Zahnlose Sprechwettbewerbe! *Wer nuschelt, muss trinken.*»

Ralph hörte auf zu weinen und sah benommen zu ihm.

«Steht alles noch auf dem Plan, Ralph. Und unter uns, Roy wäre eine Niete, kein gleichwertiger Gegner. Zu dritt ist außerdem lustiger als zu zweit.»

Ralph zog den Rotz hoch. «Roy wusste Bescheid, hm.»

«Leider. Insgeheim hätte ich ihn gern krepieren sehen. Wäre sicher höchst dramatisch geworden. Nur habe ich ihn nicht dazu bewegen können, sich das Zeug tatsächlich zu spritzen.»

«Aber er wollte doch auch sterben.»

«Schön wär's. Seit dem Burg-Fiasko ist der Tod für ihn in weite Ferne gerückt. Er denkt nur noch an Interviews und Engagements.» Gonzo löste sich von Ralph.

«Wir haben uns nichts gespritzt?»

«Gott bewahre.» Gonzo nahm einen kräftigen Schluck Kaffee. Sogleich spuckte er ihn in die Tasse zurück und hielt sich mit schmerzverzerrtem Gesicht den Kiefer. «Wie geht's eigentlich *deinem* Gebiss?», fragte er.

«Hm? Ach ja, tut weh», murmelte Ralph.

«Tut mir leid, Kumpel, aber ich musste dich außer Gefecht setzen, sonst hättest du dir die Spritze womöglich wirklich gesetzt.»

«Ihr habt alle nur so getan.»

«Alle.»

«Auch Piet?»

«Nun ja, Piet ... Das Rohypnol war seine Idee. Intelligentes Kerlchen.» Seufzend blickte Gonzo zu Boden. «Bedauernswert.»

Ralph wischte sich den Rotz aus dem Gesicht und schüttelte die Benommenheit ab. «Bedauernswert ...?»

«Ach, Ralph!» Die Stirn in Falten gelegt und mit roter Nase trat Roy ins Wohnzimmer. «Es ist so schrecklich!» Schluchzend fiel er Ralph in die Arme.

Sie betraten Piets Zimmer. Er lag auf dem Bett. Fast hätte man meinen können, er schliefe. Nur standen seine Augen offen, und er schielte.

«Einfach fortgeschlummert ...!», wimmerte Roy und warf sich gegen Ralphs Schulter.

«Romantik beiseite», sagte Gonzo nüchtern. «Sieht mir eher nach Schlaganfall aus.» Er trat an Piet heran und schloss ihm die Lider. «Ich glaube, das ist für dich bestimmt, Ralph.» Er nahm das Briefkuvert, das neben Piet lag, und reichte es ihm.

Benommen blickte Ralph auf den Umschlag. In Großbuchstaben stand sein Name darauf. «Gestern Nachmittag hat er seltsam gesprochen ...», murmelte er. «Ich hätte es ...»

«Mach dir keine Vorwürfe», sagte Roy.

«Wir können nichts dafür, Ralph», befand Gonzo. «Die ganze Zeit war er bei uns, den ganzen verdammten Abend. Es ging ihm gut. Es muss passiert sein, nachdem wir eingeschlafen sind.»

«Er hatte nicht mal ein falsches Gebiss», murmelte Ralph, «Achtzig Jahre alt und kein Gebiss.»

Sie standen eine Weile schweigend um das Bett. Irgendwann klingelte es.

«Das muss der Arzt sein.» Roy ging, um zu öffnen.

Zigarrerauchend untersuchte der Totenbeschauer Piet. Kaffeetrinkend stellte er ihnen einige Fragen. Auf einem Wisch, den er *Anzeige des Todes* nannte, vermerkte er schließlich als Todesursache «natürlicher Tod». Unentwegt zwirbelte er an seinem geschwungenen Schnurrbart. Sie mussten hoch und heilig versprechen, Piets Familie so bald wie möglich zu verständigen. Daraufhin ließ er das Schnurrbartzwirbeln, gab ihnen die Nummer eines Bestatters, zur Überführung in eine Leichenkammer, bedankte sich für den Kaffee und zog rauchend von dannen.

Ralph nahm sich einen Moment, um Evergreen von ihren welkgelben Blättern zu befreien, ihre Erde mit einer Gabel zu lüften und sie mit etwas Wasser zu erfrischen. Erst dann war er bereit, Piets Brief zu lesen. Als er fertig war, stapfte er ins Wohnzimmer, geradewegs auf den *Casso Pilabo* zu. Skeptisch betrachtete er die Hundeskizze, die noch immer schief an der Wand hing.

«Was zum ...?», sprach er für sich. Die Augen dieses Hundes waren ihm nicht geheuer. Aber er würde sich wohl an ihre Präsenz gewöhnen müssen.

«Kommst du, Ralph?», fragte Roy von der Haustür her.

«Hm? Ja!» Ralph löste den Blick von dem Bild.

Er nahm seine Jacke und folgte den anderen hinaus. Die Sonne stand schon tief. Bald würde die Nacht hereinbrechen. Schnee knirschte unter ihren Schuhen, Kälte brachte ihren Atem zum Dampfen.

«Seine Familie wird mich verklagen», stellte Ralph fest.

«Du machst Witze. Sobald sie hören, dass er tot ist, werden sie nur noch Dollarzeichen in den Augen haben. Und wenn sie dann bei der Testamentseröffnung von ihrer Enterbung erfahren, werden sie ganz andere Leute auf dem Schirm haben als dich.» Gonzo klopfte ihm auf die Schulter.

«Die armen Kinder in Syrien?», fragte Roy.

«Zum Beispiel. Vielleicht auch seinen Notar.»

Schweigend liefen sie die Straße entlang.

«Woher wusstet ihr eigentlich, dass nur ich mich umbringen wollte?», fragte Ralph plötzlich.

Gonzo und Roy sahen einander an. «Wir haben miteinander geredet», antworteten sie.

Ralph zog die Brauen fragend hoch. «Warum habt ihr denn nicht mit mir geredet – vor der Party?»

«Bitte?», entgegnete Roy. «Ich habe es versucht, du Dickschädel, in Paris. Eigentlich sollte ich dir eine knallen. Du hast es fertiggebracht, mich kurzzeitig suizidwillig zu machen.»

«Ich ...?»

«Es musste hart auf hart kommen, Ralph», sagte Gonzo. «Anders siehst du die Dinge nicht ein.»

«Meine Worte», bestätigte Roy.

Ralph stutzte.

«Als du mich am Starnberger See gefragt hast, ob ich mit einsteigen will», erklärte Gonzo, «sind mir zwei Dinge durch den Kopf gegangen: zum einen mein Faible für knifflige Situationen. Zum anderen Fiffi.»

«Fiffi?», fragte Roy.

«Fiffi, der Hund?», fragte Ralph. «Von meinen Nachbarn?»

«Der Rottweiler», präzisierte Gonzo.

«Dieser garstige Köter», sagte Roy.

«Ganz recht», erwiderte Gonzo. «Ich frage mich bis heute, ob er wirklich ein Hund war.»

«Das war ein Ungeheuer», stimmte Roy zu. «An der langen Kette im Vorgarten deiner Nachbarn, Ralph. Immer hat er gebellt, mit gefletschten Zähnen geknurrt, zu jeder Tageszeit.»

«Immer hat er nach uns geschnappt», sagte Gonzo.

«Fressen wollte er uns! Eine regelrechte Mutprobe, an ihm vorbeizukommen», erinnerte sich Roy und schüttelte sich.

«Ihr übertreibt», brummte Ralph.

«HA!», rief Gonzo aus. «Bis heute! Bis heute, Ralph, sechzig Jahre später! Ich wusste es.»

«Wieso? Was ist mit Fiffi?», fragte Ralph.

«Du glaubst immer noch, dass du ihn hättest zähmen können!»

Ralph nickte.

Gonzo schüttelte fassungslos den Kopf.

«Ich mochte ihn», verteidigte sich Ralph.

«Er hatte Schaum vor dem Maul.»

«Er war einsam. Niemand hat sich um ihn gekümmert.»

«Das hat ihn nicht davon abgehalten, dich zu beißen!», schnarrte Gonzo.

«Mehrfach, Ralph», bestätigte Roy. «Einmal hätte er dich sogar fast im Gesicht erwischt.»

«Daran erinnerst du dich?», fragte Gonzo.

«Natürlich», entgegnete Roy. «Warum?»

«Du hast immer weggeschaut, deswegen.»

Roy zog die Brauen nachdenklich zusammen.

«Jedenfalls», sagte Gonzo, «haben wir dich unablässig gewarnt, Ralph: *Lass es sein, das Biest wird dich kaltmachen.* Aber du warst nicht aufzuhalten, hast es immer wieder versucht, jede Woche eine neue Strategie, sei es mit Würstchen, Bällen oder Bonbons.»

«Du hast ihn doch auch gefüttert», brummte Ralph.

«Aus sicherer Entfernung! Ich habe ihn nicht *gestreichelt*!»

Ralph grummelte missmutig.

«Immer musstest du dich auf ihn werfen», fuhr Gonzo fort. «Mit den Flossen nach ihm grabschen, und schon waren sie da, die Bisswunden! Wie viele Arztbesuche? Wie viele Stiche?!»

«Ich hätte es schaffen können.»

«HA!», rief Gonzo aus.

«Ein Glück, dass ihn jemand mit Rattengift erledigt hat», erinnerte sich Roy.

Ralphs Blick verdüsterte sich. «Ein geschlagenes Jahr lang habe ich versucht, herauszufinden, wer das getan hat.»

Gonzo blickte unschuldig auf die umliegenden Häuser.

«Hast du eigentlich noch Narben davon, Ralph?», fragte Roy.

«Ja, am Unterarm, hier.» Ralph raffte den Ärmel seiner Jacke hoch. «Und hier, am Bauch, aber das sieht man kaum mehr. Der gute Fiffi.» Er zog sein Shirt wieder runter.

«Das Monster, Ralph! Fiffi, das Monster!», plärrte Gonzo. «Narben am ganzen Körper! Und trotzdem, bis heute – sechzig Jahre danach! – glaubst du, dass du ihn hättest zähmen können?!»

«Schon gut», wehrte Ralph ab. «Aber was hat Fiffi mit unserer Suizidparty zu tun?»

«Ganz einfach.» Gonzo blieb stehen und wandte sich ihm zu. «Fiffi erinnert mich daran, dass du ein sturer Bock bist, Ralph. Wenn du dir einmal etwas in den Kopf setzt, kann dich nichts aufhalten, nichts! Du bist dann auf Autopilot unterwegs, und zwar in einer irren Geschwindigkeit. Als ihr mir also von eurem Vorhaben erzählt habt, wusste ich: Ganz gleich, wie ich argumentiere, du wärst nicht umzustimmen. *Tod, ich komme!* Meine einzige Chance, dich davon abzubringen, war, so zu tun, als wäre ich dabei. Die Party infiltrieren, von hinten durch die Brust ins Auge.»

Ralph räusperte sich. «Okay. Hab schon verstanden», brummte er. «Und dann hast du mit Roy geredet, und danach habt ihr Piet ins Boot geholt.»

Gonzo verneinte. «Umgekehrt.»

Ralph sah ihn verwundert an.

«Piet war ein gerissener Kerl.»

«Wie meinst du das?», fragte Ralph.

«Er hat mich durchschaut.»

«Wie das? Wann?»

«In der Nacht vor unserer Abreise nach Wien. Nachdem ich mit Vreni gestritten hatte und auf die Terrasse geflüchtet war. Ich war gerade dabei, durch das Teleskop zu schauen – das beruhigt mich immer. Da kam er dazu, wollte wohl frische Luft schnappen. Wir kamen ins Quatschen, und irgendwann sagte er beiläufig: *Ein Hobby-Astrologe, der eine Raumfahrt bucht, zieht vorab nicht in den Tod.*» Gonzo machte eine Pause.

«Und dann?», fragte Ralph.

«Ich habe nichts erwidert, bloß abgewartet.» Er blickte auf die verschneite Straße. «Dann hat er von seinem Bild gesprochen.»

«Dem *Casso Pilabo*?»

Gonzo nickte. «Er sagte, dass seine Frau es ihm geschenkt hat und dass er unmöglich von dieser Welt gehen kann, ohne es in guten Händen zu wissen.» Er blickte Ralph lange und ernst in die Augen. «Er wollte, dass du ihn überlebst. Traurig ist, dass er so frühzeitig fort ist. Das war nicht geplant.»

«Dieser Piet», seufzte Ralph.

«Du sagst es. Jedenfalls haben wir bereits in jener Nacht Pläne geschmiedet, Piet hat das Rohypnol erwogen, und so kam eines zum anderen.»

Ralph überlegte. «Und ihr beiden habt euch erst danach abgesprochen?» Er deutete auf Gonzo und Roy.

Sie nickten.

«Gestern Nachmittag, um genau zu sein», sagte Roy.

«Erst gestern?»

«Ja, als wir einkaufen waren.»

Ralph schüttelte verblüfft den Kopf.

«Falls du dich erinnerst, Ralph, vorher war ich hochgradig suizidgefährdet!»

«Blödsinn», sagte Gonzo. «Du bist ein narzisstisches Fähnchen im Wind, Roy.»

«Narzisstisches Fähnchen?», fragte Roy entrüstet.

«Ja. Du taumelst von einem Extrem ins andere, bist aber zu selbstverliebt, um dir wirklich Schaden zuzufügen.»

«Narzisstisches Fähnchen?!»

«Reg dich ab, Furzküken. Wohl oder übel wirst du mir recht geben müssen.»

Beleidigt rümpfte Roy die Nase.

«Piet sagte übrigens dasselbe über dich», fügte Gonzo hinzu.

«Pah!»

«Ein Erfolgserlebnis», sagte Gonzo, «das war es, was du brauchtest, Roy. Als ich im Krankenhaus gesehen habe, wie du die wartende Presse angegafft hast, da wusste ich, dass ich endlich mit dir reden kann.»

«Na danke! Zu eurer Information: Es lag nicht am Erfolg», sagte Roy trotzig. «Eher an den Extremen. Ich brauche das: Intensität, Drama, große Emotionen. Es hat mich in der Burg wie der Blitz getroffen. Welch Hochgefühl, eine Bühne zu stürmen! Wie öde wäre es im Vergleich dazu gewesen, legal dort zu spielen.»

«Ein verkappter Revolutionär, unser Roy», witzelte Gonzo.

«Du willst es nicht verstehen, was? Wie öde wäre ein perfektes Leben? Alles superduper, nie Probleme, nichts, worüber man sich aufregen kann. Genau darum geht es mir – ein Leben ohne Drama wäre kein Leben für mich.»

«Freut mich, dass du diese Erkenntnis hattest», entgegnete Gonzo.

«Schätze, wir hatten wohl alle die eine oder andere Erkenntnis in den letzten Tagen», sagte Ralph.

Gonzo und Roy hielten inne, bejahten lächelnd.

Die Nacht begann Einzug zu halten, ein blauer Schleier legte sich über den Schnee. Sie passierten einen Spielplatz.

«Wisst ihr», sagte Gonzo, «es hat etwas Gutes, dass du dich umbringen wolltest, Ralph.»

Ralph sah seine Freunde stumm an. Sie lächelten immer noch. Gonzo boxte ihn gegen die Schulter, und sie zogen weiter. Irgendwo in der Dämmerung rief eine Eule.

«Wie kam es überhaupt, dass wir uns damals aus den Augen verloren haben?», wunderte sich Roy.

«Damals damals?», fragte Ralph. «Gonzo ist weggezogen.»

«Ich?»

«Ja, fürs Studium, nach München.»

«Falsch! Du bist auf Tournee gegangen, Ralph. Plötzlich warst du wie vom Erdboden verschluckt.»

«Das war danach.»

«Ich weiß nur, dass ihr beide auf einmal nicht mehr da wart», sagte Roy. «Es war schrecklich langweilig ohne euch. Ein Glück, dass ich kurz darauf meine Schauspielausbildung begonnen habe.»

«Ah, bei der Alten, die deine heimliche große Liebe wurde?», fragte Gonzo grinsend.

«Sie war damals weitaus jünger als wir heute.»

«Gewiss doch.»

«Ich fass es immer noch nicht, dass du uns das jahrelang verheimlicht hast», sagte Ralph.

«War nicht schwer», entgegnete Roy. «Wir haben uns ja kaum gesehen.»

«Ja, ich war ständig auf Achse», erinnerte sich Ralph.

«Gonzo habe ich wenigstens an Weihnachten gesehen.»

«Ich hasse Weihnachten», schnarrte Gonzo.

Roy sah ihn empört an.

«Generell», fügte er hinzu.

«Tja», sagte Roy. «Aber immerhin gab es ja doch ein paar Anlässe, zu denen wir uns alle drei gesehen haben.»

«Sind an einer Hand abzuzählen», entgegnete Gonzo. «Meine ersten beiden Hochzeiten, das The-Who-Konzert zweiundsiebzig, die Geburt meines ersten Sohnes ...»

«Roys Theaterpremiere achtundsechzig», sagte Ralph.

«Hör mir auf, das schräge Hippieding», erinnerte sich Gonzo, «in diesem Tipi, irgendwo in der ostfriesischen Provinz, Ralph und ich mussten dafür durch die halbe Republik gurken.»

«O ja», seufzte Roy. «Bei Lagerfeuer und Schamanengesang, wir haben unterm freien Himmel bis zum Sonnenaufgang gefeiert.»

«Das waren noch Zeiten, was?», fragte Gonzo.

Sie nickten andächtig.

«Und immer und überall The Who – Eigentlich waren wir doch damals schon zu alt für den Schrott.»

«Wie man's nimmt», brummte Ralph. «Vielleicht sind wir einfach nur immer jung geblieben.»

Schweigend bogen sie wieder in ihre Straße ein.

«Was habt ihr denn jetzt vor?», fragte Roy. «Ich meine, nachdem wir den ganzen Schlamassel mit Piet hinter uns haben?»

«Rudi und Hansi verklagen», sagte Gonzo, ohne zu zögern. Dann sah er auf seine Schuhe. «Mich mit Vreni versöhnen – anstrengend, danach brauche ich sicher gleich wieder Urlaub. Aber auf Ines freue ich mich, meine Enkelin. Ihr müsst sie unbedingt kennenlernen, ein Engel, die Kleine ...»

«Unbedingt», sagte Roy sarkastisch.

«Und natürlich warte ich auf meine Weltraumfahrt. Aber ansonsten habe ich nicht viel vor, ihr?»

Ralph und Roy sahen einander an. «Nichts Besonderes», brummte Ralph.

«Also, ich habe eine Perücke gesehen, in einem Laden beim Stephans...»

«Ich hatte an etwas anderes gedacht, du narzisstisches ...»

«Gonzo! Perücken sind in jeder Lebenslage wichtig. Ihr werdet wohl nicht abstreiten, dass der Perückeneffekt bei meinem Auftritt in der Burg grand...»

«Perückeneffekt», wiederholte Gonzo abschätzig.

«Ja, der Perücken...», begann Roy.

«Und wo hat uns dein Perückeneffekt hingeführt?»

«Also, ich weiß nicht, worauf du hinauswillst.»

«Zu irren Bullen mit Elektroschockern!»

«Immer siehst du nur das Negative.»

«Elektroschocker! Roy! Was bitte soll daran positiv sein?»

«Jede Erfahrung bringt ...»

Ralph musste schmunzeln.

Vor ihm leuchteten die roten Rücklichter eines VW-Busses im blauen Schnee der Dämmerung auf. Ruckend bewegte sich der Bus voran, ächzend, hustend, zäh.

Dann soff er ab.

......

DANKE

Tilla Fuchs, Betzy Kühn und Alexander Simon, für Unterstützung, Vertrauen und Motivation. Johanna Wollin, Hanne Reinhardt und allen von der Literarischen Agentur Simon. Rowohlt, für die Begleitung auf dem Weg der Veröffentlichung, insbesondere Sünje Redies und Susann Rehlein, Barbara Laugwitz und Peter Kraus vom Cleff sowie Kaja Knapp. Dr. Tim Peltz, Dr. Laurent Vabre, Monica Hamma, Selina, Yann Even, Philippe Amblard, Cyrille Faret, Gerhi Senf und Jérôme Chobeaux, für die Hilfe bei der Recherche.

Tilla, Elli, Nina und Alischa, für über dreißig Jahre Freundschaft.

MIX
Papier aus verantwortungsvollen Quellen
FSC® C083411
FSC
www.fsc.org

Das für dieses Buch verwendete FSC®-zertifizierte Papier *Lux Cream* liefert Stora Enso, Finnland.